おやすみの歌が消えて

リアノン・ネイヴィン

越前敏弥 訳

Only Child

Rhiannon Navin

集英社

おやすみの歌が消えて

おやすみの歌が消えて　もくじ

ブラッド、サミュエル、ギャレット、フランキーへ
そして母へ

暗やみから目をそむけてはいけない。おそれるものにひるまないで立ち向かえば、打ち勝つチャンスがある。にげまわり、身をかくしていては、おしつぶされてしまう。

――メアリー・ポープ・オズボーン

My Secret War: The World War II Diary of Madeline Beck, Long Island, New York, 1941

1　じゅうげき犯が来た日

じゅうげき犯が来たあの日のことで、いちばんよくおぼえてるのは、ラッセル先生の息だ。あつくて、コーヒーのにおいがした。クロゼットの中は真っ暗で、先生が内がわからおさえてた戸のすきまから、ほんの少し光が入ってくるだけだった。クロゼットの内がわには、にぎるところがなくて、ゆるい金具がついてるだけだから、先生は親指と人さし指でぎゅっとつまんでた。

「しずかにね、ザック」先生がひそひそ声で言った。「動いちゃだめ」

ぼくは動かなかった。左足の上に体を乗せてすわってたから、足がしびれて、すごくいたかったけど。

ラッセル先生が何か言うたびにコーヒーのにおいの息がぼくのほっぺにかかって、ちょっといやだった。金具をつまむ先生の指はふるえてた。先生は、クロゼットのおくにいるエバンジェリーンとデビッドとエマに何度も声をかけた。三人とも泣いてて、ちっともしずかにしてなかったからだ。

「先生がいるからだいじょうぶよ」ラッセル先生が言った。「みんなのことは、わたしが守る。しーっ、おねがい、しずかにして」さっきからずっと、教室の外で**パン**という音がしてた。それに、だれかのさけび声も。

パン　パン　パン

ときどきXｂｏｘでやる〈スター・ウォーズ〉のゲームの音にそっくりだった。

パン　パン　パン

音はいつも三回で、そのあとはまたしずかになる。しずかになるか、さけび声がする。**パン**と音がすると、ラッセル先生は少しびくっとして、ささやく声が速くなった。「音を立てないで！」エバンジェリーンが、ひっくひっく、と口からしゃっくりみたいな音を出した。

パン　ひっく　**パン**　ひっく　**パン**　ひっく

クロゼットの中はへんなにおいがしてたから、だれかがおもらしをしたんだと思う。ラッセル先生の息と、おしっこと、休み時間にふってた雨でぬれた上着とが、全部まざったみたいなにおいだ。「これぐらいなら外で遊べるでしょ。だってみんな、おさとうでできてるわけじゃないんだもの」とコラリス先生が言ってた。雨なんか気にならない。みんなでサッカーや「どろぼうとけいさつ」

をして遊んだから、かみの毛も上着もびしょぬれになったんだ。まだぬれてるかをたしかめたくて、ぼくは上着にさわるために体の向きをかえて手をのばそうとした。

「動いちゃだめ」ラッセル先生が小さい声でぼくに言った。先生が戸をつかむ手を反対の手にかえたとき、ブレスレットがじゃらじゃらとひびいた。先生はいつも右うでにたくさんブレスレットをつけてる。チャームという小さなかざりがぶらさがってるのもあって、先生はそれを見ると、とくべつなことを思い出す。長い休みにどこかへ出かけると、思い出に新しいチャームを買うことにしてるらしい。一年生になったころ、先生はぼくたちにチャームを全部見せて、ひとつひとつ、どこで買ったのかを教えてくれた。いちばん新しいのは、夏休みに買ったボートの形のやつだ。ナイアガラっていう大きなたきのすぐ近くまで行ったときに乗ったボートを、そのままちぢめたチャームだと言ってた。カナダにあるたきだって。

左足がすごくいたくなってきたから、ぼくはラッセル先生に気づかれないように、ちょっとだけ足をずらそうとした。

この日、休み時間が終わると、ぼくたちは上着をクロゼットにもどし、それから算数の教科書を取り出した。**パン**という音が聞こえたのは、ちょうどそのときだった。さいしょは、あまり大きな音じゃなかった。ろうかのずっと先の入口のほう、チャーリーのつくえがある近くで鳴ってる気がした。チャーリーのところへは、早引きする子やほけん室にいる子をむかえに来た大人たちが、かならずさいしょに行くことになってて、そこで名前を書いて、運転めんきょしょうを見せると、「来訪者」と書かれた赤いひもつきのカードをチャーリーがわたしてくれる。みんな、それを首にかけなきゃいけない。

チャーリーはマッキンリー小学校のけいび員で、三十年前からはたらいてる。去年、ぼくがまだ、小学校のとなりにある、ようじ学級にかよってたころ、チャーリーが三十年間つとめたお祝いをするために、ホールで大きなパーティーがあった。みんなの家の人たちまで集まったのは、自分たちがマッキンリーにかよってたころからチャーリーが学校のけいび員をしてたからで、ぼくのママもそのひとりだ。チャーリーは、パーティーなんてしなくていいのにと言ってた。「みんなにあいされてるのは、よくわかってるからな」そう言って、楽しい声でわらった。それでもパーティーはあったし、チャーリーはうれしそうだった。みんながその日のために作ったプレゼントを、チャーリーはつくえのまわりにたくさんかざり、のこりは家へ持ち帰った。ぼくがかいた絵は、つくえの正面のちょうど真ん中にはってある。ぼくは絵がすごくうまいんだ。

パン　パン　パン

はじめは小さい音だった。ちょうどラッセル先生が、算数の教科書の何ページめをじゅぎょうでやって、何ページめを宿題にするかを説明してたときのことだ。その音を聞いて先生は話すのをやめ、鼻の上にしわをよせた。先生は教室のドアのほうへ歩いていき、まどガラスから顔を出してろうかを見た。「そんな……」

パン　パン　パン

それから先生は大またで一歩あとずさって、ドアからはなれ、「くそっ」と口にした。本当にそう言ったんだ。先生がきたない言葉を使ったのを聞いて、みんながわらいだした。「くそっ」と先生が言ったすぐあと、かべにかかったインターホンから音がして、だれかの声がひびいた。「室内ひなん、ひなん、ひなん」コラリス先生の声じゃない。前に、室内ひなんくんれんをしたときは、コラリス先生がインターホンを通して「室内ひなんをしてください」と、一回だけよびかけたけど、きょうの声は何回もくり返してるし、早口だ。

ラッセル先生の顔が青くなって、ぼくたちはわらうのをやめた。様子がいつもとぜんぜんちがうし、先生が少しもわらってなかったからだ。先生の顔を見ると、ぼくは急にこわくなって、息がのどにつまった。

ラッセル先生は、どこへ行ったらいいか、まよってるみたいに、ドアの近くで何回か円をかくみたいに歩いてた。しばらくして、先生はくるくる歩くのをやめ、ドアのかぎをしめて電気を消した。雨がふってたから、まどから太陽の光が入ってくることはないのに、ラッセル先生はまどのブラインドを全部おろした。そして、早口で話しはじめた。声はふるえて、高くなってる。「室内ひなんくんれんでやったことを思い出して」先生が言う。室内ひなんくんれんのときは、火災けいほう器が鳴ったときみたいに外へは出ないで、教室の中でかくれることになってるのをぼくは思い出した。

パン　パン　パン

ろうかにいるだれかが大声でさけんだ。ぼくのひざが、がたがたふるえだした。

「みんな、クロゼットに入って」ラッセル先生が言った。

前に室内ひなんくんれんをしたときは楽しかった。悪者になった気分でクロゼットの中にかくれてると、一分ぐらいでチャーリーがやってきて、学校じゅうのどのドアにでも使えるとくべつなかぎで教室のドアをあけ、こう言った。「わたしだ、チャーリーだよ」それが、くんれんが終わる合図だった。だけどいまは、クロゼットに入りたくなかった。ほとんどの子たちが先に入ってて、もみくちゃにされそうだったからだ。でもラッセル先生がぼくの頭に手をやって、クロゼットの中におしこんだ。

「急いで、みんな。早く」先生が言った。だれよりもエバンジェリーン、それにデビッドや、ほかにも何人かの子たちが、家に帰りたいと言って泣きだした。ぼくもなみだが目にたまりそうになったけど、泣いてるのを友だちに見られるのはいやだった。だから、おばあちゃんに教わった「鼻つまみ」ってやり方でごまかした。鼻のかたいところと、やわらかいところのさかい目を、指でぎゅっとつまむと、なみだが引っこむ。「鼻つまみ」は、いつだったか、ぼくが公園でだれかにブランコから落とされ、泣きそうになってたときにおばあちゃんが教えてくれた。おばあちゃんは「みんなに泣いているところを見せちゃいけませんよ」と言ってたんだ。

ラッセル先生はぼくたち全員をクロゼットの中に入れると、戸を閉めた。そのあいだずっと、**パン**という音が鳴ってた。ぼくは頭の中で数えた。

パン—1　パン—2　パン—3

のどがかわいて、いがいがした。すごく水が飲みたかった。

パンー4　パンー5　パンー6

「おねがい、おねがい、おねがい」ラッセル先生がささやく。それから、神さまに「ああ、主よ」と話しかけた。そのあとは、なんて言ったのかよくわからなかった。先生の声は小さくて、早口だったからだ。きっと、神さまだけにしか聞かれたくなかったんだろう。

パンー7　パンー8　パンー9

音はいつも三回つづき、少しあいだがあく。
ラッセル先生がとつぜん顔をあげて、また「くそっ」と言った。「電話!」先生はほんの少し戸をあけて、しばらく音がしなくなると、戸を大きく開いて、教室のいちばん前にある先生のつくえまで、かがんだまま走っていった。そして、また走ってクロゼットにもどった。先生はもう一度戸を閉めると、ぼくに、あの金具をつかんでなさいと言った。ぼくはそうしたけど、指がいたいし、戸は重くてなかなか閉まらない。だから、しかたなく両手を使った。
ラッセル先生の手はひどくふるえてたから、パスワードを入れるとき、けいたい電話もゆれた。先生は何回もまちがえた。パスワードが正しくないと、画面に出てる数字がゆらゆら動き、もう一度さいしょからやりなおさなきゃいけない。「早く、早く、早く」先生はやっと正しいパスワードを打ちこんだ。１９８９だ。

パン―10　パン―11　パン―12

ぼくは先生が９１１にかけるところをじっと見てた。電話の向こうから声がして、先生が言う。「ええ、マッキンリー小学校です。場所はロジャーズ通りのウェイク・ガーデンズ」すごく早口だった。けいたい電話からもれた明かりで、先生のつばがぼくの足にとぶのが見えた。でも、戸をつかんで、両手がふさがってたから、ぼくは何もできなかった。ぬぐえなくて、足やズボンにとんだつばがあわになってるのをただ見てるのは、気持ち悪かった。「じゅうげき犯が校内にいるんです。それで……わかりました、それなら電話は切らずにいます」先生はぼくたちにささやいた。「もうだれかが、つうほうしたみたい」じゅうげき犯。先生はそう言った。それからぼくは、その言葉しか考えられなくなった。

パン―13　じゅうげき犯　**パン―14**　じゅうげき犯　**パン―15**　じゅうげき犯

クロゼットの中はむし暑く、まるで空気が全部なくなったみたいで、息をするのもやっとだった。ぼくは戸を少しあけて外の空気を入れたかったけど、こわくてできなかった。むねのおくで心ぞうがものすごい速さで動いて、のどまであがってきそうだった。となりではニコラスが目をぎゅっとつぶり、ふうふうと息をしてた。たくさん空気をすいすぎだ。

ラッセル先生も目をつぶってたけど、こきゅうはゆっくりだった。先生がふうーっと長い息を吐くと、コーヒーのにおいがした。それから先生は目をあけ、もう一度ぼくたちにささやいた。先生がみんなの名前をよぶ。「ニコラス。ジャック。エバンジェリーン……」先生が「ザック。だいじょうぶだからね」と言うのを聞いたら、落ち着いてきた。先生はぼくたちに向かって「外にけいさつの人がいる。すぐ助けに来てくれるから。先生もみんなのそばにいる」と言った。先生がそばにいてくれてほっとしたし、先生が話すのを聞くと、あまりこわがらずにいられた。コーヒーのにおいがする息も、もうそんなに気にならない。朝ごはんのときのパパの息だと思うことにした。週末には、パパも朝ごはんの時間に家にいる。ぼくもコーヒーを飲んでみたことがあるけど、すきじゃなかった。あつすぎるし、古くなったものみたいな味がした。そのとき、パパはわらって言った。「よかったな。これを飲むと大きくなれないんだから」どういう意味なのか、わからなかったけど、ぼくはいま、ここにパパがいてくれたらいいのに、とすごく強く思った。でも、パパはいなくて、ラッセル先生とクラスの仲間がいるだけだ。それから**パン**という音も――

パン―16　パン―17　パン―18

――こんどの音はものすごく大きく、ろうかでさけび声がして、クロゼットの泣き声もはげしくなった。ラッセル先生はぼくたちに話しかけるのをやめ、電話の向こうの人に言った。「そんな！犯人がせまってるのに。来てくれるの？　来てくれるの？」同じことをくり返す。ニコラスが目をあけて「ううっ」と声をもらしたあと、吐いてしまった。ニコラスのシャツはゲロまみれで、エマのかみの毛やぼくのくつのかかとにも、とびちった。エマがかん高い声でさけんだから、ラッセル先生がエマの口を両手でおおった。先生の手からけいたい電話がすべって、ゆかに広がるゲロの上に落ちた。戸のすきまからサイレンの音が聞こえる。ぼくは、いろんなサイレンの音のちがいを聞き分けるのがとくいだ。消防車、パトカー、救急車……でもいまは、ものすごくたくさん聞こえるから、どのサイレンなのかわからなかった。全部の音がまざってる。

パン—19　**パン**—20　**パン**—21

クロゼットの中はむし暑くて、しめっぽくて、いやなにおいがいっぱいだから、頭がくらくらしてきて、おなかの具合もよくなかった。するととつぜん、あたりがしずかになった。**パン**という音はもう聞こえない。聞こえるのは、クロゼットの中でだれかが泣く声と、しゃっくりみたいな音だけだ。

そのとき、たくさんの**パン**という音がいっせいに鳴りひびいた。ぼくたちのすぐ近くでつづけて聞こえ、物が落ちたりこわれたりするすごい音もした。ラッセル先生が悲鳴をあげて耳をふさぎ、ぼくたちもそうした。ぼくが金具をはなしたせいでクロゼットの戸が開き、光がさしこんできて目がくらんだ。ぼくは**パン**という音を数えつづけようとしたけど、多すぎた。しばらくして、音がやんだ。

何もかもすっかりしずかになって、みんなぜんぜん動かない。息を止めてるみたいだった。ぼくたちはずいぶん長くそこにいた——じっとしずかにしたまま。

すると、だれかが教室のドアの外に立った。ドアのつかむところを動かす音が聞こえ、ラッセル先生が、はっ、はっ、はっ、と小さく息を切らすような声を出した。ドアをたたく音がして、男の人が大声で言った。「おい、だれかいるのか?」

2　戦いのきず

「もうだいじょうぶ。けいさつだよ。全部終わったんだ」男の人は大きな声でそうつづけた。

ラッセル先生は立ちあがって、クロゼットの戸にしがみついてたけど、しばらくして教室のドアのほうへ二、三歩近づいた。のろのろしてて、なんだか歩き方をわすれてしまった人みたいだ。ずっとすわってたから、ぼくと同じように足がしびれて、いたかったのかもしれない。ぼくも立ちあがると、後ろにいたクラスのみんなが、ゆっくりとクロゼットから出ようとしてた。みんな、足の動かし方から勉強しなおさなきゃいけないようだった。

ラッセル先生がドアのかぎをあけると、けいさつの人たちがどっと教室に入ってきた。ろうかにもたくさんいる。けいさつの女の人が、のどがつまったように大きな声をあげてるラッセル先生をだきしめた。ぼくは先生のそばにいたかったし、まわりのみんながちらばったんで、もうあたたかくなくて、なんだかぶるぶるしてきた。けいさつの人がいっぱいいるから、きんちょうして、こわくなり、ぼくはラッセル先生のシャツをにぎった。

「よし、みんな、教室の前に集まって」男の人が言った。「こっちに列を作ってくれるかな」

まどの外から、もっと多くのサイレンが聞こえてきた。まどは高いところについてて、いすかつくえに乗れば外が見えるけど、そういうことはしちゃいけないんだ。それに、パンという音が鳴りはじめたとき、ラッセル先生が全部のまどのブラインドをおろしてた。

けいさつの人が、ぼくのかたに手をおいて、列にならばせた。その人もほかの人も、せいふくの上にぼうだんベストを着てて、あとは映画に出てくるようなヘルメットをかぶってる人もいて、そういう人はこしのベルトにさすふつうのじゅうよりずっと大きいやつを持ってた。じゅうやヘルメットのせいでちょっとこわく見えたけど、ぼくたちに話しかけるときはやさしかった。「さあ、みんな、心配しなくていい、すべて終わったんだよ。もうだいじょうぶだ」とか、そんな言葉をかけてくれた。

「すべて終わった」というのがどういう意味かわからなかったけど、教室を出ていくのはいやだし、列の前には、いつもとちがってラッセル先生が立ってない。先生はまだけいさつの女の人といっしょに教室のはしにいて、のどに何かがつまったような声を出してる。

教室から出るときに列を作るんだけど、ふだんはみんながおし合ったりつつき合ったりして、うまくいかない。だけど、きょうはみんなじっとしてた。エバンジェリーンとエマ、そのほかにも何人かは、まだ泣いてたり、ふるえてたりして、ぼくたちはみんなラッセル先生のほうを見つめながら、先生が落ち着くのを待ってた。

教室の外でたくさんの音がして、ろうかの向こうからだれかのさけび声が聞こえた。さけんでるのはチャーリーだ。「ああ、ああ、ああ!」と何回もくり返してる。なんでチャーリーはあんなふうにわめいてるんだろう、と思った。うたれたんだろうか。じゅうげき犯が学校に来たときのけいび員の仕事は、すごくあぶないに決まってる。

ほかにもさけび声や、だれかをよぶ声や、いろんな声が聞こえた。「ああ、うわあ、うわああ」

「頭部がいしょう、そく死です！」「だいたい部から出血。あっぱくほうたい、しけつたいをくれ！」けいさつの人のベルトにかかった無線の道具からは、ビーっという音が鳴りつづけ、早口で話す声がいっぱい聞こえたけど、何を言ってるのか、よくわからなかった。

ぼくたちの列の先頭にいるけいさつの人の無線が鳴って、「移動のじゅんびを！」という声が聞こえ、けいさつの人がこっちを向いて「外へ出る！」と言った。列の後ろからべつのけいさつの人におされて、ぼくたちは歩きだしたけど、なかなか進まなかった。泣き声やさけび声がまだひびいてるろうかへなんか、だれも出ていきたくない。先頭にいたけいさつの人は、ぼくたちのだれかが自分の横を通るたびにハイタッチをして、よろこばせようとしてるみたいだった。ぼくはハイタッチをしなかったけど、その人は代わりにぼくの頭をぽん、と軽くたたいた。

ぼくたちはろうかをずっと歩いて、食堂のある、うら口まで行った。一年生のほかのクラスの子や、二年生、三年生の子たちもぼくたちと同じように列を作り、先頭のけいさつの人について歩いてた。みんな寒そうで、こわがってるように見えた。「後ろを見ないで」けいさつの人が言ってる。「ふり返るんじゃないぞ」だけど、ぼくは自分の思ったとおりなのかをたしかめたかったし、さっきの「ああ、ああ、ああ！」は本当にチャーリーのさけび声だったのか、チャーリーはだいじょうぶなのかを知りたかった。金切り声をあげてるのがだれなのかも気になった。

ぼくの真後ろにライダーがいたから、よく見えなかった。ライダーはせが高いし、その後ろにもたくさんの生徒がつづいてた。それでも、子どもたちとけいさつの人たちが歩くすきまから見えたものがある。ろうかのゆかにだれかがたおれて、そのまわりで救急たいやけいさつの人が体をかがめてた。そして、血だ。ぼくには血に見えた。こい赤や黒っぽい水たまりがあり、まるでペンキがとびちって、ろうかのゆか一面と、かべのあちこちについてるみたいだった。それから、ライダーの後ろを歩く四年生と五年生たちが見えたけど、顔はゆうれいみたいに青白くて、泣いてる子や血がついてる子もいた。顔にも服にも。

「前を向きなさい」ぼくの後ろにいたけいさつの人が言った。さっきまでのやさしい声じゃない。ぼくはすぐに前を向いたけど、いっぱい血を見たんで心ぞうがばくばく動いてた。本物の血は前にも見たことがあるけど、それは転んでひざから少し出たやつで、こんなにたくさん見たのははじめてだ。

ほかにも何人かの子がふり返ってたから、けいさつの人がどなりだした。「前を見ていなさい！ふり向くんじゃない！」でも、そう言われたせいで、よけいにみんながつられて後ろを見た。さけんだり、早足になったり、ぶつかり合ったり、おし合ったりしてる。うら口に着くと、だれかが横から強くおしてきたんで、ぼくはかたをドアにぶつけてしまい、それが金ぞくだったから、すごくいたかった。

外へ出ると、雨はますます強くなってたけど、みんな上着を持ってない。全部、校しゃの中だ。上着も、リュックも、図書バッグなんかも。だけど、ぼくたちは校庭でも足を止めないで歩きつづけ、うら門を通りぬけた。その門は、いつもの休み時間には閉まってて、生徒が外へ出たり、よその人が入ったりできないようになってるのに。

学校の外へ出たら、少し気分がよくなってきた。もう心ぞうはあまりばくばく動いてないし、雨が顔にかかって気持ちがいい。寒かったけど、それも悪くない。みんなの歩き方もおそくなり、さけび声や泣き声やおし合う声も少なくなった。ほかの子たちも雨にぬれて気分が落ち着いてきたのかもしれない。

ぼくたちは、救急車と消防車とパトカーだらけの交差点をわたった。どの車も光が点めつしてる。水たまりにうつる光に足をつっこんだら、水面に青や赤や白の光のうずができ、くつの先にあいた穴から水が入りこんで、くつ下がぬれた。くつがびしょびしょになるとママがすごくおこるけど、それでもぼくは水しぶきを立てて、光のわっかをたくさん作りつづけた。青と赤と白の光が水たまりでまじり合って、なんだかアメリカの国の「はた」みたいだ。

道はトラックや車でふさがれてた。その後ろへ、ほかの車が何台か近づいてきたと思ったら、そこから大人たちがつぎつぎにとび出した。ぼくはママをさがしたけど、見つからなかった。交差点の両がわにけいさつの人がならんで、ぼくたちを歩かせてたから、大人たちは列のほうには入れなかった。みんな、しつもんでもするみたいに自分の子の名前をさけぶ。「エバ？　ジョーナス？　ジミー？」さけび返す子もいる。「ママ！　ママなの？　パパ！」

ぼくは自分が映画に出てると思うことにした。あちこちが光り、けいさつの人たちが大型のじゅうを持ってヘルメットをかぶってる映画だ。そう考えると、わくわくした。ぼくの役は戦場からもどった兵士で、ヒーローになったぼくを一目見ようとみんなが集まってる。かたがいたいけど、戦場にいたんだから、しかたがない。戦いのきず。ぼくが外でラクロスやサッカーなんかをして、けがをすると、いつもパパは言う。「戦いのきずだな。男なら、少しはあるのがあたりまえだ。弱虫じゃないってことさ」

3　イエスさまと本当に死んだ人たち

　ぼくたちの列の先頭にいたけいさつの人たちは、学校のうらの道ぞいにある小さな教会へと進んだ。中に入ると、ぼくはもう自分が強いヒーローだなんて思えなくなってきた。さっきまでのわくわくした気持ちは、消防車やパトカーといっしょに教会の外においてきたみたいだ。教会の中は暗くて、しずかで、寒い。雨にぬれてたから、なおさらだ。

　ぼくの家族はめったに教会へ出かけなくて、けっこん式のときに一回、それから去年のチップおじさんのおそう式で一回行ったくらいだ。そのときはこの教会じゃなくて、チップおじさんが住んでたニュージャージー州にあるもっと大きな教会へ行った。おじさんはまだ年をとってないのに死んじゃったから、すごく悲しかった。おじさんはパパのお兄さんで、ちょっとしか年上じゃないのに死んだのは、ガンになったからだ。ガンってのはたくさんの人がかかる病気で、体のどこがそうなってもおかしくない。全身にガンが広がることもあって、チップおじさんはそうだった。お医者さんにはもうどうにもできなかったから、おじさんは病気がなおらない人だけが行くとくべつな病院に移って、そこで死んだ。

　ぼくたちはそこへおみまいに行った。おじさんはたぶん、自分が死ぬことも、もう二度と家族とくらせないこともわかってたはずだから、すごくこわかったと思う。だけど、顔はこわがってるようには見えなくて、ずっとねむってた。そのあと、おじさんがねむりからさめることはなかった。ねむったまま死んでしまったから、自分が死んだことに気づかなかったかもしれない。ベッドに入ってそのことを考えると、ねむるのがこわくなるときがある。だって、ねてるうちに死んじゃって、それに気づかなかったら、どうしたらいい？

ぼくは、おじさんのおそう式でたくさん泣いた。おじさんが遠くへ行ってしまって、もう会えないというのがいちばんの理由だ。ほかの人たちもみんな、とくにママとおばあちゃんと、おじさんのおくさんのメアリーおばさんはすごく泣いてた。いや、ふたりはけっこんしてなかったから、おくさんじゃないのかもしれないけど、ぼくたちはメアリーおばさんとよんでた。ふたりはぼくが生まれる前から、ずっと長いあいだカップルだったんだ。ぼくが泣いてたわけはほかにもあって、おじさんが教会の前で、ひつぎっていう箱に入れられてたからだ。きっと箱の中はきゅうくつだろうし、ぼくだったらあんなふうに入れられたくないと思った。ぜったいにだ。泣かなかったのはパパだけだった。

けいさつの人に、教会の長いすにすわるように言われたとき、ぼくはチップおじさんのことや、おそう式がどれほど悲しかったかを考えてた。全員が長いすにすわらなきゃいけなくて、けいさつの人が大声で言った。「もっと中につめて。みんながすわれるように。つめて、つめて」ぼくたちは横にずれ、教室のクロゼットの中にいたときみたいに、みんなぎゅうぎゅうになってすわった。右がわと左がわの長いすの真ん中に通路があって、長いすのすぐそばにけいさつの人が何人かならんでた。

足がこごえそうなほど冷たかった。それに、おしっこもしたい。ぼくがいた長いすのとなりに立ってるけいさつの人に、トイレへ行ってもいいかと聞いてみたけど、「いまはだれも席からはなれちゃいけないんだよ、ぼうや」と言われたから、ぼくはがまんして、行きたくてたまらないことは考えないようにした。でも、何かを考えないようにすると、かえって、ずっとそのことばかり考えてしまう。

ニコラスがぼくの右がわのすぐ近くにすわってて、まだゲロのにおいがした。ラッセル先生がほかの先生たちと後ろのほうの長いすにすわってるのが見えて、ぼくも先生の近くならよかったのにと思った。体に血がついてる年上の子たちも後ろのほうにいて、まだ泣いてる子がたくさんいた。どうしてだろう、とぼくはふしぎに思った。だって、学年が下の子たちだって、もう泣きやんでるのに。先生たちやけいさつの人や教会の人が——教会の人だとわかったのは、黒いシャツに白いえりがついてたからだ——泣いてる子に話しかけたりだきしめたりして、顔についた血をティッシュでふいてあげてた。

教会の前には大きい台がおいてある。とくべつな台で、「祭だん」って名前だ。その向こうにはイエスさまがはりつけになった大きな十字架があり、チップおじさんのおそう式のときに行った教会と同じだった。ぼくは、目を閉じたイエスさまのほうを見ないようにした。イエスさまが両手と両足にくぎを打たれて死んでるのは、ずっと大むかし、本当にそうやってころされたからだというのは知ってた。イエスさまはいい人だし、神さまの子なのに。ママから話を聞いたことがあったけど、なぜイエスさまがそんなことをされたのかはおぼえてなくて、ぼくはただ、正面にいなければいいのにと思った。イエスさまを見ると、ろうかにいた人やそこらじゅうの血のことを考えてしまい、ぼくはだんだん、あの人たちも死んでたのかもしれないと思いはじめた。つまり、ぼくは本物の死んだ人を見たってことだ！

ほとんどの人は何も話さなくて、あたりはすごくしずかだったから、教会のかべに音がはね返るように、耳のおくで**パン**という音がまた聞こえはじめた。音を耳から追い出そうと頭をふったけど、何度でももどってくる。

パン　パン　パン

これから何が起こるんだろう、とぼくは思った。ニコラスの鼻は赤く、鼻水がだらりとぶらさがってて気持ち悪い。ニコラスは音を立てて鼻をすすり、なんとか鼻水を引っこめようとしてるけど、すぐにまた落ちてくる。ぬれた足をかわかそうとするみたいに、両手を上に下に動かしてこすってるけど、ズボンはびしょびしょのままだ。ニコラスがしゃべらないなんて、ふつうじゃない。ふだん、ぼくたちは青いつくえに向かい合わせにすわって、スカイランダーズのゲームのこととか、サッカーのＦＩＦＡワールドカップのこととか、休み時間やあとでバスに乗ったときにどのせん手シールを取りかえたいかなんてことを、ずっと話してるんだ。

ぼくたちがせん手シールを集めだしたのは、ワールドカップがはじまる夏より前のことだった。シールブックには、ワールドカップに出場する全チームのせん手のシールをはれるようになってて、そのおかげで、はじまるころにはチームのことをくわしく知ってたから、試合を見るのが前よりずっと楽しかった。シールブックをうめるには、ニコラスはあと二十四まいだけ、ぼくは三十二まいのシールがひつようだったけど、同じせん手のシールはふたりとも山のように持ってた。

ぼくはニコラスに小さい声で言った。「ろうかの血は見た？　本物みたいだった。すごくたくさんだったよね」ニコラスはうなずいたけど、それでも何も言わなかった。なんだか、上着やかばんといっしょに、声まで学校にわすれてきたみたいだ。ときどき、へんなことがあるやつだ。ニコラスはたれそうになる鼻水をすすっては、ぬれたズボンをずっと手でこすってたから、ぼくは話しかけるのをやめ、鼻水がたれるのを見ないようにした。でも、目をそらすとすぐに見えるのは、十字架にかけられたイエスさまが死んでるすがたで、目にはふたつのものしか入ってこなくなった。鼻水とイエスさまだ。鼻水、イエスさま、鼻水、イエスさま。せん手シールやＦＩＦＡの本は、学校においてきたかばんに入れたままだったから、だれかにとられるんじゃないかと心配になってきた。

教会の後ろの大きなドアは、さっきからギーギーと音を立てて開いたり閉まったりして、人がどんどん出入りしている。ほとんどはけいさつの人だけど、先生たちも何人かいた。コラリス先生はどこにもいないし、チャーリーも見当たらないから、ふたりはたぶん学校にのこってるんだろう。そのとき、大人たちが中に入ってきて、ざわざわとさわがしくなってきた。大人たちはぼくたちみたいにしずかじゃなく、こんどもまた、しつもんをするみたいに子どもの名前をよんでた。自分の子を見つけると大声でさけび、長いすにいるその子のところへ行こうとするけど、みんながつめてすわってるから、なかなかたどり着けない。立ちあがって出ていこうとする子や、自分のママやパパを見て泣きだす子もいる。

ギーギーという音を聞くたび、ぼくはあちこちへ顔を向けて、ママかパパが来ていないかをたしかめた。早くぼくをむかえにきてほしい、いっしょにうちへ帰りたいと思った。そうすれば、服とくつ下をかえられるし、また体があたたかくなる。

ニコラスのパパが来た。ニコラスはぼくの体を乗りこえ、長いすにすわってるほかの子たちの上から持ちあげてもらった。それからニコラスのパパがニコラスをだきしめ、吐いたものがパパのシャツにもついたはずだけど、ずっとそうしてた。

またギーと音がして、ドアが開き、やっとぼくのママが入ってきた。ママに見つけてもらえるようにぼくは立ちあがったけど、はずかしくなった。ママがこっちに向かって走りながら、みんながいるのに「わたしのベイビー」なんてよぶからだ。ぼくはほかの子たちを乗りこえてママのところへ行った。ママはぼくをしっかりつかんで、はなさなかった。ママの体は冷たくて、雨のせいでぬれていた。

そのとき、ママがあたりを見まわして言った。「ザック、お兄ちゃんはどこ?」

4　お兄ちゃんはどこ？

「ザック、アンディは？　どこにすわってるの？」ママは立ちあがって、あたりをぐるっと見まわした。ぼくはママにずっとだきしめてもらいたいし、**パン**という音のことや、ろうかで見た血のことや、ゆかにたおれてた、たぶん本当に死んでしまった人たちのことを話したかった。それに、じゅうげき犯がなぜ来たのか、学校にいる人たちに何があったのかも、たずねたかった。両手と両足にくぎを打たれたイエスさまのいる、この寒い教会から出ていきたかった。

きょうはアンディを見てない。ふだん、バスをおりてから、じゅぎょうが終わってまたバスに乗るまでのあいだに、学校でアンディに会うことはほとんどない。昼ごはんの時間も休み時間もばらばらで、学年が上の子のほうがいつも先に外へ出るからだ。ぐうぜん学校でアンディと会うことはあって、たとえば、ぼくのつぎの教室が向こうがわで、アンディの教室がこっちがわにあって、ろうかでばったり会ったときなんかだと、アンディはぼくをむしして、こいつは弟なんかじゃない、知らないやつだ、ってふりをする。

ぼくがようじ学級にかよいだしたとき、それまでの保育園の友だちはほとんどジェファーソン小学校のようじ学級に進んでしまい、マッキンリー小学校には知ってる子がいなくて、心配だった。だからマッキンリーの四年生にアンディがいるのはうれしかった。どこに何があるか教えてくれるだろうし、アンディがいれば学校もこわくないはずだと思った。ママもアンディに「弟をちゃんと見てるのよ。助けてあげてね」と言ってた。でも、アンディはそうしなかった。

「こっち来んなよ、ガキんちょ！」ぼくが話しかけようとすると、アンディは大声で言い、アンディの友だちはわらったから、それからは言われたとおり、アンディには近づかなかった。

「ザック、お兄ちゃんはどこ？」ママはぼくにもう一度たずねて、アンディをさがしはじめた。ぼくはママといっしょに歩こうと手にしがみついたけど、通路はもう人でいっぱいになってて、みんな、自分の子どもの名前をよびながらぼくとママのあいだにわりこんできた。ずっと手をつないでると、かたがいたくなり、ぼくはママの手をはなすしかなかった。

ぼくはその日、バスをおりてから一度もアンディのことを考えてなくて、ママに聞かれてはじめて思い出した。**パン**という音が鳴りはじめたときも、クロゼットの中にかくれたときも、ろうかを歩いてうら口から外へ出たときも、アンディのことは考えなかった。ろうかでふり返って、後ろを歩く年上の子たちを見たときに、アンディの顔があったかどうかを思い出そうとしたけど、わからなかった。

ママは早足であちこち歩きまわり、頭を左、右、左、右へふりつづけてる。ぼくは教会のいちばん前の祭だん近くにいるママに追いついて、もういっぺんママの手を取ろうとしたけど、そのときママは手をあげて、けいさつの人のうでをつかんだ。だから、ぼくはママのそばに立ったまま、ポケットの中に手を入れてあたためた。「息子が見つからないんです。子どもたちは全員ここにいるんですか」ママがけいさつの人にたずねた。ママの声はいつもとちがって、かん高い。ぼくはママの顔を見あげ、どうしてそんな声を出したのかをたしかめようとした。ママの顔は、目のあたりに赤いぼつぼつがたくさんあり、くちびるとあごがふるえてる。たぶん、雨でびしょぬれになったから、ママも寒かったんだろう。

「まもなく正式に発表いたします」けいさつの人がママに言った。「お子さまがゆくえ不明ということであれば、どうか長いすにかけて発表をお待ちください」

「ゆくえふめ――」ママはそう言って、頭のてっぺんを強くおさえた。たたいてるみたいだった。

「そんな。ああ、神さま。なんてことなの！」

ママが神さまと言うから、ぼくは目をあげて、十字架にかけられたイエスさまを見た。ちょうどそのとき、ママのけいたい電話がかばんの中で鳴りだした。ママがびっくりしてかばんを落としたから、いろんなものがゆかにちらばった。ママはひざまずいて、かばんの中の電話をさがした。ぼくはママのものを拾いはじめた。何かの紙や車のかぎ、それに何まいものお金が人の足のあいだに転がってる。ぼくはだれかに取られる前に全部かき集めようとした。

ママが電話を見つけて出たとき、クロゼットでのラッセル先生と同じように、手がふるえてた。「もしもし」ママは電話の相手に言った。「リンクロフト通りの教会よ。子どもたちはここに集まってる。でもアンディがいないの！　どうしたらいいの、ジム、アンディが教会にいないのよ！　ええ、ザックは見つけた」ママは泣きはじめた。祭だんのすぐ目の前でゆかにひざをついてるところは、まるでおいのりをしているようだった。おいのりをするときは、みんなママみたいにひざまずく。ぼくはママの前へ行くと、かたに手をおいて上下にさすり、泣きやんでもらおうとした。のどのあたりが苦しくなった。

ママは電話に向かって「そうね、ええ、わかってる。だいじょうぶ、そうね、ええ」、つぎに

「わかった、またすぐに」と言うと、電話をコートのポケットに入れ、ぼくを引きよせて、きつすぎるぐらいの力でだきしめた。それから、ぼくの首に顔をおしつけたまま泣いた。ママの息はあつくて、くすぐったかったけど、ぼくはほっとしてもいた。どんどん寒く感じる体をあたためてくれたからだ。

ママにだきしめられたまま、ずっとくっついてたかったけど、おしっこががまんできなくなって、右に左に体を動かした。「ママ、トイレに行きたい」ぼくは言った。ママはぼくからはなれて立ちあがった。「ザック、いまはだめ」ママが言った。「どこかにすわって待ちましょう。パパが来るのと、発表があるのを」だけど、長いすは子どもたちでいっぱいで、すわれなかったから、教会のすみまで歩いていった。ママはかべにもたれかかって、ぼくの手をぎゅっとにぎってる。ぼくはおしっこがしたくて、あそこがいたくなってきたから、そわそわと動きながらつま先でなんとか立ってた。もらしてしまうんじゃないかって、こわくなった。みんなの前でそんなことになったら、すごくはずかしい。

またママのポケットから音がした。ママは電話を手にとって、ぼくに言った。「ミミからよ」それから電話に出た。「もしもし、お母さん」ママはそう言うと、また泣きだした。「教会にいるの、ザックと……。ええ、ザックはだいじょうぶよ、心配ない。でも、アンディがいなくて。そう、いない、見つからないの……。何も聞いてない……。もうすぐ発表があるらしいけど」ママは電話を耳に強くおし当ててる。きつく持ちすぎて、指のかんせつが白くなってるのが見えた。ママはミミが話すのを聞いて、そうだというようにうなずいた。なみだがほっぺを流れてる。「本当にもう、どうしたらいいかわからなくて……。あの人も来る、いま向かってるところ。いや、まだ来ないで。

いまは親しか入れてもらえないと思うの。ええ、そうする。またかける。ええ、どうもありがとう」

　ぼくはあちこちの長いすを見、目を左右に動かしてアンディをさがした。言葉さがしパズルで、さいしょの文字をさがすみたいにだ。たとえば、パイナップルって言葉をさがすときは、まず「パ」を全部さがして、ひとつ見つけたら、その「パ」のとなりが「イ」になってるかどうかを調べ、そうやって全部の字を見つけていく。だからぼくは、目を左へ右へ動かして、長いすにいるのがアンディじゃないかどうかをたしかめた。たぶん、さっきは会えなかっただけで、見つけたらここを出てうちへ帰れる。前のほうへも後ろのほうへも目をやってさがしつづけたけど、本当にアンディはどこにもいなかった。

　ぼくはつかれてきて、立ってるのがもういやになった。ずいぶんたってから、大きなドアがギーッと音を立てて開き、パパが入ってきた。パパのかみの毛はぬれて、おでこにくっつき、服から水がぽたぽた落ちてる。ほかの人たちのあいだをぬけてこっちまで来るのに、だいぶかかった。パパはぼくたちのところに着くと、ぬれたままぼくとママをだきしめた。ママはまた泣きはじめた。

「だいじょうぶだ」パパが言った。「子どもたち全員は入りきらなかったんだろう。様子を見よう。ここへ来るとき、もうすぐ発表すると聞いたんだよ」そのとき、ママがさっきまで話してたけいさつの人が、祭だんの前へ歩いていって、こう言った。「みなさん、聞いてください！　みなさん、どうかおしずかに！」それから、もっと大きな声を出す。「しずかにしてください！」だれもが泣いたり、さけんだり、名前をよんだりして、けいさつの人が話してることに気づかなかったから、同じ言葉があと二、三回くり返された。

やっとみんながしずかになって、けいさつの人が話しはじめた。「ほご者のみなさま、けがをしていない子どもたちは全員、この教会に来ています。自分のお子さまを見つけたら、すみやかに教会から出てください。そうすればこの場は落ち着きを取りもどし、これからいらっしゃるほご者の方がお子さまをさがしやすくなりますから。お子さまのすがたが見当たらない方にお知らせします。けがをした子どもたちは、ちりょうを受けるためにウェスト・メディカル病院へ移されているところです。申しあげにくいことですが、今回の事件で落命なさった方が何人かいらっしゃり、そうさが終わるまで、犯行現場にのこされることとなります」

けいさつの人が「落命」と言ったとき――ぼくにはよく意味がわからなかったけど――教会じゅうに大きな声がひびいた。ここにいる全員がいっしょに「あああああ」と言ったみたいな感じだ。けいさつの人は話をつづけた。「死しょう者の名ぼはまだ入手できておりません。ですから、お子さまが見つからない方は、ただいま、ウェスト・メディカル病院へお出向きになって、スタッフにごかくにんをおねがいします。病院のスタッフが入院かんじゃのじょうほうをまとめています。じゅうげき犯はウェイク・ガーデンズしょのけいさつ官によって、しゃさつされました。まちがいなく、たんどく犯です。ウェイク・ガーデンズ地区はもう安全になりました。しえん用のホットラインをじゅんびしております。じょうほうは、まもなくマッキンリー小学校とウェイク・ガーデンズ地区の公式サイトにけいさいされます」

けいさつの人が話し終えてほんの少しのあいだ、だれもしゃべらなかった。そのあと、声がばく発したみたいに、みんながいっぺんに大声で名前をよんだり、しつもんをしたりした。けいさつの人が何を言ってたのか、ぼくにはよくわからなかったけど、犯人が死んだのはわかった。もう人をうたないんだから、いいことなんだろう。でもママとパパを見ると、いいこととは思えなかった。ふたりとも顔じゅうにしわをよせて、ママはさっきよりはげしく泣きだしたからだ。パパが言った。

「それじゃあ、アンディはウェスト・メディカルにいるはずだ」

ぼくは四才のとき、ピーナッツのアレルギーでウェスト・メディカル病院に行ったことがある。よくおぼえてないけど、ママはそのときこわかったと言ってた。ぼくの顔と口とのどは赤くはれあがって、息が止まりそうだったらしい。病院で薬をもらって、やっとまた息ができるようになったんだって。いまもぼくは、ピーナッツが入っているものはぜったいに食べられないし、昼ごはんの時間にはピーナッツなしのテーブルにつかなきゃいけない。

ママはアンディもウェスト・メディカル病院へつれていったことがある。去年の夏、アンディがヘルメットをかぶらずに自転車に乗って――本当はぜったいにやっちゃいけないことなのに――頭から落っこちたんだ。おでこから血が出て、きず口をぬわなきゃいけなかった。

「メリッサ、しっかりするんだ」パパがママに言った。「ザックをつれて、アンディをさがしに病院へ行ってくれないか。着いたら電話をくれ。うちの母ときみのお母さんには電話でつたえておくから。おれはここにのこる。万が一……」

万が一なんなのか、つぎの言葉を待ったけど、ママがぼくの手を強くつかんで引きよせ、いっしょに教会から出た。ぼくたちが大きなドアから出ていくとき、歩道にも車の道にも、たくさんの人がそこらじゅうにいて、上に大きなお皿みたいなものを立てた車も何台か見えた。ライトがぼくの顔でちかちか点めつしてる。

「行きましょう」ママが言い、ぼくたちは教会から出ていった。

5　ルールなしの日

「だいじょうぶよ、ザック。聞いてる？　心配しなくていいの。病院へ行って、アンディを見つけたら、悪いゆめは全部終わり。わかった？」

ママは車の中で同じことを何度も何度も言ったけど、ぼくに話してたんじゃないと思う。ぼくが「着いたらすぐトイレに行きたいよ、ママ」と言っても、何も返事をしなかったからだ。まだはげしい雨がふってて、ママは体を前に乗り出してフロントガラスの向こうを見つめてた。ワイパーはいちばんの速さで動いてて、そういうときに目で追いかけようとすると頭がくらくらするし、車によってしまうから、フロントガラスの外を見るようにして、ワイパーは見ないほうがいい。でもこのときは、ワイパーがめまいがするような速さで動いてたのに、ガラスの向こうはほとんど見えなかった。病院のある道に出ると、どこもすごくこんでた。

「ばか、ばか、ばか」とママが言った。きょうはきたない言葉の日だ。くそっ、ばか、ちくしょう、とんでもねえ《ジーザス》。ジーザスってのは、本当は使っちゃいけない言葉じゃなくて、イエスさまのことだけど、きたない言葉として口にする人もいる。クラクションの音がすごい。雨がふってるのに、みんなまどをあけるから、車の中のものはぬれてしまうだろう。みんなが、どけ、じゃまだ、とさけび合ってる。

アンディが自転車から落ちて、この前この病院に来たときは、ちゅう車係の人がいたから、エンジンをかけたまま車からおりて、かぎをさしておけば、係の人が代わりに車を止めてくれた。帰りには、その人にチケットをわたすと、車を止めたところからまた運転してきてくれる。きょうは係の人がいなくて、目の前には千台はあるんじゃないかってほどの車が止まってた。ママはまた泣きだして、ハンドルにトントンと指を当てて言った。「どうしよう。どうしたらいいの？」

車の中で、ママの電話がものすごい音で鳴りだした。パパからだとわかったのは、ママの新しいGMCアカディアの前についてるラジオのところを見れば、だれが電話をかけてきたかがわかるからで、受信ボタンをおすと車の中全体に声が聞こえる、かっこいい仕組みになってる。前の車には、こういうのはついてなかった。

「もしもし？」パパの声が車の中にひびいた。

「病院に近づくこともできない」ママが言った。「どうしたらいいの？　どこも車だらけよ。いつまでたっても、ちゅう車場にたどり着く気がしないし、着いたところで、止めるところがあるかどうか。どうにかして、ジム。早く行かなきゃ！」

「わかった、ちゅう車場の空きをさがすのはわすれるんだ。そこは大さわぎだろう。くそっ、いっしょに行けばよかったよ。おれはただ……」そのあと、車の中はしずかになって、ママもパパもつづけなかった。「車はどこかに乗りすてるんだ、メリッサ」パパの声が車に広がった。「かまわないさ。乗りすてて歩いていってくれ」

たくさんの人が、同じように車を乗りすてたんだと思う。まどから外を見ると、あちこちに車が止まってて、自転車用の道や歩道にもあったからだ。そんなことをするのはルールいはんだから、レッカー車に運ばれてしまうだろう。

ママは歩道に車をよせ、そこでエンジンを切った。「さあ、行きましょう」そう言って、ぼくの横のドアをあけた。ぼくたちの車はおしりが道に少しはみ出すかっこうになってて、後ろの車はぜったい通れるはずなのに、クラクションを鳴らしだした。「うるさい、ばか」ママがどなった。きたない言葉のリストがどんどん長くなっていく。

「ママ、レッカー車に持っていかれない？」ぼくはたずねた。

「いいのよ。早く行きましょう」

ママがぼくの手をきつく引っぱるから、ぼくはものすごく早足で歩いた。そんなふうに歩いてると、おしっこがちょっと出た。がまんできなくて、もらしてしまった。さいしょは少しだけだったけど、けっきょく全部出た。すっきりして、足があたたかくなるのを感じた。レッカー車に車を持っていかれてもかまわないぐらいなら、パンツの中でおしっこをしてもかまわないはずだ。きょうはいつもとルールがちがうか、ルールがない日なんだ。雨に当たって、またびしょぬれになったから、どうせ、おしっこはほとんど流されたと思う。

ぼくとママは、止まった車だらけのあいだを進んでいった。そこらじゅうでクラクションが鳴ってて、耳がいたかった。それからぼくたちは「救急外来」という文字が書いてあるガラスのドアを通りぬけて、中へ入った。これでアンディをさがせる。何があったのか聞いて、前のときみたいに、きず口をぬわなきゃいけないのかどうかを決められる。

病院の中も外と同じで、車が人にかわっただけだ。待合室では「受付」と書いたつくえの前にたくさん人がいた。つくえの向こうがわにいる女の人ふたりに向かって、みんなが同時に話しかけてる。けいさつの人が部屋のおくの人たちに話してて、ママはそのけいさつの人の近くへ行き、何を言ってるのか聞こうとした。「現場にはまだだれも入ることができません。病院に運ばれた人のリストをただいま作成中です。負しょう者がたくさんいて、いまはその人たちの手当をすることが、いちばんのゆう先です」何か言おうとする人がいたけれど、それをじゃまするみたいに、けいさつの人が両手をあげた。

「少し落ち着いたら、身元がわかった負しょう者のご家族にお知らせします。まずはそこからです。どうかもう少しお待ちください。もちろん、おつらいのはしょうちしておりますが、どうか医師とスタッフに仕事をさせてあげてください」

待合室のあちこちに、みんながこしをおろしはじめた。空いてる席がなくなると、かべの近くのゆかにすわる人もいた。ぼくたちは大きなテレビがかけてあるかべのほうへ向かった。テレビのすぐ下では、リッキーのママがゆかにすわってた。リッキーはアンディと同じ五年生で、近くに住んでるから、いつもぼくたちと同じバスに乗る。アンディとリッキーは、前は外でいっしょによく遊ぶ友だちだったけど、夏にけんかをした。言葉で言い合うんじゃなくて、げんこつを使ったけんかで、あとからパパがアンディをつれてリッキーの家へあやまりに行った。

リッキーのママが顔をあげて、ぼくたちを見たと思ったら、すぐ目をそらして自分のひざを見た。あのけんかのことで、まだおこってるのかもしれない。ママはリッキーのママのとなりにすわって言った。「こんにちは、ナンシー」

リッキーのママがぼくのママを見て言った。「あら、メリッサ」ママがすわるまで、ぼくたちに気づかなかったみたいな言い方だ。本当は気づいてたのに。それから、リッキーのママはもう一度ひざを見て、そのあとはだれも何も言わなかった。

ぼくはママのとなりにすわってテレビを見ようとしたけど、頭のすぐ上にあったから、首をぐるっと回したのに、それでも画面が少し見えただけだった。テレビの音は消えてたけど、ニュース番組なのはわかったし、マッキンリー小学校がうつってて、正面にはたくさんの消防車とパトカーと救急車が止まってた。ニュースの画面の下のほうには、文がずらずらと流れてたけど、ぼくがすわってるところから、ぐるっと首を回しただけじゃ読めなかった。それに画面に流れる字が速すぎる。首がいたくなってきたから、ぼくはテレビを見るのをやめた。

ぼくたちはずっと、ゆかにすわってた。すごく長い時間だったんで、雨でびしょびしょになった服はもうかわきはじめてた。おなかがぐーっ、と鳴った。昼ごはんからずいぶん時間がたってるし、もともとサンドイッチじゃなくて、リンゴしか食べてない。トイレのそばの自はんきで何か買っておいでって、ママが二ドルくれた。何でもすきなものをえらんでいいって言われたから、ぼくはお金を入れてチートスのボタンをおした。チートスはおかしだから、ふだんは食べちゃだめだって言われるけど、きょうはルールなしの日だったよね？

「立入禁止」と書いてある待合室の後ろのドアが開いて、緑色のシャツとズボンのかんご師さんがふたり出てきた。待合室にいた人全員がいっぺんに立ちあがった。かんご師さんは紙のたばをかかえてて、大きな声で名前をよびはじめた。「エラ・オニールさんのご家族、ジュリア・スミスさんのご家族、ダニー・ロメロさんのご家族……」待合室にいた何人かがかんご師さんのほうへ近づき、いっしょに「立入禁止」のドアのおくへ歩いていった。

かんご師さんが「アンディ・テイラーさんのご家族」とよばなかったんで、ママはゆかにぐったりとすわって、うでをひざに回し、それから顔をかくそうとするように、そこへおでこを乗せた。ぼくはまたママのとなりにすわって、ママのうでを何度もさすった。ママのうではふるえてるみたいで、手はにぎりこぶしを作ってた。その手を開いて、閉じ、開いて、閉じた。

「名前がまだよばれてないのは、よくないことよね」リッキーのママが言った。「じゃなきゃ、もう何か教えてもらってるはずでしょ」

ママは何も言わず、ただ手を開いたり閉じたりしてる。

もうしばらく待ってると、またかんご師さんが出てきて名前をよび、何人かが立ちあがって「立入禁止」のドアの向こうへ行った。かんご師さんが名前をよぶたび、ママは顔をあげ、目をすごく大きくして、おでこにしわをよせながらかんご師さんを見つめる。よばれた名前がアンディじゃないと、ママはふっと息を吐いて、またうでに頭を乗せ、ぼくはそのうでを何度もなでる。

正面のスライドドアが開いて、だれかが入ってきたり出ていったりすることもあった。外がだんだん暗くなるのが見えたから、ずいぶん長く病院にいたことになる。そろそろ夕ごはんの時間かもしれない。ルールなしの日は、おそくまで起きてることになりそうだ。

待合室にのこってる人はもうあまり多くなくて、ぼくとママとリッキーのママ、ほかには、いすと自はんきのそばに何人かいるだけだった。けいさつの人はふたりのこってて、頭をひくくして何か話し合ってる。空いてるいすはたくさんあるのに、ぼくたちはゆかにすわったまま、おしりがいたくなってても立ちあがらなかった。

そのとき、スライドドアが開いてパパが入ってきた。パパを見てぼくはうれしくなった。パパのところへ行きたくて、立ちあがろうとしたけど、すぐにすわりなおした。パパの顔がいつもとぜんぜんちがったからだ。ぼくのおなかは、わくわくしたときみたいに、中身がひっくり返るような感じだったけど、いまはわくわくなんかしてなくて、ただこわくてたまらなかった。

6　オオカミ人間の遠ぼえ

パパの顔は、灰色っぽくて、口はおかしな形をしてる。下くちびるがたれて、歯が見えるほどだった。パパはぼくが立ちあがろうとするのを見て、首を横にふった。スライドドアのそばに立ったまま、ママのとなりにすわるぼくと、リッキーのママのとなりにすわるママを見つめてる。ぼくは動かないで、パパを見つめ返した。なんでパパの顔があんなふうになってるのか、それに、なんでこっちに来ないのかがわからなかったからだ。

だいぶ時間がたってから、パパは歩きだした。ぼくたちのところへ来たくないのかと思うくらい、ゆっくりと歩いてる。パパは何度かまわりへ目をやった。ドアからどのくらいはなれたのか、たしかめたかったのかもしれない。とつぜん、ぼくはパパに近づいてほしくないと思った。こっちに来たら、何もかも悪くなってしまう気がしたんだ。

つぎにリッキーのママがパパを見つけ、口からたくさんの空気を吐き出したみたいな音を立てた。そのせいで、ママはうでにふせてた顔をあげた。ママは目を上に向け、しばらくパパのへんな顔をただ見つめてた。パパは歩くのをやめた。それから、ぼくの思ったとおり、何もかもが悪くなった。

さいしょにママの目がすごく大きくなって、つぎにママは体をふるわせ、わけがわからなくなったみたいだった。大声で言う。「ジム？　やめてよ。いや、いや、いや、いや、いや、いや、いや、いや！」

「いや」と言うたびに声が大きくなったけど、ぼくはなんでママが急にそんなふうにさけんだのか、わからなかった。パパが教会から出てきたことをおこってるのかもしれない。だって、パパは何かがあったときのために、教会で待ってることになってたんだから。待合室にいた人みんなが、ぼくたちを見てた。

ママは立ちあがろうとしたけど、ひざからくずれ落ちてしまった。そして「あああああああああ」とさけんだ。人間じゃなく動物の声に聞こえ、月を見たときのオオカミ人間みたいだった。

パパはまた少し歩いてぼくたちのところまで来ると、自分もゆかにひざをつき、ママにうでを回そうとした。だけどママはパパをたたいて、また「いや、いや、いや、いや、いや、いや、いや」とさけんだから、本当にパパのことをおこってるんだ。

パパは自分でも悪いと思ってたらしく、「すまない、メリッサ。本当にすまない」と言いつづけてる。それでもママはパパをたたくのをやめないで、みんながじっと見てるのに、パパも止めようとしなかった。ぼくはママに、はらを立てるのも、たたくのもやめてほしかった。だけど、やめるどころか、ママはもっとめちゃくちゃになって、さけびはじめた。アンディの名前を何度も何度もさけび、それがあんまり大声だったから、ぼくは両手で耳をおおった。きょうは大きな音を聞きすぎてる。

ママは泣きわめきながら、また「あああああああああ」と言いつづけた。だいぶたって、ママはパパにだきしめられ、たたくのもやめた。もうおこってないんだろう。するととつぜん、ママは体をひねってかべのほうを向き、吐きはじめた。みんなに見られてしまった。ママはものすごくたくさん吐いて、ひどく気持ち悪い声を出した。パパはそのとなりにひざをつき、せなかをさすってあげた。パパはこわがってるふうで、いっしょに吐きそうな顔をしてたけど、それはママを見てたからかもしれない。

でも、パパは吐かなかった。パパが手をのばしてきたんで、ぼくは手をにぎり合って、そこにすわった。ママのほうを見ないようにした。ママはもう吐いてないし、さけんでもいない。目を閉じてゆかに横になり、うででひざをかかえてボールみたいに体をまるめ、ただずっと泣いてた。

かんご師さんが来たから、ママを世話してもらうためにぼくは横へずれた。テレビの下のかべの近くに、またすわった。パパもとなりに来てすわり、かべにもたれかかった。パパはぼくにうでを回し、ふたりでかんご師さんがママの世話をしてるのを見た。

べつのかんご師さんが「立入禁止」のドアから、何か入ったふくろを持ってこっちへ来た。そのかんご師さんはママのうでにはりをさした。いたかったはずなのに、ママはぜんぜん動かなかった。はりにはビニールのくだがついていて、水の入ったふくろにつながってる。かんご師さんがそれを頭の上まで持ちあげてた。それから車りんのついたベッドを男の人が運んできて、ベッドをゆかまでさげた。かんご師さんふたりがママをベッドに乗せ、それからベッドをもとの高さにもどして、「立入禁止」のドアのほうへおして行った。ぼくはベッドに乗ったママについていこうと立ちあったけど、かんご師さんが手をあげて言った。「ぼうやは、しばらくそこにいてくれるかな」

ドアが閉まって、ママは見えなくなった。パパがぼくのかたに手を乗せて言った。「ママを助けるためにつれていったんだ。気分をよくしてくれるさ。ママはいま、すごくつらくて、助けがひつようなんだ。わかるな?」

「なんでママはパパのことをおこってたの？」ぼくは聞いた。

「ちがうんだ、ママはパパにおこってたんじゃない。いいか、ザック。おまえに話すことがある。ちょっと外へ出て、きれいな空気をすおう。おまえにつたえなきゃいけないことがあって、それはすごく悪い知らせだ。いいね？　ついておいで」

7　空のなみだ

アンディが死んだ。病院の前でパパが教えてくれた。外はしずかに雨がふってる。一日じゅう、雨ばかりだ。雨つぶを見ると、みんなのなみだを思い出した。まるで空が、病院の中にいるママや、きょうぼくが見た泣いてる人たちといっしょに、なみだを流してるみたいだった。

「ザック、おまえの兄さんは、じゅうでうたれて死んだ」パパの声はかすれてた。パパとふたり、泣いてる空の下で立ちながら、ぼくの頭の中は同じ言葉が円をかくように、ぐるぐる回ってた。アンディが死んだ。じゅうでうたれて死んだ。アンディが死んだ。じゅうでうたれて死んだ。

パパが病院に入ってきたとき、なぜママがおかしくなったのか、やっとわかった。ママはアンディが死んだことを知ったんだ。ぼくだけがわかってなかった。いま、ぼくもそれを知ったのに、ぼくはママみたいにへんなことはしないし、泣いたりさけんだりもしなかった。ぼくはただつっ立って、だまってた。頭の中を同じ言葉がぐるぐる回る。体じゅうがいつもとちがって、すごく重くなった。

するとパパが、中へもどってママの様子を見てこようと言った。ぼくたちはゆっくり病院にもどったけど、重くなった足で歩くのはたいへんだった。待合室にいる人がぼくたちをじっと見て、かわいそうにって感じの顔をしてたから、みんなもアンディが死んだことを知ってるんだろう。

ぼくたちは受付に行った。「メリッサ・テイラーがいまどうしているか、知りたいのですが」パパがつくえのおくにいる女の人に言った。

「かくにんいたします」女の人はそう言って、「立入禁止」のドアの中へ入っていった。いつの間にか、ぼくたちのとなりにリッキーのママが立ってた。

「ジム？」とパパに声をかけ、パパのうでに手を乗せた。パパはうでにふれた手がすごくあつかったのか、急にあとずさった。リッキーのママは手をおろしてパパを見つめた。「ねえ、ジム。リッキーは？ リッキーのことは何か聞いてない？」

ぼくは、リッキーにはパパがいないことを思い出した。前はいたけど、リッキーが赤ちゃんのころに出ていってしまった。だから、リッキーのパパが「万が一」と言って教会にのこってるわけがなく、リッキーのママはリッキーが生きてるのか死んでるのか、どうなったのかを知らないんだ。

「すまない。わ……わからないんだ」パパはそう言って、「立入禁止」のドアをじっと見ながら、また二、三歩あとずさった。そのときドアが開き、つくえのおくにいた女の人がドアをおさえて、ぼくたちに入ってくるようにと手で合図した。パパがリッキーのママに言った。「向こうへ行ったら、たずねてみるよ」ぼくたちは歩いて中へ入っていった。

女の人のあとについて長いろうかを進み、大きな部屋に着いた。前にアンディとこの病院に来たときに見たことのある場所で、あいだをカーテンで区切っただけの小部屋がいくつもあった。そのうちのひとつはカーテンがあいてて、マッキンリーで見かけたことのある女の子がいた。四年生の子で、名前は知らない。車りんのついたベッドにすわってて、うでには大きな白いほうたいがまいてある。

女の人はぼくたちを小部屋のひとつにあんないしてくれて、そこにママがいた。ママは白い毛布をかけてベッドに横になってて、顔も毛布と同じくらい白かった。さっきの水の入ったふくろは金ぞくのスタンドにぶらさがり、ビニールのくだはママのうでに大きなばんそうこうでとめられてる。ママは目を閉じてるけど、顔はこっちからよく見えない。本物の人間じゃない、にせの人形みたいに見えたから、ぼくはこわくなった。パパはベッドへ体を乗り出し、ママの顔にさわった。ママはびくともしない。頭は動かないし、目が開くこともない。

ベッドのわきにいすがふたつあって、ぼくたちはそこにすわった。女の人は、もうすぐ医師が来ますと言い、ドアの前のカーテンを閉めて出ていった。待ってるあいだ、ぼくはふくろの水がぽつんぽつんと落ちて、くだを通ってママのうでに入っていくのを見つめてた。雨やなみだのつぶがこぼれるのとにてる。さっきママが流したなみだを、そのふくろが返してあげてるように見えた。いまはふくろだけが泣いてる。

パパのけいたい電話がポケットで鳴りだしたけど、パパは出ようとしなかった。仕事の電話かもしれないから、いつものパパならすぐ出るのに。ずっとひびいてた電話の音がやんだと思ったら、少ししてまた鳴りはじめた。パパは自分の両手を見つめてて、体の中で動いてるのはそこだけだ。さいしょは左手で右手の全部の指を引っぱり、それから右手で左手の指を引っぱり、手をかえて何度もやりつづけた。ぼくもまねをして、パパがするのといっしょに全部の指を引っぱった。動きを合わせることにむちゅうだったから、にせの人形のようにベッドにねてるママのことを考えずにすんだ。パパの動きには決まりがあったんで、ぼくはつぎにどうなるかわかって、まねしやすかった。パパといっしょにすわったまま、ずっと指を引っぱりつづけていたかった。

だけど、しばらくしてカーテンがさっと開き、お医者さんが入ってきてパパに話しはじめたから、ぼくたちは指を引っぱるのをやめた。「おくやみ申しあげます」お医者さんがパパに言った。パパは何回かまばたきしただけで返事をしなくて、お医者さんが話しつづけた。「おくさまはショックじょうたいにありましてね。ちんせいざいを使ったので、今夜は入院していただくことになります。ここでのあれこれが落ち着きしだい、今夜の部屋をさがします。強い薬ですから、今夜は目をさまさないでしょう。あすの朝、またおこしいただき、具合をかくにんしてもらうのがよいかと思います。ですから、きょうはお帰りになって……休まれてはいかがでしょうか」

パパは何も言わないで、ただお医者さんを見つめていた。たぶん、何を言われたのか、よくわからないんだろう。それからパパは下を見てまた手に目をやり、もう動いてないことにおどろいたような顔をした。

「テイラーさん？　どなたか、つきそってくださる方はいらっしゃいますか」お医者さんの声で、パパははっとしたように答えた。「いえ、ああ……帰ります。つきそいのひつようはありません」

小部屋のカーテンがまた開き、そこにミミがカーテンをにぎりしめたまま、じっと立ってた。ミミは大きな目でパパをしばらく見つめ、つぎにぼくへ目を移して、それから、にせの人形のようにベッドにねてるママを見た。ミミの顔は紙切れみたいに、くしゃくしゃになっていった。何か言おうとして口を開いたけど、出てきたのは小さな「ああ」という音だけだった。ミミがパパのほうへ一歩近よると、パパはスローモーションみたいにゆっくりと立ちあがった。パパも体が重すぎると感じてるかもしれない。

ミミとパパはしっかりとだき合い、ミミはパパの上着に顔をおしつけて大声で泣きはじめた。お医者さんとかんご師さんがとなりに立ってて、そのふたりは自分のつま先を見つめてた。ふたりがはいてるのは、病院の人っぽい、緑色のクロックスだ。

しばらくして、ミミとパパはだき合うのをやめた。ミミはまだ泣いてて、こっちに来ると、ぼくの体にうでを回した。ミミはおなかのあたりにぼくを引きよせた。やわらかくて、気持ちよくて、あたたかくて、のどがぎゅっとしめつけられた。ミミはぼくの頭のてっぺんにキスをして、かみの毛にささやいた。「かわいいザック。ああ、かわいそうに、ザック」そしてミミはぼくをはなした。ぼくはまだ、くっついていたかった。ミミとだき合って、あたたかさや、あらったばかりみたいなミミのセーターのにおいを感じていたかった。

でもミミは向きをかえて、ママのほうを見た。ママの顔にかかったかみの毛をはらう。「ジム、今夜はわたしがここにいるから」しずかな声でそう言ったあと、ミミの顔をなみだがつたった。

パパはのどを鳴らしてから言った。「わかりました。ありがとうございます、ロバータ」それから、ぼくの手を取って「帰ろう、ザック」と言った。でも、ぼくは帰りたくなかった。ママといっしょじゃなきゃ、帰りたくない。だからベッドのはしをぎゅっとにぎった。

「いやだ！」ぼくは言った。口から出た声は大きくて、自分でもびっくりした。「いやだ、ママがいい。ぼく、ママとここにいたい！」ぼくの声は赤ちゃんみたいだったけど、気にしなかった。

「そんなこと言わないでくれ、ザック。たのむよ」パパの声はつかれてた。「おねがいだから、家に帰ろう。ママはだいじょうぶ、ねてるだけだから。ミミがママについて、めんどうを見てくれる」

「そうよ、ザック。やくそくする。わたしがママといっしょにいる」ミミが言った。

「ぼくもここにいたい」ぼくはまた大きな声で言った。

「あす、また見にこよう。やくそくだ。だから大声を出すのはやめてくれ」パパが言った。

「でも、ママはぼくにおやすみを言ってない！　いっしょに歌わなきゃいけないのに！」

毎ばん、ねる時間になると、ぼくとママは歌をうたう。いつも同じ歌だ。それがぼくたちのあいだの決まりになってて、その歌はママが赤ちゃんだったころにミミが作ったものだ。ぼくとアンディが生まれると、こんどはママが歌ってくれるようになった。それは〈ブラザー・ジョン〉（日本では〈グーチョキパーで何作ろう〉）と同じ音なんだけど、ぼくたちは言葉をかえて歌う。出てくる名前を、相手の名前にかえるんだ。ぼくのときは、ママはこんなふうに歌う。

ザカリー・テイラー
ザカリー・テイラー
大すきよ
大すきよ
すてきなぼうや
いつでもすきよ
ずーっとね
ずーっとね

たまにママは言葉をかえて、「ときどきくさい　それでもすきよ……」って歌うこともあった。

すごくおもしろいけど、さいごにはママはいつもの言葉で歌ってくれて、ぼくはねむる。

でも、ママが病院にのこってしまったら、家でベッドに入るときにぼくのそばにいられない。

「ああ……わかった、じゃあ、いま歌うのは？」パパがたずねた。ばかばかしいと思ってるような言い方だった。ぼくはうなずいたけど、パパやミミやお医者さんやかんご師さんに見られてる前で歌いたくなかったから、ママのベッドをずっとつかんでたら、パパが近くに来てぼくをむりやり引きはなした。

パパはぼくをだきあげると、大きな部屋を出てろうかを進み、ドアの外の待合室をぬけたあと、スライドドアをいくつか通って雨の中へもどっていった。パパは車までぼくをずっとかかえて歩いた。車は病院からすごくはなれたところにあったけど、ちゅう車場にきちんと止めてあり、レッカー車で運ばれてなかった。ママの車は運ばれたんだろうか、とぼくは思った。車がなかったら、どうやって帰るつもりだったんだろう。

パパが車のドアをあけたとき、ぼくとパパは後ろの席にあるアンディのセーターに気づいた。きのうの夕方、ラクロスの練習に行くときに着てたやつで、車に乗るとアンディはそれをぬいだんだ。パパはアンディのセーターを拾いあげ、運転席にすわった。それからセーターに顔をうずめ、ずいぶん長くそうしてた。パパは体じゅうをふるわせ、泣いてるみたいに前に後ろに小さくゆれてたけど、音は立てなかった。

ぼくは後ろの席でじっとして、雨がサンルーフに当たるのを見てた。空が車になみだを落としてる。しばらくして、パパはセーターをひざにおき、手で顔をぬぐった。それから体を回してぼくのほうを向いた。「強くならなきゃな、ザック。おまえも、パパも。ママのために、強くならなきゃいけないんだ。いいな?」

「わかった」そう答えると、ぼくとパパだけを乗せた車が空のなみだの中を走りだした。

8　さいごのふつうの火曜日

パパは家の中をぐるぐる歩きまわり、ぼくはパパのすぐ後ろについていった。くつ下がぬれてたんで、ゆかに足あとがついた。パパは全部の部屋の電気をつけたけど、パパがいつもすることとは反対だ。明かりをつけるには電気がひつようで、電気を使うにはお金がかかるから、ふだんは明かりをなるべく全部消すのに。

「おなかすいた」ぼくが言うと、パパは「そうだな」と言った。ふたりでキッチンへ行ったけど、パパはつっ立ったままだった。どこかほかの家のキッチンに入ってしまって、どこに何があるのかわからないって感じで、あたりを見まわしてる。パパのポケットで、また電話が鳴りだしたけど、こんども出ようとしなかった。パパは冷ぞう庫をあけ、しばらく中を見て、それから牛にゅうを取り出した。「シリアルでいいか」

「いいよ」ぼくは言った。ママだったら、夕ごはんにシリアルなんてぜったいにゆるしてくれない。

ぼくたちはキッチンカウンターのスツールにすわって、ハニーバンチを食べた。ぼくがいちばんすきなシリアルだ。ぼくは横のかべにかかってる家族カレンダーをながめた。それはママが使ってる大きなカレンダーで、左がわには家族みんなの名前がたてにならんでて、名前の横にその週はいつどんなことをするか書いてある。朝、カレンダーを見れば、ママはその日ぼくたちが何をするのかを思い出せる。

カレンダーのぼくの列にはあまりたくさん書いてなくて、きょう、水曜のところにピアノ、土曜にラクロス、とあるだけだ。もしかしたら、きょうもバーナード先生は午後四時半にレッスンのためにここに来てくれて、ぼくたちが一日じゅう病院にいたせいで、だれもドアをあけない、なんてことになってたんだろうか。

アンディの列には、ほとんど毎日予定が書いてあった。年が上だから、やらなきゃいけないことがたくさんあるし、アンディがいそがしくしててくれたほうがうれしい。きのうの火曜のところには、ラクロスと書いてあり、ほんの一日前のことなのに、ずっとむかし、一か月くらい前のことみたいに思えた。

きのう、ぼくたちはいつも火曜にしてることをした。じゅうげき犯がつぎの日に来るなんて知らなかったからだ。火曜はパパがときどき早く帰ってくるから、アンディのラクロスの練習を見にいくことができる。パパはニューヨーク・シティではたらいてて、ぼくが小さいころはそっちにみんなで住んでたけど、この家のほうが広いから引っこしてきた。それにママは、ニューヨーク・シティは子どもが住むには安全な場所じゃないと言ってた。ここだと、家はまるごとぼくたちのもので、マンションのひと部屋とはちがう。

パパの会社はメットライフ・ビルディングってところに入ってて、そのビルは電車の駅の上にあって、すごくかっこいい。去年、パパが何人かいる社長のひとりになって、お祝いのパーティーがあった。でもぼくは、お祝いするようなことだとは思わない。だって、パパはいつもおそくまではたらいてるんで、学校のある日はパパに会えなくて、会えるのは週の終わりだけだから。パパは朝、ぼくが起きるより前に家を出て、ぼくがベッドに入ったあとに帰ってくる。アンディはぼくより三才半上で、ぼくよりおそくまで起きてるから、ねる前にたまにパパに会えるんだけど、それは不公平だと思う。

夏に一度、ママがアンディを病院へつれていかなきゃいけなくなって、ぼくはパパといっしょに会社へ行ったことがある。会社で一日じゅうパパといっしょにいられるのはうれしかったし、そんなことははじめてだった。それに、かっこよくて新しいオフィスは両がわのかべが全部ガラスばりで、エンパイアステート・ビルディングが見えるんだって、パパが言ってたから、ぼくはそれを見るのが待ちきれなくて、全部のけしきを見るために、バードウォッチングに使う、そうがんきょうまで持っていったんだ。

ところが、新しい会社の中では、パパとあまりいっしょにいられなかった。パパはたくさんのミーティングに出て、ぼくはそこに入っちゃいけなかったからだ。ぼくはほとんどの時間、アンジェラという女の人といっしょにいた。アンジェラはパパの助手で、すごくいい人だった。アンジェラが昼ごはんにつれていってくれたのはグランド・セントラル駅（パパの会社の下にある駅）で、地下のあちこちにたくさんのレストランが入ってた。アンジェラはシェイクシャックのハンバーガーに、チョコレートシェイクまで買ってくれたけど、体にはよくない。シェイクはぼくがいちばんすきな飲み物だ。ぼくはチップおじさんに教えてもらったみたいに、いつもフライドポテトをシェイクにつけて食べるから、みんな気持ち悪がってたけど、ぼくとチップおじさんは大すきだった。いまでもぼくはそうしてるし、そうやって食べるとチップおじさんのことを思い出す。

アンディは毎週火曜と金曜にラクロスの練習、週の終わりには試合があって、家族みんなでおうえんに出かけることになってた。アンディはほかのスポーツと同じようにラクロスも大とくいで、試合ではいつもたくさん点を取る。パパはアンディが大学に入ってもじゅうぶん通用するだろう、自分の大学のときと同じだと言ってた。パパはしょっちゅう大学のころの話をする。ひとつの試合でいちばん多く点を取った記ろくを持ってて、ずいぶん前のことなのに、まだやぶられてないらしい。でもパパは、アンディにはうまくなろうとする努力が足りないと言ってた。それに、スティックをあやつる練習をもっとしなきゃいけない、と。アンディはおこって、どうせラクロスなんてくだらないスポーツだし、来年はラクロスをやめてサッカーをやるつもりだと言った。

ぼくも今年になってラクロスをはじめた。ラクロスができるのは一年生からだ。でも、これまでちゃんとした試合は三回しかなくて、家族みんなでおうえんに来てくれたことはない。アンディの試合が同じ日にあって、パパがアンディ、ママがぼくといっしょだったからだ。ぼくはラクロスがうまくなる気がしない。スティックをにぎって、ボールをすくいあげるのはむずかしい。ラクロスがすきだとも思ってなくて、ほかの子たちが思いっきりぶつかってくるし、ヘルメットがきつくて頭にはめるのがいやなんだ。

さいごのふつうの火曜、パパが家に入ってきて、ぼくはげんかんのドアのそばでパパを待ってたけど、まだだれかと電話をしてたから、ぼくはパパに声をかけられなかった。パパは口に指を当てて「しーっ」と言い、階だんをあがってスーツから試合用の服に着がえた。なぜだかわからないけど、パパはいつもそうする。試合に出るのはパパじゃなくて、アンディなのに。

キッチンではけんかがはじまってたから、ぼくはげんかんでパパが帰ってくるのを待ってた。けんかをしてるのはママとアンディで、宿題のことで言い合ってた。アンディはまた宿題をやってなくて、練習が終わって帰るのは夜おそく、九時近く（ぼくがねる時間より一時間もあとだ）になるから、家を出る前にやっておかなきゃいけなかったんだ。ぼくはバスからおりてすぐに宿題を終わらせてた。

いま、キッチンカウンターでパパのとなりにすわって、ハニーバンチを食べながら、ぼくは前の日のけんかのことを考えた。ママがどんなふうにアンディにどなってたか、着がえておりてきたパパのせいでどんなふうにけんかがひどくなったか。あれがさいごのふつうの火曜になるなんてだれも知らなかったし、もしわかってたら、いつもと同じようにけんかをしようとは思わなかったかもしれない。

ぼくはパパのほうを見て、パパもけんかのことを思い出してるんだろうかと考えた。パパはシリアルをひとさじずつ口へ入れ、かまずに飲みこんでた。なんだか、じゅう電が切れかけて動きのおそくなったロボットみたいだ。

「パパ？」

「ん？」パパはのろまなロボットの頭を動かして、ぼくを見た。

「パパ、アンディはどこ？」

パパはおかしな顔でぼくを見て言った。「ザック、アンディは死んだんだ。おぼえてるだろ？」

「そうじゃなくて、アンディが死んじゃったのはわかるけど、いまはどこにいるの？」

「ああ、パパにもわからない。みとめてもらえなかったんだ……アンディに会うのは」

さいごの言葉を言ったとき、パパの声の調子がかわった。パパはさっと下を向き、牛にゅうにういたハニーバンチを見つめたまま、長いあいだまばたきをしなかった。

「まだ学校にいるの？」ぼくはたずねた。ろうかに血まみれでたおれてた人たちを思い出した。あの中のひとりがアンディだったんだ。あのとき、ぼくがろうかを歩いてうら口へ向かってたとき、もうアンディは死んでたんだろうか。ラッセル先生やクラスの子たちとクロゼットにかくれてたときには、どうだったんだろう。

じゅうだんでころされるのは、どんなにいたいんだろうか、と考えた。うたれるしゅんかん、アンディはすごくこわかったはずだ。

「うたれたのはどこ？」ぼくが聞きたかったのは、体のどこをうたれたのかってことだったけど、パパは「大ホールだと思う。アンディたちのじゅぎょうは、大ホールでおこなわれてたんだ……あのとき」と答えた。

「ああ、そうだった」ぼくは言った。「きょうは四年生と五年生がヘビを見ることになってた」

「そうか。どんなヘビ？」

きのうエメラルドツリー・ボアの話をできないで終わったことを、ぼくは思い出した。きのうの夜、げんかんでパパが服を着がえておりてくるのを待ってたのは、学校で本物の生きたヘビをさわったって、パパに言いたかったからだ。本当にさわったんだ。ヘビは長くて、体は明るい緑色で、白いはんてんがあった。エメラルドツリー・ボアっていうしゅるいで、ほかの子たちは全員びくびくしてた。

みんなで集まってると、ひとりのおじさんがいろんなしゅるいのヘビや鳥やフェレットを持って入ってきて、ヘビについて説明してくれた。とてもかっこよかった。ぼくはヘビが大すきなんだ。友だちのスペンサーみたいに、ガラスの箱に入れて一ぴきかいたいくらいだ。だけどママはヘビが大きらいだし、きけんな生き物だと思ってる。ぼくは全部がきけんなわけじゃないって言ったけど、ママは「でも、かまれてはじめて、きけんだってわかるんでしょう？　そのときはもう手おくれかもしれない」と言った。

だからおじさんが、だれかボアにさわってみたい人はいるかって聞いたとき、すぐに手をあげたから、ぼくがえらばれてみんなの前へ行き、ヘビをなでさせてもらった。ヘビは男の人のうでにまきついてて、これは木の枝にからみついて、えものを待ちかまえてるつもりなんだって、その人が教えてくれた。ひふはかんそうして、かたいウロコがついてるから、思ったほどぬるぬるしてなかった。男の人はエメラルドツリー・ボアのことをたくさん教えてくれた。たとえば、エメラルドは緑色を表し、このヘビの体の色のことだとか。ヘビにどくはないけど、えものに体をまきつけて息をできなくさせ、しめころしてしまうとか。

でも、パパが二階からおりてきたんで、その話をしようとしたら、パパはママとアンディのけんかに気づいて「ちょっと待ってくれ、ザック。先にあっちをかたづけてくる。話はあとで聞くよ」と言って、キッチンへ入っていき、思ってたとおり、すぐにけんかはもっとひどくなった。いつもそうだ。いつだって、アンディが悪いことをしてけんかがはじまり、ママと言い合う。家に帰ってきたパパが話に入ると、パパとママまでけんかをはじめる。「ジム、わたしが注意してるのよ」ママがパパに言い、みんながおたがいにはらを立てて、おこってないのはけんかに関係のないぼくだけになる。

ぼくはパパについてキッチンへ行き、ナプキンとフォークとナイフを取り出した。夕ごはんの前のぼくの仕事だ。アンディの仕事はお皿とグラスをならべることなのに、まだ宿題もかたづけてなかったから、いつもと同じで、その仕事も終わってなかった。だから、代わりにぼくがやった。パパはテーブルにつき、一日じゅう気がへんになるほどはたらいたのに、家に帰って夕食を楽しむこともできないのか、と言った。そう言えば、うら口がずっとあいてたから、近所の人にけんかの声が全部聞こえたと思う。ママもテーブルにつき、わらったふりをしてぼくに言った。「テーブルの用意をしてくれてありがとうね、ザック。本当に助かる」

「ほんとだよ、ザック。ちびのごますりだ」アンディが言った。

パパがテーブルをバシンとたたいたから、上に乗ってたものが全部動いて、牛にゅうがグラスからこぼれた。すごい音がしたんで、ぼくはびっくりし、パパはアンディを大声でしかった。ぜったいに、近所の人にも聞こえてたはずだ。

それがさいごのふつうの日の、さいごのふつうの夕ごはんだった。あれから一日しかたってないのに、ぼくはパパとふたりだけでシリアルを食べてて、ママとアンディはここにいない。あれがさいごのけんかになるだろう。アンディはいなくなってしまったし、アンディがいなければ、だれもけんかなんかしないからだ。

ヘビを持ってきた人もうたれて死んだんだろうか、とぼくは思った。それに、ヘビはどうなったんだろう。いまごろ学校で、ゆくえ不明になってるのかな。

9　黄色の目玉

けいたい電話がまた鳴りはじめ、パパはこんどはポケットから取り出して画面を見た。「ああ、なんてことだ。いくつか電話をかけなきゃいけない。おばあちゃんとメアリーおばさんにかけなおして……ほかにもいろんな人に。もうこんな時間だ。二階へ行って、ねるじゅんびをしよう。いいな？」

電子レンジの時計で十時半だとわかった。すごくおそい時間だ。ぼくがこんなにおそくまで起きてたのは一度だけで、あれは七月四日、どく立記ねん日のことだった。ぼくたちはでっかい花火を見に、ビーチクラブの集まりに出かけた。その年にクラブに入ったばかりだったから、大きなパーティーに出るのははじめてだった。すなはまやテニスコートやテントにいつでも自由に入れるし、どこへ行っても安全だから、ぼくはクラブが大すきだ。夏のあいだは何日も出かけた。ママとパパはテラスで友だちとワインを飲んでて、ママはあたりが暗くなっても、ぼくがまだ起きてることを注意しなかった。パパの仕事の友だちがたくさんクラブにいて、パパがその人たちとすごすのは大事なことだったし、パパはぼくやアンディにその人たちの子どもたちと遊ぶように言ったから、ぼくたちは、ねる時間だからといって早めに帰らなくてすんだ。

七月四日の花火は、暗くなってからはじまった。夏だから、暗くなるのはおそい。ぼくたちは花火を全部見終わるまでそこにいた。入り江の向こうに、いろんなしゅるいの花火がたっぷり打ちあげられ、すなはまからはどれも見ることができて、さいこうに楽しかった。

花火が終わって、帰る時間になった。花火のあとはテラスに集合するって決まりだったのに、アンディが来なくて、みんながさがしはじめた。やっとパパが、つり用のドックにいたアンディを見つけたけど、そこはビーチクラブでたったひとつ、安全じゃない場所だったから、大人がいないときに行っちゃいけないことになってた。家に帰る車の中で、ひどいけんかになり、パパは、仕事の知り合いがたくさんいる前でとんでもない大はじをかかされたと言った。その日ぼくがベッドに入ったのは、きょうと同じで、十時半ごろだった。

ぼくとパパは二階にあがり、ぼくの部屋へ行くときに、アンディの部屋の前を通りすぎた。パパは中を見たくないのか、すごく早足で進んだ。「パジャマを着て、ねるじゅんびをしてくれないか」そう言って、パパとママの部屋へ入っていった。それから、パパが電話で話してる声がしたけど、小さい声だったし、ドアが閉まってたから、だれと話してるかはわからなかった。

自分の部屋に入ると、朝とかわったところは何もなかった。それなのに、同じ部屋じゃないみたいだった。ママとアンディがいないと、ぜんぜんちがう気がして、自分がここにいたのはもうずっとむかしのことのように思えた。

ぼくはベッドを見た。きちんと整ってるから、朝ぼくが学校へ行ったあと、ママがやってくれたんだろうと思った。なぜだかわからないけど、ママはいつもそうする。夜になったら、またベッドに入るのに。でもママは自分で、わたしはA型の会計士みたいな人間だから、と言ってた。きょうはふつうの日と同じようにはじまって、ぼくはバスに乗って学校へ出かけ、ママはいつものようにベッドを整えた。じゅうげき犯が学校へ来たのは、ちょうどそのときだったかもしれないけど、ママは家にいてベッドを直してたから、学校であんなことが起こってたなんて、わかるわけがない。けさアンディといっしょに、グレイさんの家の前でスクールバスを待ってたときのことを考えた。そのときはまだ雨がふってなくて、ふりだしたのは学校に着いてからだったけど、朝から寒かった。なのに、アンディは短パンをはいてた。アンディはいつも短パンをはきたがる。家を出る前、それが理由でアンディとママはけんかになった。ママがきょうは十六度までさがるのよと言って、それは短パンはやめなさいって意味なんだけど、アンディは十六度よりひくい日でも短パンをはく（ぼくが家を出るときにｉＰａｄでかくにんしたら、十六度じゃなくて十四度だった）。アンディが短パンをはいてたのはまちがいないけど、色まではおぼえてない。ジャイアンツの青いジャージを着てたこともいま思い出したのに、短パンの色がわからなくて、いらいらした。

グレイさんの家の前の道はすごくせまくて、両はしに石があるから、ぼくたちはたまに「食べられちゃだめ」ってゲームをする。石から反対がわの石へとびうつる遊びだ。石と石のあいだはサメがいる海で、さわったりサメに食べられたりしちゃいけない。ぼくは「食べられちゃだめ」をやらないかってアンディに聞いたけど、アンディはそんな子どもっぽい遊びはもうやらないと言った。さいきん、アンディはぼくがやりたいゲームを全部子どもっぽい遊びだと言う。アンディは立ったまま、ほかに何も言わないで、石をけりつづけてた。「食べられちゃだめ」が、ぼくがアンディに話しかけたさいごの言葉になった。そのときはそんなことを知らなかったのに。

きょうはふつうの日と同じようにはじまったのに、いまは何もかもかわってしまった。アンディがベッドに入ることはもうないから、ベッドはずっときれいだろう。

ぼくが使ってるシーツにはレーシングカーの絵がかいてあって、タイヤのついた赤いレーシングカーの形のベッドにぴったりだ。アンディはそれとはちがって、ひとりで二だんベッドを使ってる。アンディは上のだんでしかねむらなくて、それはみんなから遠いところにいたいからだと言ってた。でも、ほかのことでは、ぼくたちの部屋はほとんど同じで、あとはおもちゃがちがうくらいだ。ぼくたちの部屋のまどからは、道路と家の前の小さい道が見える。まどの下にはつくえがあり、べつのかべの近くに白い本だながふたつ、それから本を読むためのいすがおいてある。ぼくとアンディの部屋のあいだにはトイレつきのバスルームがあるけど、それがいやでたまらない。アンディはトイレに入ると、中からかぎをかけて、使い終わってもかぎをあけておかないんだ。だからぼくはいつも、トイレへ行くにはわざわざアンディの部屋を通らなきゃいけなくて、そうするとアンディは出ていけとどなり、二だんベッドの上からぼくに向かってまくらを投げる。

だけど、ぼくとアンディの部屋のいちばん大きなちがいは、ぼくは自分の部屋が大すきだけど、アンディはそうじゃないってことだ。アンディはあまり自分の部屋にいなくて、ねるときとどうしても休みたいときだけ使う。アンディはきげんが悪くなると、しょっちゅう休まなきゃいけなくて、そういうときは部屋で気持ちを落ち着かせることになってる。おしおきじゃなくて、あれた気持ちをしずめることを学ぶためだって、お医者さんが言ってた。そのお医者さんはバーン先生って名前で、アンディは毎週かならず、いやだと思っても先生のところへ行かなきゃいけない。それはアンディがＯＤＤ（反抗挑戦性障害）だからだ。ＯＤＤにかかってるせいで、きげんが悪くなる。

きげんが悪いときのアンディは、すごくこわい。ぼくはそうなりそうだとすぐにわかるから、アンディからはなれようとする。どんな顔になるかを知ってるんで、見えるところにいたくない。顔じゅうが赤くなり、目を大きく開いて、ものすごい声でさけびだすんだ。ひとつの長い言葉を休みなしにさけんでるように聞こえるから、何を言ってるのかもよくわからないし、口やあごには、つばがとびちる。

アンディが部屋で休むとき、ママがドアの前に立っていなきゃいけないこともある。アンディが部屋から出たがって、わめきながら内がわからドアをあけようとするからだ。ママはドアが開かないように外からおさえつづけ、ずいぶんたってようやくアンディは落ち着いて、ドアをおしたり、わめいたりしなくなる。ママをうまくだまして、バスルームへにげこみ、ぼくの部屋に入ってくることもある。一度、アンディがそうしたとき、ぼくはママがアンディの部屋に入るのを見た。ママには小さすぎる読書用のいすにすわって、頭をひざに乗せ、泣いてるみたいだった。ママをそんなふうに悲しくさせるアンディに、ぼくははらが立った。

ぼくがずっと自分の部屋にいるのは、そこならしずかだし、たまには自分だけの場所がほしいからだ。けんかが終わるまで部屋にいるから、けんかの時間だけ、とばしたようになる。ぼくは自分の車や消防車やトラックで遊ぶのがすきだ。トラックはいくつも持ってて、工事のトラックも、消防用のトラックも、レッカー車も、どれも何しゅるいもある。毎ばん、ベッドに入る前に車を本だなの前にならべて、全部に向かっておやすみを言う。きょうの朝、バスに乗る前にちょっとだけトラックで遊んだから、いま列がまっすぐになってないのがいやだった。ぼくはそこを見つめた。へんなふうにならんだ車をどうやって直そうかと考えたけど、何もしなかった。

ぼくはまどのところへ行って、外をながめた。真っ暗で、家の前にある道路の電灯が、暗やみにうかぶまるい光の玉のようだ。その光の玉の中を、雨つぶが落ちていくのが見えた。道ぞいの家の前には、どこも同じように道路と歩道のあいだのしばふに電灯が立ってて、雨つぶが落ちるまるい光の玉が長い列を作ってる。なんだか、なみだをためた黄色の目玉みたいで、ぼくを見つめてるように思った。気持ち悪い。

ぼくはベッドにすわった。全身がくたびれ、足はまだすごく冷たい。くつ下をぬごうとしたけど、少しぬれたままだったから、ぬぐのがたいへんだった。ママに会いたくてたまらなくなってきた。ママが家にいて、くつ下をぬいだりベッドに入ったりを手つだってくれたら、どんなにいいだろう。ぼくは泣きそうになったけど、なんとかこらえた。ママのために強くならなきゃいけないって、パパが言ってたからだ。

鼻を強くかんで、クランシー（二才のとき、ブロンクス動物園で買ってもらったキリンのぬいぐるみだ）を取り出した。大すきなぬいぐるみで、毎日ねるときにひつようなんだ。クランシーがいないと、ぼくはねむれない。

しばらくして、部屋にパパが入ってきた。「さあ、ねよう、ザック。少しはねむらないとな。いまできる、いちばんいいことだ。あすから何日かは、たいへんだろうから、体を整えなきゃいけない。わかるな？」パパはレースカーのシーツを引っぱりあげた。ぼくはパジャマに着がえないで、服のままベッドに入った。パンツの中でもらしたから、気持ち悪かったけど、もうかわいてた。歯みがきもしてない。

「パパ？」ぼくは聞いた。「何かお話、してくれない？」

パパは両手で顔をこすった。手があごにさわったとき、ジャリっという音がした。パパはものすごくつかれて見える。「きょうはやめておこう、ザック」パパは言った。「いまは……きょうはとても……お話を考えられそうにない。またべつの日に」

「じゃあ、きょうは代わりにぼくが話す。きのう見たエメラルドツリー・ボアのことだよ」

「もうおそいから。今夜はやめよう」パパはそう言うと、体をかがめてぼくをだきしめた。ひとつだけ、きのうとまったく同じになった。きょうもまた、パパにヘビのことを話せなかった。

「パパは下にいる」パパはそう言ったけど、動こうとはしないで、ぼくをぎゅっとだいたまま、ずっとそこにいた。ぼくとママのおやすみの歌を、ぼくはパパに聞かせてあげたくなった。

小さい声で歌いだしたけど、パパのうでがぼくのむねに乗ってて、重かったから、歌うのはむずかしかった。パパがぼくの耳のすぐ横で、小きざみに息をすったり吐いたりするのがわかって、くすぐったかったけど、ぼくは動かなかった。そしてさいごまで歌いきった。

いつでもすきよ
ずーっとね
ずーっとね

10　あくしゅ

つぎの日の朝、目をさますとぼくはママとパパのベッドにいて、なんで自分がそこにいるのか、わからなかった。まわりはしずかで、外でふる雨がまどをたたくのが聞こえた。ポツ、ポツ、ポツ――すると、その音が**パン**という音にかわり、じゅうげき犯のことを思い出した。それから、きのうあったことや、ゆうべのことが全部頭によみがえった。それで理由がわかった。ママとパパのベッドでねたことは一度もなかったけど、ゆうべだけはこわかったから、ここに来たんだ。

パパはきのうの夜、ぼくが歌い終わると出ていって、ろうかの明かりを消した。ママはいつも、ぼくの部屋が暗くなりすぎないように、電気をつけっぱなしにしてくれるのに、きのうは真っ暗になった。目をぎゅっとつぶってみたけど、ますます暗くなるだけだった。とたんに、血だらけの人たちの様子が頭の中にうかんできて、心ぞうがものすごい速さで鳴りはじめ、こきゅうも速くなった。

部屋のどこかかバスルームから、だれかが近づいてくる音が聞こえてきて、ぼくは大きな声でさけんだ。さけびながら起きあがって、ろうかを走ったけど、何も見えなくて、パパがどこにいるかもわからなくて、だれかが後ろから追いかけてくるのを感じた。つかまると思ったとき、ぼくはつまずいて転んだ。立ちあがることもできなくて、ただささけびつづけた。

そのとき、パパとママの部屋のドアが開いて、パパが走ってきた。パパがろうかの電気をつけると、目にまぶしい光が入った。

「ザック、ザック、**ザック！**」パパはぼくのわきに手を入れてだきあげ、顔に向かって何度も何度も大声で名前をよんだ。パパがぼくをゆすって、ぼくはさけぶのをやめ、パパも大声を出すのをやめた。しずかにはなったけど、頭の中ではシューッ、シューッって音が大きく鳴ってる。ふり返っても、だれもいない。自分の部屋へ目をやると、暗くて黒いほら穴みたいに見えたから、もうあの部屋でひとりじゃねむれないだろうと思った。きょうだけはパパのベッドでいっしょにねてもいい、とパパは言ってくれた。

つぎに目がさめたとき、パパはもうぼくのとなりにいなかったから、さがしにいこうと思ってベッドから出た。ろうかを歩いてアンディの部屋の前を通りすぎたけど、手はあせでぬれて、足はゆっくりとしか動かない。ぼくはアンディの部屋のドアをおして、そろりそろりと中に入った。二だんベッドの上のだんを見るのはいやだった。こわいゆめを見てただけで、アンディがそこに、ベッドの中にいるかもしれないと思った。でも、もし上のだんにだれもいなかったら、全部が本当の出来事で、アンディは死んだってことだ。だって、アンディがさいしょに目をさますことはないし、ぜったいにぼくよりあとのはずだから。アンディにとって、朝起きるのはすごくつらいことだ。きげんの悪さをおさえるための薬のせいだって、ママが言ってた。

アンディはその薬を毎朝飲んでるんで、学校ではおとなしくしてるけど、薬がきくのは短い時間だけだから、学校が終わって家に帰ると、きげんの悪さがもどる。一度、ママとパパが薬のことで言い合ってるのを聞いたことがある。パパは、アンディが家でもいい子でいるために、午後も薬を飲んだほうがいいと言った。でも、ママはだめだと言う。あまり薬を飲んでほしくないし、アンディのためにもならないから、ぜったいにいい子にしていなきゃいけないパーティーや、とくべつなときしか飲ませたくないんだって。

しばらくたって、ぼくは二だんベッドの上に目をやった。アンディはいない。いないとわかってても、ぼくは空っぽの部屋に向かって名前をよんだ。「アンディ」その声を聞く人はいない。アンディの名前が部屋に飲みこまれて、消えてしまったみたいだった。アンディ本人と同じように。

ぼくは急いで部屋から出て、階だんをおりた。だれかの声と何かの音がキッチンから聞こえてきた。ママが病院からもどったのかもしれない。でも、キッチンへ入ると、そこにいたのはパパとおばあちゃんとメアリーおばさんで、ママはいなかった。

パパはゆうべシリアルを食べたときと同じいすにすわって、きのうと同じ仕事の服をいまも着てたけど、スーツの上着だけはぬいでた。何もかもしわくちゃで、ひげがのびはじめてる。パパのひげはすぐのびるから、毎日そらなきゃいけなくて、そらずにいると、生きてたときのチップおじさんそっくりになる。チップおじさんはいつもひげをのばしてたから、おじさんにだきしめられてキスされるとくすぐったかったし、たまに食べ物がひげにからまって気持ち悪かったから、パパがいつもひげをそってるのはうれしかったのに、きょうのパパはちがった。

ひげが生えてないところは、きのうの病院でのママの顔みたいに青白く、目のまわりはすごく黒い。ゆうべ、ねむるのがいちばんだって言ってたけど、自分はねてないのかもしれない。電子レンジの時計を見ると、八時十分になってるから、ぼくは毎朝七時五十五分に来るバスに乗りおくれてしまった。たぶん、パパが車で乗せていってくれるんだろう。マッキンリー小学校のことを考えるうち、また**パン**という音や、ろうかにたおれてた人のことを思い出し、きのうの夜みたいなすごくこわい気持ちがもどってきた。あそこへはもう行きたくない。まだアンディがいたら、どうしたらいいんだろう。血まみれで死んでるアンディを見ることになる。

おばあちゃんがパパのとなりのいすにすわって、電話でしゃべってた。せなかをすっとのばしてる。おばあちゃんはいつもそうやってすわって、ときどきぼくやアンディに、もっとせすじをのばしなさいって、ぼくたちのせなかに指を立て、パパにだってそうすることがあった。きょうは赤い口べにをぬってないから、いつものおばあちゃんじゃないみたいだ。ぼくはおばあちゃんの口べにがすきじゃない。だって、キスされると、顔にくちびるの形が赤くのこるから。これまで口べにをつけてないおばあちゃんを見たことがなかったから、いつもとちがって、なんだか年よりになった感じだった。いまのおばあちゃんは、ちょっとだけミミみたいだ。ミミはすごく年をとってて、かみの毛は白だけど、おばあちゃんのかみは金色だ。それに、ミミはぜったいに口べにをつけない。ミミがわらうと、顔のあちこち、とくに目や口のまわりにしわができる。おばあちゃんはそうならなくて、にっこりしても同じままだ。

電話でしゃべってるおばあちゃんのくちびるは、言葉がとぎれるたびにふるえてた。メアリーおばさんはそのとなりで、テーブルにおいたおばあちゃんの手に自分の手を重ね、顔にたくさんのなみだを流してる。

「パパ？」ぼくがそう言うと、パパとおばあちゃんとメアリーおばさんがいっぺんに顔をあげて、ドアの近くに立ってるぼくを見た。

「ああ、なんてこと。あとでかけなおします」おばあちゃんは相手に向かって言い、電話を切った。それからぼくのほうに歩いてきた。さっきよりもっと、くちびるがふるえてるのがわかった。「ああ、ザック」そう言って、ぼくのほうに体をかがめたとき、おばあちゃんの息は年をとった人のいやなにおいがした。ぼくをだきしめたけど、ちょっと力が強すぎるし、きつすぎる。ぼくは顔を横にそらし、もう息のにおいをかがなくてすむようにした。

パパとメアリーおばさんがぼくを見てた。メアリーおばさんは手を口に当て、おでこにいっぱいしわをよせてる。ほっぺには、さっきよりたくさんのなみだが流れてる。おばあちゃんのきついハグが終わると、メアリーおばさんが両うでを大きく広げたから、ぼくは急いでおばさんのほうへ行った。メアリーおばさんのハグは、やわらかくてあたたかかった。泣きながら体をふるわせてるのがわかる。あたたかい息がぼくの頭にかかった。「ああ、おさるちゃん」おばさんはぼくのかみの毛に顔をうずめて言った。しばらくそうしてるうち、パパの手がぼくのせなかをさすってるのがわかった。

「おはよう、ザック」パパが言うと、メアリーおばさんはハグをやめた。「少しはねむれてよかったよ」

「パパ？　学校におくれちゃったよね」ぼくは言った。「きょうは行きたくないよ。ぼく……きょうは学校へ行きたくない」

「ああ、だいじょうぶだ。きょうは行かない」パパはそう答え、ぼくをだきよせて、ひざに乗せた。

「しばらくは行かなくていい」

ぼくがすわってるパパのひざの上から、広間のテレビが見えた。マッキンリー小学校にじゅうげき犯が来たニュースが流れてるけど、病院のテレビみたいに音が消してあるから、何を言ってるのかは聞こえなかった。なぜみんな、音を出さずにテレビをつけるんだろう。

おばあちゃんが朝ごはんを作ってくれたあと、いろんな人が家に来はじめ、この日は一日じゅう、つぎつぎと人が来た。ぬれたくつとかさが、げんかんにたくさんならび、キッチンのお知らせモニターがロボットレディの声で「げんかんです！」と言いつづけた。ぼくの家では、中からげんかんが見えなくても、だれかが出たり入ったりするとわかるようになってる。みんなが食べ物を持ってきたから、おばあちゃんとメアリーおばさんがキッチンと地下室の冷ぞう庫に全部つめようとし、来た人たちに食べ物のいくつかを出してたけど、だれも何も食べなかった。

おばあちゃんが、パパにさっぱりしなさいと言って、二階へ行かせた。でも、パパがもどったとき、かみの毛はぬれてたけど、ひげはそってなかった。パパは歩きまわってみんなに話しかけ、なんだかパーティーをしてるみたいだった。

家でパーティーを開くことはよくあった。パパの会社の人とかお客さんとか、仕事の知り合いがときどき来た。ぼくとアンディはいつもパパから言われ、ドアのわきに立ってお客さんにあいさつとあくしゅをした。あくしゅは大人になったときにすごく大切になる。にぎる力が弱すぎるのは自信がなさそうでよくないけど、強すぎてもいけなくて、ちょうどいい具合のしっかりしたあくしゅをしなきゃいけない。それから相手の目をちゃんと見て、「はじめまして」と言う。ぼくはパーティーがはじまる前に自分の部屋で、うまくいくようにあくしゅの練習をすることがある。

きょうパーティーがあるなんて、へんだと思った。アンディが死んで、ママはショックで病院にいるから、パーティーなんかをしてる場合じゃない。それなのに、いつもよりたくさんの人がやってきて、みんなキッチンや広間や客間で立ったりすわったりしてた。子どもはぼくだけで、あとは大人ばかりだったから、ぼくはパーティーにさんかしてないような感じだった。

ぼくはずっとパパのそばにいた。パパに話しかけて、いつママが家に帰るのかや、病院へ会いにいけるのかを聞きたかったけど、パパはほかの大人たちと話したりあくしゅをしたりでいそがしく、そんなひまはなかった。

「おくやみ申しあげます」「心からお見まい申しあげます」「こんなことがウェイク・ガーデンズで起こるなんて信じられません」と大人たちは言った。パパは少しだけわらったけど、うれしいときのわらい方じゃなくて、むりやり顔にはりつけてはがれなくなったみたいに見えた。ぼくの知ってる人も会ったことのない人も来てて、何人かの大人にだきしめられたり、頭を軽くたたかれたりした。でもぼくは、そんなふうにみんなからハグされるのはいやだった。

午後になってパーティーにやってきた人の中に、ラッセル先生がいた。ぼくがパパの後ろにくっついたまま客間を出ると、ちょうど先生がげんかんに入ってくるところだった。先生はなんとなく小さく見え、寒いときみたいに、うでで自分の体をだいてた。先生は何度かパチパチとまばたきをして、ろうかを見まわした。顔は青白く、目のまわりが黒っぽい。パパの後ろにいるぼくを見つけると、先生はまばたきをやめて、少しだけほほえみかけてくれた。

先生はぼくたちのところへ来て、「こんにちは、ザック」とすごく小さい声で言った。パパは先生を見て、手をさし出した。「こんにちは……」パパが言うと、ラッセル先生はパパの手をにぎり、小さくふった。

「ナディア・ラッセルです」先生は言った。「ザックのたんにんをしております」

「ああ、そうでしたね。すみません」パパは言った。

「たいへん……ざんねんに思います……アンディのこと」ラッセル先生は、声がのどにつまったみたいに、何度かつっかえた。

「ありがとうございます」パパは答えた。「それから……本当に……感しゃしています。きのう、ザックを守ってくださったこと。なんと……お礼を申しあげたらいいか」ラッセル先生は何も返事をしないで、うなずいただけだった。そして、パパをちらりと見たあと、ぼくへ目を移した。「ねえ、ザック」先生はまた少しだけ、えがおになった。「あまり長くはいられないけど、あなたにわたしたいものがあって……受けとってくれる？　たぶん気に入ると思うの」先生はぼくの手を取って、その中に何かを落とした。それは先生が大すきなブレスレットのチャームで、ぼくたちにも何回か見せてくれたものだった。銀色の天使のつばさの形で、真ん中にハートがついてる。先生が自分のおばあちゃんからもらったもので、「あい」と「ほご」を表してて、おばあちゃんはもう生きてないから先生にとってとくべつなものだと言ってた。

「ありがとう」ぼくの口からは、ささやくような小さい声しか出なかった。

ラッセル先生が帰ったあと、またしばらくパパの後ろについて歩きまわったけど、少し休もうと思って、広間のすみにある黄色のいすにすわった。黄色のいすはソファーのうらにかくれるようにおいてあったから、広間でテレビを見ながらひそひそ話してた人たちは、だれもぼくがいることに気づかなかった。テレビの音はまだ消えたままだ。さいしょはコマーシャルが流れてたけど、そのあとニュース番組にもどると、まだマッキンリーのことをやってた。

マイクを持った女の人が、学校の正面にある「マッキンリー小学校」というかんばんの横に立ってた。かんばんには「十月六日、水曜日」という字が見える。きのうの日づけなんだけど、チャーリーがきょうのやつにするのをわすれたのかもしれない。学校がはじまる前、朝いちばんに日づけをかえるのはチャーリーの仕事だ。テレビの女の人の後ろには、パトカーが何台か止まってたけど、消防車や救急車はもういない。教会の前で見たような、上にお皿を立てた車がたくさんいた。

女の人のくちびるが動いたから、マイクで話しはじめたのがわかったけど、口の動きだけで音は流れなくて、広間はすごくしずかだった。何を話してるのか、犯人のことを言ってるのか、聞きたくてたまらなかったけど、そこにいる人たちにぼくがソファーの後ろのいすにすわってることを知られたくなかったから、だまって女の人のくちびるが動くのを見つめてた。

たくさんの人の写真がテレビにうつり、上のほうには「死者十九名」と書いてある。それから、写真が一まいずつ、かく大され、しばらく大きいままで、またもとの大きさにもどっていく。つぎの写真が大きくなり、それからまたつぎの写真にかわる。ぼくはそれがころされた人たちの写真だと気づいた。写真の人はみんな知ってて、四年生と五年生の子が何人かいた。みんな、マッキンリーの運動会のTシャツを着てるから、あのときの写真だと思う。学校の大人たちの写真も何まいかあった。校長のコラリス先生、アンディのたんにんのビネッサ先生、体育のウィルソン先生、けいび員のヘルナンデスさん。

写真の人は全部知ってたし、そのうち何人かはきのう学校で見かけたのに、みんな死んでしまったのか。写真の中のその人たちは、いつも学校で見るのといっしょだけど、いまは見かけがちがうんだと思う。血まみれでろうかにたおれてるんだ。

つぎにかく大された写真はリッキーだったから、リッキーも死んだってことだ。リッキーのママは、リッキーが死んだことを知ってるんだろうか。それとも、まだ病院にいて、待合室で待ってるんだろうか。そのときぼくは、パパがママの様子を見に「立入禁止」のドアのおくに入るとき、リッキーもいるかどうかをたしかめるとやくそくしたことを思い出した。でも、ぼくたちはたしかめなかったから、悪いことをしたんじゃないかな。

リッキーのつぎは、アンディの写真だった。アンディはあせをかいてて、ジャンプをする前みたいにひざを曲げてた。金色のかみがあせで真ん中に集まってて、口の横からベロを出し、へんな顔をしてる。アンディは写真をとるとき、かならずへんな顔をするから、いつもママは、かべにかざれるような、みんながわらってる家族写真が一まいもないと言っておこってた。

ぼくはアンディのへんな顔を見つめた。アンディがテレビの中から広間にとび出してきそうな気がして、ぼくは息を止めてアンディが出てくるのを待ったけど、そのうち写真は小さくなって見えなくなった。べつの写真が大きくなって、アンディのへんな顔は画面から消えた。

11　ひみつ基地

ぼくは黄色のいすの上で体の向きをかえ、キッチンにすわってるパパを見た。パパのところへ行き、のどにある空気のかたまりを飲みこもうとした。何度も何度も飲みこんで、口がからからにかわいたけど、かたまりはびくともしなかった。パパのひざに乗ろうとしたのに、パパはぼくじゃなくて、けいたい電話を見ていた。片方のひざに乗せてくれたけど、あまり気持ちよくなかった。

両ひざにすわろうとしたら、パパが言った。「ザック、少し息をつかせてくれないか」ぼくをおして、ひざからおろした。

おばあちゃんが入ってきたとき、くちびるにはいつものように口べにがぬってあった。「ザック、パパはとてもつかれているの。少し休ませてあげましょう」おばあちゃんはぼくに言った。それから、近所に住んでるグレイさんのおくさんがキッチンに来て言った。「ああ、ジム。本当にざんねんよ」そして、パパはグレイさんのおくさんと話すために立ちあがり、息をつくのはそれでおしまいになった。

パパのいすにおされて、ぼくは二、三歩動いた。パパがまた、わらってるのかわらってないのかわからない顔をしはじめ、ぼくはそれを見るのがいやになったから、キッチンから出て二階へ行った。

パーティーの音は、せなかにおぶさっているみたいに、あとからついてきて二階まで聞こえた。それどころか、もっと大きな音になってる。パーティーからはなれたのに、その音しか聞こえなかった。ぼくは早足でろうかを進み、音を追い出そうと頭をふった。自分の部屋まで行って、音からにげたかったけど、アンディの部屋の前を通ったとき、ぜったいに足を止めて中をのぞかなきゃと思った。見えない力に引きよせられたみたいな感じだった。真っ先にぼくは目をあげ、アンディのいない二だんベッドの上のだんを見た。

ぼくはいつだって、アンディの部屋でいろんなものを見たりいっしょに遊んだりしたかったのに、アンディはそうさせてくれなかった。ぼくがいまここにいるのを見たら、アンディはものすごくおこるだろう。ぼくは敵を見はるスパイのつもりであたりを見まわし、敵の持ち物に手をふれ、引き出しやたなをあけて手がかりをさがした。アンディのつくえに乗ってるロボットのうでにさわり、これが敵のぶきだとして、どうやって使うのかをさぐるつもりになった。

アンディはクリスマスにこのロボットのうでをミミからもらったけど、ぼくがもらったのはハングリー・ハングリー・ヒッポっていう、すごく子どもっぽいカバのゲームだから、不公平だった。ぼくもアンディみたいに、組み立て式のかっこいいやつがほしかった。ロボットのうでは本物みたいに見え、モーターとバッテリーがついてる。うでを上下に動かせるし、手の先で物をつかむことだってできて、とにかくかっこいい。ぼくにもやらせてとアンディにたのんだけど、もちろんだめだった。アンディは全部自分ひとりで組み立てて、大人はだれも手つだわなかった。箱には十二才以上と書いてあるけど、アンディはまだ九才だった。

そのことについて、ミミがママにキッチンで話してるのを聞いたことがある。「アンディはおどろくほど頭がいいわね。あんなに頭がよくてだいじょうぶかしら」みんな、よくアンディのことをそんなふうに言った。「頭がいいね」とか「こんなに頭がいい子は見たことない」とか。それは本当で、アンディはとっても頭がよく、ほかの人たちよりすごいって、テストでしょう明したこともある。しなきゃいけないことをしたり、ひとつの場所に長い時間すわったりするのをいやがるだけだ。ぼくたちがニューヨーク・シティに住んでたころ、一年生だったアンディは頭のいい子のためのとくべつなクラスに入って、三年生の勉強をしてたけど、マッキンリー小学校にはそういうとくべつなクラスがないから、アンディはたいくつだと言ってきらってた。

アンディは一年生のときにハリー・ポッターの本を全部読み終えた。パパはしょっちゅうその話をみんなにしてたから、アンディのことを本当に自まんしたいんだとわかった。ぼくも一年生になったし、パパに自まんしてほしかったから、ハリー・ポッターの一かんめの『ハリー・ポッターとけんじゃの石』を読もうとしたけど、表紙の絵がこわかったし、むずかしい言葉がたくさんあった。二ページ読むのに三十分ぐらいかかって、アンディにからかわれたから、読むのをやめたんだ。

ぼくはロボットのうでを動かすスイッチを見つけて、オンにした。ロボットの指で、アンディのつくえの上にあるえんぴつを取ろうとしたけど、むずかしくて何回やってもえんぴつを落としてしまう。そのとき、だれかが階だんをのぼってくる音が聞こえ、すぐにロボットのスイッチを切った。来たのがパパだったら、アンディの部屋で物をさわったことをおこるだろう。アンディのクロゼットの戸があいてるのが見え、中に入って戸を引いたけど、少しだけすきまをのこした。

クロゼットの中にいると、パーティーの音はほとんど聞こえなかった。アンディの部屋のクロゼットはすごく広い場所で、男の子にはもったいないとママは言う。アンディは服をかたづけてなくて、服はかごの後ろのゆかに、ぐちゃぐちゃと高くつんであった。ぼくは服をかごに入れてから、おくへ進み、きれいなシャツや上着がたくさんつるしてある後ろに、ぽっかりと空いてる場所を見つけた。ずいぶん暗いけど、アンディのねぶくろがすみのほうに転がってるのが見え、その上にすわった。じっと音を立てないで、心ぞうがすごい速さで動くのを感じながら、パパがさがしにくるんじゃないかと待ったけど、何も起こらなかった。

ねぶくろの上で、きのう教室のクロゼットにかくれたときのことを考えた。これで二日つづけてクロゼットにかくれたことになる。クロゼットは服をつるしたり、物をかたづけたりするところだから、きのうより前には、こんなことは一度もしていない。

クロゼットの中はあまり広くなくて、すきになれなかった。ぼくは、せまい場所ではこわくなる。わせまいところが苦手なのを知ってるから、アンディはときどきぼくの頭の上から毛布をかける。わらいながらしっかりおさえつけ、ぼくがこわくなってどけようとしても、アンディのほうが力が強い。エレベーターに乗ると、いつもぼくをからかう。「よお、こわがりネコめ。このエレベーターはとちゅうで動かなくなるぞ！　食べるものもないまま、何日も閉じこめられて、トイレだってここでしなきゃいけないんだ！」そんなことを言いつづけ、ママがやめなさいと言うと、アンディはママの後ろでへんな顔をして、死んだふりをする。

パパは一度、会社のエレベーターが動かなくなって、閉じこめられたことがある。パパはこわくなかったけど、まわりの人はこわがってたらしい。パパに言わせると、おもしろいだろ、閉じこめられるのなんてほんの二、三分で、こわがるようなことは何もないのに、だって。でも、ぼくはおもしろいとは思わない。ぼくだって、きっとこわくなる。アンディはいつもぼくをこわがりネコってよぶけど、それはちょっと当たってる。ぼくは何に対してもこわがりで、とくにねるときや夜中はそうだ。そういうのって、ばかばかしい。だからときどき、ぼくにもアンディやパパみたいに、ゆうきがあったらなと思う。ふたりには、こわいものなんかないんだ。

じゅうげき犯が来たときのことを考えはじめると、体まできのうとまったく同じ感じにもどって、心ぞうが速く動きだしたから、立ちあがってクロゼットから出たくなった。こきゅうも速くなって、頭がくらくらする。でも、どういうわけか、立ちあがれなかった。こわすぎて体がかたまってしまい、動けない。パパが来てクロゼットの戸をあけてくれたらいいのに、見つけてくれたらいいのにと思った。きのう思ってたのと同じように。

だけど、パパもほかの人も来なくて、ぼくはかたまった体でそこにすわったまま、耳をすました。何も聞こえない。ぼくはズボンのポケットに手を入れて、ラッセル先生がくれた天使のつばさのチャームを取り出し、指と指のあいだでこすった。頭の中で「あい」と「ほご」という言葉をうかべた。少し気持ちが楽になった。心ぞうの音がゆっくりになって、こきゅうも落ち着いてきた。

「だれも来ないね」ぼくはつぶやいた。聞いてくれる人はいないし、クランシーだっていないのに、自分に話しかけるのはへんな感じだ。でも、いい感じもして、ぼくの一部がべつのぼくにしゃべってるみたいで、心が落ち着く。だから、ささやきつづけた。「ここにこわいものは何もないんだ。ただのアンディのクロゼットで、たいしてきゅうくつでもないし」

アンディのねぶくろを大きく広げ、その上にあぐらをかいてすわった。あちこちへ目を向けてみたけど、暗やみで物を見るのはたいへんだ。ほこりをかぶった何かふわふわしたものがすみっこにいくつかと、あとはアンディのくつ下があるけど、それだけだ。家の中で、ぼくしか知らないひみつの場所かもしれない。「ひみつ基地だ」ぼくはまわりに向かってささやいた。「だれにもないしょのひみつ基地にしよう」しずかな場所で自分のこきゅうの音を聞くのもいいな、とぼくは思いはじめてた。鼻から息をすって、口からふうっと吐き出す。すって、吐いて、こんどはゆっくりと。こうしてると、もうこわくなんかなかった。

きのうのことを考えると、こわかった気持ちがもどってしまうから、その考えがもう頭にうかばないようにしようとがんばった。「いやな考えは頭から出ていけ！」パパの会社には、ぬすまれないように大事な書るいを入れておく金庫があるけど、ぼくは頭のおくにそういう金庫があると思うことにして、いやな考えをそこへおしこんだ。「ふたをして、かぎをかけて、ポケットにつっこんで！」

ぼくがクロゼットの中にいるのに、パーティーに来てる人がだれもそれを知らないというのは、気分がいい。アンディはもういないから、いつでも入ることができるし、アンディにどなられたり出ていけと言われたりすることもない。

アンディのいない生活がどんなふうになるのか、考えてみた。この家でのことは、よくなると思う。けんかはもう起こらないだろうし、ぼくひとりがこの家の子どもになるから、ママとパパはぼくだけといっしょにいろんなことをしてくれるだろう。ふたりともピアノの発表会に来て、さいごまでいてくれる。これまでは、そんなことはぜったいになかった——アンディのせいだ。春の発表会のときは、アンディのラクロスの練習があってパパが来られなかったし、夏の発表会は、学校がはじまるすぐ前だったから、ママもパパもアンディも家族みんなで来てくれたけど、ぼくが〈エリーゼのために〉をひく番になる前に、ママがぎょうぎの悪いアンディをつれて外へ出なきゃいけなかった。

しばらくして、ぼくはおしっこをしたくなり、クロゼットから出てバスルームのトイレに入った。そのあと、新しいひみつ基地に持ちこむものをさがしに自分の部屋へ行った。

「さがしてたのよ、ザック」

ぼくはびくっとした。部屋のドアのところにおばあちゃんが立ってることに気づかなかったから、すごくおどろいた。ひみつ基地のことを知られたくなかったんで、ぼくはうそをついた。「アンディの部屋でぼくのダンプカーをさがしてたんだ」

「夕ごはんを作ったの。いいわね、ザック。下へおりてきて」

「パーティーは終わったの？」

「パーティー？　いや、そんなのじゃない……。ええ、みんな帰ったわよ」おばあちゃんはそう言って、おかしな顔でぼくを見た。

「夕ごはんのとき、ママは家に帰ってくる？」もう夕ごはんの時間なら、ママはきのうの夜もきょうもずっと病院にいたことになる。ねるだけにしては長すぎる。

「いいえ」おばあちゃんは言った。「まだもどらないの。たぶん、あしたよ。おばあちゃんがいっしょに食べるから。それでいい？」

よくなんかない。きのうパパは、きょうはいっしょに病院のママに会いにいくって、やくそくしたのに、パーティーのせいで行けなかったから、パパもうそをついたってことだ。

12　たましいにも顔がある？

夕ごはんのあと、おばあちゃんに言われてシャワーをあびた。それから、おばあちゃんはぼくに、ふとんをかけてくれた。きょうもぼくはパパのベッドでねていいことになり、おばあちゃんに学校のことをたずねた。「学校へ行かないで家にいるのはぼくだけ？　アンディのことがあったから行かなくていいの？」

おばあちゃんはせすじをのばして、ベッドの横にこしかけてる。ぼくのおでこにかかったかみの毛をはらって、わきによせた。「ううん、ザック」おばあちゃんは言った。「子どもたちはみんな家にいるの。ひどい、ひどいことがきのう学校であったでしょう。また学校がはじまるまで、しばらくかかるんじゃないかしら。みんな心をいやす時間がひつようだから」

「おばあちゃん？」

「なあに、ザック」

「アンディはまだあそこに……学校にいるの？」

ぼくはアンディが学校でどんなふうにたおれてるのか、ずっと考えてた。たったひとりで、そばにいるのはほかの死んだ人たちだけだなんて。きょう一日、そのことを考えないようにしてたけど、いまはねる時間で、ねるときは何かを考えないでいるのがむずかしい。横になってるだけだから、できるのは考えることぐらいだ。

おばあちゃんはのどを鳴らして、せきをするような音を立てた。のどにつまった何かを出そうとしてるみたいだった。おばあちゃんは「アンディはもう学校にはいない」と言い、また二、三回せきのような音を出した。「アンディはいま、天国で神さまといっしょにいるの。神さまがわたしたちの代わりに、アンディのめんどうを見てくださるの」

「でも、学校からどうやって天国まで行ったの？　空にとびあがるみたいにして？」

おばあちゃんは、赤い口べにをぬったくちびるを少しゆるめた。「いいえ。天国へ行くのはアンディの体じゃなくて、たましいだけよ。おぼえてるでしょ？」

チップおじさんが死んだときに、ママが同じことを言ってたのを思い出した。体はこの世にのこってるけど、それはもう本当の人じゃないから、ひつぎに体を入れて、おはかにうめてもかまわない。人間の大切な部分は、たましいとよばれてて、それは天国へ行くんだって。人が死ぬとすぐ、たましいは天国へのぼっていく。じゅうげき犯のせいで死んだ人たちのたましいは、ぼくがまだ学校にいて、クロゼットにかくれてるときに、全部のぼっていったんだろうか。見た人がいるとしたら、犯人だろう。

たましいがどんなふうに見えるのか、ぼくは知らない。たましいってのは人の気持ちと考えと思い出だって、ママは言ってた。たぶん鳥か何かのように、つばさがあるんだろう。ラッセル先生がぼくにくれたあのチャームみたいに。天国へのぼっていくとき、たましいにはまだ顔があるんだろうか、とぼくは思った。だって、そうじゃなかったら、先に天国へ行った、その人を大切に思ってる人に、どうやって見つけてもらうんだろう。だれかに見つけてもらえれば、天国でもさみしくないんだけど。

おばあちゃんがおやすみと言って、パパとママの部屋を出たあと、天国へ行ったアンディのたましいがチップおじさんといっしょにいる様子を思いうかべようとしたのに、ぼくの頭の中は学校にあるアンディの体のことや、ろうかやかべについた血のことへと切りかわり、いやな考えを頭のおくの金庫にしまいこめなかった。

たぶん、頭のおくの金庫が使えるのは、ひみつ基地の中だけなんだ。ぼくはクランシーをだいて自分の部屋へもどった。ベッドわきのテーブルの引き出しからバズ・ライトイヤーのかい中電灯を取り出し、バスルームを通ってアンディの部屋に入る。この家のゆかは古くて、歩くとミシミシ鳴るから、音を立てないようにそっと歩いた。下にいるパパとおばあちゃんに、ベッドをぬけ出したことを知られたくないからだ。ぼくはかい中電灯をつけて、アンディの二だんベッドの上のだんをてらした。だれもいない。

つぎに、アンディのクロゼットに入って、ねぶくろの上にすわった。かい中電灯が暗いクロゼットの中に小さな丸を作ってる。ぼくは光の丸をジグザクに動かし、かべやシャツやコートをてらした。ねぶくろの上に横になり、足をあげてかべにくっつけると、いい気持ちだった。ぼくはかい中電灯をわきにおいてから、クランシーをむねに乗せ、頭の下で両手を組んでまくらにした。

すぐにまた、つぶやきたい気分になって、言った。「よし、いやな考えは金庫の中へ！」いやな考えは、頭の中に住む小さい人みたいにそこを歩きまわって、おくの金庫へ行く。戸を閉めろ。

「それでいい。もう出てきちゃ、だめだからな！」

うまくいった！　ぼくはそんなふうにしてしばらく横になりながら、ママのことを考えた。あすには帰ってくるだろうか。そのうちねむくなって、パパのベッドにもどった。
そして、真夜中にまた、じゅうげき犯が現れた。

パン　パン　パン

起きあがると、まわりは真っ暗だった。何も見えなくて、**パン**という音だけが耳にひびく。

パン　パン　パン
パン　パン　パン

何度も、何度も。遠くなのか、近くなのか。両手で力いっぱい耳をおさえたけど、それでも音は聞こえる。

パン　パン　パン

自分の口から何か聞こえたけど、しずかにしてなきゃいけなかったんだ。じゅうげき犯に気づかれて、うたれないように。

いやだ　いやだ　いやだ

さけび声が口から流れ出て、止めることができなかった。だれかの手がぼくにふれ、どこからその手がのびてきたのかわからなかったけど、そのときパパの声がした。「ザック、だいじょうぶ、だいじょうぶだ」明かりがついても、ぼくはさけびつづけた。じゅうげき犯がおくにいるんだから、あたりまえだ。どうやってこの家に入ったんだ？　もうすぐぼくたちはうたれて、まわりは血だらけになり、アンディみたいに死ぬ。パパが「それは現実じゃない。いやなゆめを見てたんだ」と何度も言うのを聞き、ぼくはさけぶのをやめた。でも、まだこわかったし、こきゅうがものすごく速く、**パン**という音が、まだ山びこみたいに耳の中で鳴ってた。

「だいじょうぶだ。だいじょうぶだから」パパが言った。

つぎに目がさめたときには朝になってて、**パン**という音を聞いたあと、いつねむったのかも、パパがいつ起きたのかもおぼえてなかった。パパはもうベッドのとなりにはいない。

パパを見つけたのは一階で、またキッチンのスツールにすわって、コーヒーカップを見つめてた。きょうもひげをそってないから、きのうよりのびてる。ぼくはパパのところへ行き、ひざにすわって、おばあちゃんとメアリーおばさんが何をしてるのかを見た。ふたりはぼくたちのアルバムを出してきて、写真を何まいかぬいてた。ほとんどはアンディの写真だけど、家族がそろったのも何まいかある。ふたりは小さい声で話しながら、顔のなみだをぬぐってたけど、うつったアンディのへんな顔を見てちょっとわらうこともあった。

「何やってるの？」ぼくは聞いた。アルバムから写真をぬかれるなんて、ママはいやがるはずだ。アルバムはとくべつなもので、さわる前には手をあらわなきゃいけないし、ページをめくるときも、ページのあいだのうすい紙にしわがよらないように気をつけなきゃいけない。

「ああ……写真をえらばないといけないのよ。アンディの……」とおばあちゃんが返事をしたとちゅうで、メアリーおばさんが「何まいか写真をかりようと思ってね。あとで返すから。ほら、これ見て」と言った。メアリーおばさんはアルバムをぐるっと回して、一まいの写真を指さした。「これがどこだったか、おぼえてる？」

「船の上だよ」ぼくは言った。その写真にはみんな（ぼく、ママ、パパ、アンディ、それにチップおじさんとメアリーおばさんとおばあちゃんも）がうつってた。全員、船の中にあるおみやげ屋さんで買ったソンブレロっていう大きなぼうしをかぶってる。ようじ学級がはじまる前の夏、ぼくたちはみんなで大きな船に乗った。それはおばあちゃんが七十才になったお祝いで、とくべつな家族旅行だった。船はすごく楽しかった。上のほうには大きなプールがあって、すべり台までついてた。ものすごい数のレストランもあって、いろんなしゅるいの食べ物を食べられたし、お店は一日じゅうあいてたから、ずっと食べて食べて食べまくることができる。船はメキシコで何か所か止まり、それぞれ何日かずつその場所にいつづけた。

ぼくはメアリーおばさんが指さした先のとなりの写真を見た。それも船でとったものだけど、うつってるのはぼくとママとパパとアンディだけだ。四人とも大わらいしてて、その理由を思い出すと、にこにこしてしまった。船の上でごうかなメキシカンパーティーがあって、どの家族がいちばんからいものを食べられるかというコンテストをやってたんだ。さいしょに用意された食べ物はあまりからくなくて、ぼくたちは食べつづけたけど、どんどんからいものが出されて、口から火が出そうになり、目からなみだがこぼれた。水をたくさん飲んでも、ぜんぜん役に立たなかった。写真のママは大わらいしながら、目をぎゅっとつぶってる。パパはやっぱりわらいながら、となりのママを見てて、ぼくとアンディはパパとママの前にすわって、長いとうがらしを持ちあげてる。からすぎて、ぼくたちはそれを食べるのをあきらめたんだ。

「ほんとに楽しかった」メアリーおばさんの声はいつもとちがった。なんでそんな声になったのかを知りたくて、顔をあげておばさんを見たら、まだわらってたけど、泣いてもいた。

「このあたりの写真がよさそうね」おばあちゃんはそう言って、写真のたばを手に取り、テーブルの上のかばんを持ちあげて、その中にしまった。メアリーおばさんは船の写真がはってあるアルバムを閉じ、さっとペーパータオルを取って顔のなみだをふいた。それからおばさんは、おばあちゃんといっしょにキッチンのドアのほうへ向かった。

ぼくは、いすにすわってるパパにもたれかかった。

「パパ？」ぼくは言った。

「どうした」ぼくの後ろでパパが答えた。

「きのうの夜、じゅうげき犯がうちに来た？」

おばあちゃんとメアリーおばさんが、ふたりともふり向いた。

「来てないよ、ザック。悪いゆめを見ただけだ」パパは言った。「そいつがここに来ることはない。わかるな？」パパの声は、そんなばかなことを聞くなと言ってるみたいだった。

「だけど、もしうちに来て、アンディと同じようにぼくたちをうったら？」

おばあちゃんがこっちへ歩いてもどり、ぼくの手を取って、しっかりにぎった。「ザック、犯人があなたをきずつけることは、ぜったいにないのよ。もちろん、ほかのだれかをきずつけることもない。その男は死んだの」おばあちゃんは言った。「それを知っておくのは大事なことよ。もうこわがらなくていい。けいさつの人にころされたんだから」

それを聞いて、教会でけいさつの人が言ってたことを思い出した。ぼくはわすれてたんだ。

「そいつは悪いやつだったんだよね」

「ええ、そうよ。すごく悪いことをしたの」

「そいつのたましいも、天国へのぼってった？　天国でも、アンディのたましいをきずつけたりする？」

「そんなことないのよ、ザック！　天国にいるのは、いい人のたましいだけ。悪い人のたましいは、ほかのところへ行くの」

13　ここにいちゃいけない

朝ごはんのあと、二階のバスルームで歯をみがいてたとき、一階のげんかんから話し声が聞こえてきた。パパと、もうひとりだれかの声がして、さいしょは、おばあちゃんかメアリーおばさんだと思った。たぶん、写真を持ってどこかへ行ってたふたりが帰ってきたんだろうって。そのとき、パパが「ここにいちゃいけない。その……ざんねんだった……」と言うのが聞こえた。女の人の声がして、泣いてるような、のどをつまらせたような音も聞こえる。ぼくはゆかがキーキー鳴らないように気をつけて、階だんのほうへ歩いていった。パパがだれに向かって、ここにいちゃいけないと言ったのか、知りたかったからだ。

女の人の声は、リッキーのママのだった。リッキーのママはげんかんにいて、ドアにせなかをくっつけて立ち、すぐ前にパパがいた。リッキーのママは両手をあげて、その手首をパパがつかんでる。リッキーのママは泣いてるせいで、顔もシャツの前もぬれてる。それとも、雨のせいだろうか。Tシャツしか着てなくて、うではとても白く、細かった。

「ジム。おねがいだから。そんなことしないで」リッキーのママが言った。「ジム、おねがい」そうやって何度もくり返し言ってたけど、パパに何をしないでとたのんでるのか、わからなかった。手首を持たないでってことかもしれない。「わたし……本当にひとりぼっちなのよ」リッキーのママは、またのどをつまらせたような大きな音を出し、鼻からたれ落ちたたくさんの鼻水が口の近くまでだらっとのびたから、すごく気持ち悪かった。

パパがつかんでた手首をはなすと、リッキーのママは小さな子どもみたいに、うでで鼻をぬぐった。それからスローモーションのようにゆっくりと、つかれすぎて立ってられないって感じで、げんかんのドアにくっついたまますずるずるとすべり落ち、その場にしゃがんだ。ずっと泣きつづけてる。声は聞こえたけど、すぐ前にパパが立ってるから、顔は見えなかった。

「ナンシー」パパが小さい声で言った。「悪かったよ、本当に。できることなら……」パパはさいごまで言わず、リッキーのママも聞き返さなかった。ただドアの前にすわって、泣きつづけてる。

「ナンシー」パパはもう一度言った。「たのむよ」前かがみになって、リッキーのママのほっぺをさわった。そのとき、またリッキーのママが見えた。「おたがい、なっとくしたじゃないか。もう……終わらせようって。そうしたほうがいいって、話し合ったろ?」

リッキーのママが両手でパパの手をつかんで、その中に顔をうずめたから、なみだも鼻水もパパの手のひらについたはずなのに、パパは手を引っこめなかった。

「ナンシー。ザックが二階にいるんだ。それに、母さんとメアリーももどる……もうすぐ。すまない。さあ、もう帰ってくれ」

「いやよ」リッキーのママは顔をあげてパパを見た。「いや。あなたといっしょにいたい。あなたがひつようなの。わたしにどうしろって……」もっとはげしく、もっと大きな声で泣きはじめたけど、パパを見る目はそらさない。「あの子は死んだのよ」と言ったけど、言葉がのびて「死んだのよおおおおおおお」と聞こえた。「リッキー。ああ、リッキー。わたしの……。これからどうしたらいいの？　どうしろってのよおおおおおおお」

リッキーもアンディと同じように、じゅうげき犯にころされたけど、リッキーのママはぼくのママみたいにショックを受けて病院にいるわけじゃない。わざわざここ、ぼくたちの家に来て、パパといっしょにいたいと言い、パパの手を自分のものみたいににぎってる。ぼくはそれがいやで、なぜパパがそんなことをさせてるのか、わからなかった。

パパの手をはなしてもらいたくて、ぼくは階だんをおりていった。パパはぼくの足音を聞くと、急いで手を引っこめて、ぼくのほうを見た。リッキーのママが立ちあがろうとして、ドアの取っ手に頭をぶつけた。

「ザック！」パパが言い、ぼくが話したそうだと思ったのか、じっとこっちを見たけど、ぼくは何も言わなかった。「ナンシーが……ブルックスさんが来てるんだ」リッキーのママはすぐ前に立ってるのに、パパはぼくが目の見えない人か何かだと思ってるんだろうか。

ぼくはふたりを見つめた。リッキーのママの顔は青白く、うでの色と同じくらいだった。でも、目のまわりに赤くなってるところがたくさんあり、目の白いはずのところまで赤い。ひとみは青く、こんなに青い目の人をぼくは見たことがなかった。長いかみはぬれて、顔や首にぺったりついてる。ぬれたTシャツの下で、おっぱいのふたつの丸がつき出てて、ぼくは目がはなせなかった。

「そろそろ……帰らなくちゃ」リッキーのママはそう言って後ろを向き、ドアの取っ手をつかんだけど、しっかりおさなきゃいけないことを知らなかったから、ドアをあけられなかった。

「これは……こうやって……」パパが手をのばして、代わりにドアをあけようとして、パパのうでにおっぱいがふれた。リッキーのママはドアの真正面に立ってたから、ふたりともさがらなきゃいけなくて、ぶつかってしまった。パパがドアをあけると、リッキーのママはポーチの階だんをおりていった。ぼくはげんかんまで行って、パパのとなりに立った。階だんが雨ですべりやすくて、歩きづらいのか、リッキーのママはちょこちょこ進んでいった。それから歩道を曲がって、自分の家がある通りを歩いていき、そのあいだに一度もふり返らなかった。

14　どこへ行ったの？

ママは病院で、ぜんぜんべつの人にかわってしまった。三回ねてから家に帰ってきたママは、見かけも、することも、ちがう人みたいだ。ママはいつもきれいで、家族のみんなより早く起きる朝でもそうだった。長くて茶色いかみは、まっすぐでつやつやして、ぼくと同じ色だ。ぼくたちは目の色もいっしょで、はしばみ色をしてる。はしばみ色ってのは、茶色がかった緑のような、いくつかがまざった色だ。家族の中で、ぼくとママだけが目もかみも同じ色だってことを、ぼくは気に入ってる。ぼくとママは「気しつ」も同じなんだと、ママが言ってたことがある。それは、にたようなことをするって意味で、ママの言うとおりだと思う。ママとぼくは、ふたりとも、けんかになるのがすきじゃない。だって、ママはアンディやパパとけんかして泣くことがあり、そういうとき悲しんでるはずだからだ。ぼくたちはどちらも人をよろこばせるタイプで、まわりのみんなをいい気分にさせるんだって、ママは言う。

アンディのほうは、ママとパパがみごとに半分ずつまざってるって、たくさんの人が言ってたけど、パパににてると思う。同じかみの色で（ふたりとも金ぱつだ）、せが高くて、スポーツがとくいだ。「気しつ」もにてる、とぼくは思う。だって、パパもときどきおこりだすし、だからアンディもあんなふうになったのかもしれない。

ママが病院から帰ったとき、かみの毛はぼさぼさで後ろにまとめてあり、まっすぐでもつやつやでもなかった。家の中では、ミミがママのとなりを歩いた。ミミにささえられてないと、ママは転んでしまいそうに見えた。すごくつかれてるみたいに、ゆっくり歩いた。病院でねむってるだけだって、パパは言ってたのに。お見まいに出かけても起きないだろうから、行ってもむだだって。

ミミがママを家につれてくる前、パパからは、ママとのきょりをおくように、すぐにこまらせたりしないようにと言われたけど、ずるいと思った。だって、もう三日もママに会っていなくて、すごくさみしいんだ。でも、帰ってきたママは何もかもちがって見えたから、近よるのがはずかしくて、パパに言われたとおり、きょりをおくようにした。

ママは、ぼくたちがアンディをさがしに病院へ行った日と同じ服を着てるけど、その服はきれいに見えない。ふだんのママは、とくべつなことがないときでも、きれいな服を着てるのに。むかしの仕事で使ってた、はでな服はもう着てないけど、パパとデートに出かける夜はべつだ。ぼくは、ママのクロゼットのはでな服が集まってるところからえらぶ手つだいをするのがすきで、ママはぼくのしゅみがいいって言ってた。ママのむかしの仕事は、パパと同じニューヨーク・シティだけど、ちがうオフィスでテレビのコマーシャルを作ることだった。でも、アンディとぼくが生まれて、そこではたらくのをやめた。いまの仕事は、ママでいることや、せんたくをしたり、夕ごはんを作ったりすることだ。

ソファーにすわるのをミミが手つだったけど、ママは自分ひとりじゃ何もできない小さな子どもみたいだった。あんなふうにかみの毛がぐちゃぐちゃで、子どもみたいにしてるママを見て、ぼくは悲しくなった。だから、まだはずかしい気持ちもあるけど、ママのとなりにすわることにした。

パパのほうは見なかった。だって、パパはたぶん、ぼくがママときょりをおかないと、おこるだろうから。

ぼくがすわると、ママはすごくゆっくり時間をかけて頭を動かし、こっちを見た。おどろいたような顔をしたから、ずっとぼくが見えてなかったのかもしれない。ママはぼくをひざの上にすわらせ、ぼくの首に顔をうずめた。泣いてるのか、むねが動いてて、ぼくの首にママのあつい息がふうふうとかかった。その息がくすぐったかったけど、ぼくは動かなかった。ママは、においまでいつもとちがって、学校で使う、手の消どくえきみたいなにおいがした。それでも、ぼくはきつくだかれたままでいた。

ママのひじの内がわの、病院でとうめいなチューブがくっついてたあたりに、ばんそうこうがはってあるのを見て、いたいかどうか聞きたくなった。「ママ？」と言うと、ママはぼくの首から顔をはなしたから、首が冷たくなった。声をかけた自分にはらが立った。ママはぼくのほうを見たけど、目はぼくの目を見てなくて、少し上、たぶんおでこのあたりを見てた。「ママ？」ぼくはもう一度言い、こんどは両手でママの顔にさわって、ぼくの顔を近づけた。ママはまだねむってるみたいで、だけど目はあいてるから、ぼくはやさしく起こしてあげたかった。でもそのとき、とつぜんママはうでをおなかに回し、ソファーの上で体をそらして「おおおおおおお！」と長い声をあげた。

ぼくはママの顔からはなれ、ひざからとびおりた。声がこわかったし、そんな声を出したのはぼくのせいだと思ったからだ。きょりをおかなかったのがいけないんだ。

「ザック、ママに少し時間をあげましょう」ミミがすごく小さい声で言って、ぼくのうでに手をおいた。「ママは休まなくちゃ」

「おいで、ザック。ママをひとりにして、気持ちを落ち着かせてあげよう」パパが言った。パパはソファーに来てぼくの手を取り、それからだきあげようとした。ぼくは手をふりはらい、階だんをかけあがった。しばらく自分の部屋に立ってた。こきゅうが速い。パパが二階まで追いかけてくるかと思って、耳をすましたけど、来なかった。ぼくがひとりっきりで二階にいて、大人はみんな下にいて、だれもそれを気にしていないと思うと、はらが立った。目がひりひりして、いまにもなみだが出そうだ。泣きたくなかったから、すぐに鼻つまみをした。するとすぐ、目のひりひりはどこかへ行って、あふれそうだったなみだが止まった。

ぼくは自分の部屋でしずかにしているのが大すきだけど、このときはいい気分じゃなかった。さみしいと思った。さみしさと、ひとりっきりは、ちがう。ぼくとママは、ある日ねる前に、いっしょにそのことに気づいた。ぼくがママを部屋へよびもどし、ひとりっきりだよと言ったら、ママは自分がすぐ下の部屋にいるんだからひとりじゃないと言い、それでぼくの気持ちはひとりっきりじゃなくて、さみしさなんだって、ふたりとも気づいた。さみしさは、だれかといっしょにいたいときに感じるもので、悲しい気持ちだ。ひとりっきりは悪いこととはかぎらない。ひとりでいても、いい気分になれるんだから。ぼくもママも、ときどきはそういう時間、ひとりでいる時間もすきだって、ふたりともみとめた。ぼくの部屋はひとりになるための場所で、さみしさを感じるところじゃない。

ぼくはひみつ基地へ行くことにした。あそこなら、なぜかひとりでもさみしいとは思わない。だんだん、ひみつ基地の中がすごしやすくなってた。バズ・ライトイヤーのかい中電灯はあるし、よびの毛布やまくらがいっぱい入ったろうかのクロゼットから、まくらを何こか持っていったけど、だれも使ったことがないものだから、ぼくが取ったことは気づかれないだろう。それに、ラッセル先生からもらったチャームが、ひみつ基地のすみにおいてある。ひみつ基地に入ると、ぼくはいつもそれを手に取り、指のあいだでつばさを何度かこする。お気に入りのチャームをくれるなんて、ラッセル先生はすごくやさしい。それをこすると、ぼくは気分がよくなる。もちろん、クランシーもいっしょだ。ねるときのために、クランシーにひみつ基地とベッドを行ったり来たりさせてるんだ。ぼくはクランシーをかかえて、ねぶくろの上にすわり、かべとせなかのあいだにまくらをはさんで、クランシーの右耳をかみはじめた。左耳はだめ。左はかみすぎて、いつはずれてもおかしくないとママに言われてたからだ。

アンディはいつもぼくからクランシーをうばい、ひどいにおいだと言ってゴミ箱にすてようとする。ぼくはアンディに取られないように、クランシーをかくせるべつの場所をさがすけど、ねる時間にどこにおいたかわすれてしまうこともあり、そういうときはねむれないから、そこらじゅうをさがすはめになる。でも、もうクランシーをかくさなくていいんだ。クランシーは安全で、アンディにすてられることはない。

どうしてアンディが、いやアンディのたましいが、天国へ行ったって、おばあちゃんにはわかったんだろう。天国へ行けるのはいい人だけだって、おばあちゃんは言ってた。でも、アンディがいい人じゃないときは、たくさんあった。たいてい、ぼくにいじわるをしようとして、ママをおこらせた。同じことを何回もくり返すからママがおこるんだけど、あれはわざとやってたにちがいない。わざとじゃなきゃ、すぐにやめるはずだから。

もうアンディはぼくにいじわるをできないし、ママをおこらせることもできない。いまはまだ、ママはアンディがじゅうげき犯にころされたことを悲しんで、ショックを受けてる。だけど、気分がよくなってきたら、ママはもうおこってばかりいなくてすむ。

チップおじさんはぜったいに天国へ行ったとぼくにはわかってた。おじさんはいつも、だれにでもやさしかったから。でも、アンディはどうだろう？ おばあちゃんは、悪い人のたましいはどこかべつのところへ行くと言った。それがどこかはわからないけど、もしアンディが天国じゃないべつの場所へ行って、いまごろ、じゅうげき犯みたいな悪い人たちにかこまれてるとしたら、たぶんすごくこわがってるだろう。ぼくは目を閉じて、頭の中でアンディのすがたを思い出そうとした。しばらくのあいだ、顔がうかんでたけど、なかなかじっとしてない。「天国へ行ったの？ じゃなきゃ、どこへ行ったの？」ぼくの心がアンディの顔に話しかける。その顔が消えた。「とにかく、天国にいるといいね」

15　目が見えない人と歩くこと

「テレビの時間にしてもいい？」ぼくはシリアルを食べたボウルを流しにおいた。「テレビを見たいんだけど」

「うーん……」パパは電話から顔をあげなかったから、いいということ、少なくともだめじゃないってことだから、ぼくは広間へ行ってテレビをつけた。ニュース番組がうつったけど、音は消えたままだった。〈フィニアスとファーブ〉の新シリーズをやってるかと思って、チャンネルをかえようとしたとき、ニュースで一まいの写真が出てきた。写真の上のほうには、「マッキンリー事件の犯人」という字がある。ぼくは体がかたまって、ぜんぜん動けなくなった。何度も何度もそれを見た。だって、うつってたのは、チャーリーの息子だったから。

チャーリーの息子だってことは、すぐわかった。去年学校であった、チャーリーの三十しゅう年記ねんパーティーで会ったからだ。チャーリーのおくさんは、ぼくのおばさんと同じメアリーという名前で、息子の名前は知らないけど、ふたりともパーティーに来ていた。チャーリーのおくさんは話しやすくて、ぼくたちのことをチャーリーズ・エンジェルズってよんだり、みんなすごくかわいいと言ってくれたりしたから、チャーリーは家でぼくたちの話ばかりしてるんだろうと思った。息子のほうは、パーティーでひとことも話さなかった。ずっとチャーリーの横に立って、おこってるみたいにぼくたちをにらんでた。顔はチャーリーとまったく同じで、ただ年をとってないだけだ。見かけは同じだけど、ちがうのはチャーリーの息子はにこにこしてなくて、チャーリーはいつもわらってるところだ。チャーリーの口のはしは上を向き、息子の口は下を向いてるから、ふたりの顔は同じなのに反対だった。

ぼくのママに話しかけられても、チャーリーの息子はにこりともしなかった。ママは、こんなに大きくなったなんて信じられないと言い、あなたが三才か四才のころ、大学をそつぎょうしたばかりのわたしがベビーシッターをしてたんだけど、おぼえてるかって聞いた。チャーリーの息子はわらわなくて、返事もしなかった。チャーリーのおくさんが、もちろんこの子はおぼえてるし、いちばんすきなシッターさんだったよね、と代わりに答えた。

ぼくはニュースがチャーリーの息子のことをなんと言ってるのか、聞きたかったけど、音を大きくしたらパパにニュースを見てるのがばれそうだ。ばれたら消しなさいって言われるはずで、それがいやだから、音のないテレビを見つめた。写真はしばらく画面にうつってて、「マッキンリー事件の犯人」のかわりに「チャールズ・ラナレス・ジュニア」と出たから、それが名前なんだと思う。チャーリーの名字はラナレスだ。いつもつけてる名ふだに、チャーリー・ラナレスと書いてある。そのあと、べつの写真にかわった。わらってるチャーリーの写真で、記ねんパーティーのとき、ホールの大きなスクリーンにうつった写真と同じものに見えた。

チャーリーのことをどう言ってるのか、どうしても聞きたくて、ちょっとだけ音を大きくした。チャーリーの写真は消え、ニュースの男の人がマイクを持って出てきた。その人は学校の前に立ち、バス乗り場で見たことのある女の人に話しかけてた。エンリケのおばあちゃんだと思う。

「マッキンリー小学校をおそった犯人が、学校のけいび員チャールズ・ラナレスの実の息子、チャールズ・ラナレス・ジュニアだと知ったとき、どのようにお感じになりましたか」男の人がマイクに向かって言い、それからマイクをエンリケのおばあちゃんの口もとに向けた。

「まったく、信じられなくて。」エンリケのおばあちゃんが言った。とても悲しそうに、ずっと首をふってる。だれも信じられませんよ」「だって、チャーリーはとてもいい人だったんです。みんな、死ぬほどすきだった。いえ、その、死ぬほどっていうのは……ふさわしい言葉じゃありませんでしたね。とにかく、子どもが大すきで、まるで自分の子のように思ってましたよ。何世代もの子どもが大人になっていくのを、この学校で見守ってきた人です。うちの息子もかよっていたし、近ごろは、まごも……。いつもあいそがよくて、たよりになって……あの人の息子があんなことをしたなんて、信じられません」

ニュースの男の人は、テレビの画面からまっすぐぼくを見つめて言った。「なんとも皮肉なことに、その小学校のけいび員の息子が、十五名の生徒と四名の学校しょく員をざんこくにもさつがいした犯人であり、その後けいさつ官にうたれて死亡しました。目げき者のしょう言では、父親は息子にうつのをやめるよう、うったえたものの、どうにもならず……」

「ああ」本当にかすかな、ネズミみたいな小さい声が聞こえ、鳥はだが立った。ただじっとテレビを見つめてたときに、とつぜん後ろから声がしたからだ。ふり返ると、その声はママの口から出たんだとわかった。さっきまでママは一階にいなかったのに、いまはぼくがすわってるソファーの真後ろで、ぼくと同じようにテレビを見つめてる。

キッチンからパパが来て、ぼくの手からリモコンを引ったくり、テレビを消した。「いったい何をしてるんだ、ザック」ぼくを見るパパは、すごくおこってるようだった。

「パパがテレビを見てもいいって言ったから」ぼくの声は、いまにも泣きそうな感じだった。

ママは何も言わないで、テレビをじっと見つめてる。もう何もうつってないのに、それに気づいてないらしかった。

「パパ？　チャーリーの息子が犯人だって、知ってたの？　ニュースで――」

「やめなさい。いまはだめだ、ザック」

パパはすぐそばに来てそう言ったから、息がぼくの顔にかかった。こわい目と声で言ったけど、口はそんなに大きくあけていない。どなったわけじゃないけど、きびしい感じだったんで、ぼくの体はあつくなり、おなかがきりきりした。

ニューヨーク・シティで、目の見えない人に一度会ったことがある。男の人で、さいしょは目が見えないことに気づかなかった。その人はすごくかわいい犬をつれてたから、ママに犬をなでてもいいかって聞いたら、だめだと言われた。それは、ほじょ犬というとくべつな犬で、そういう犬にはさわっちゃいけないことになってて、目が見えない人や病気の人を助けてるんだから、なでたりすると、仕事ができなくなるんだって。犬が目の見えない人に行き先を教えるって、すごくかっこいいと思った。男の人は犬についてどこへでも行き、道をわたることもあった。ニューヨーク・シティの道はすごくこんでて、あぶないから、ぼくだって道をわたるときは手をつなぐことになってるのに。

ママがパパといっしょにキッチンへもどる様子は、あの目の見えない人がほじょ犬についていくのと、よくにていた。パパが犬で、ママは何も見えない人だから、パパがつれていかなきゃいけない。ぼくはもうぜったいに目からなみだが出ないと思うまで待ち、それからふたりのあとを追ってキッチンに入った。そこにはパパしかいなかった。

「ママはどこ？」ぼくは聞いた。

「二階だよ。薬を飲ませて、落ち着かせたんだ。気持ちがゆれてるからな。いまからママはねむる」パパがまだぼくにはらを立ててるのがわかり、引っこんでたなみだが目からあふれそうになった。

「ごめんなさい、パパ。テレビを見ようと思ったらニュースをやってて、それで――」ぼくがさいごまで言いきってないのに、かまわずパパは話しだした。

「ニュースを見ちゃいけなかったんだ。おまえのためにもよくないって、わかるだろ。それに、あいうものを見るのは、ママのためにもならない。家に帰ってきたばかりなのに、この調子だと、また病院にもどらなきゃいけなくなるぞ。それでいいのか？」

そうなるのはいやだったけど、何も言葉が出てこなかったから、ぼくはただ首を横にふった。病院へなんか、もどってもらいたくない。目が見えない人みたいに歩いたり、ずっとねてたりじゃなく、ショックを乗りこえて、いつものママになってほしかった。首をふりつづけ、それを止めることができないでいると、パパが言った。「わかったよ、落ち着け、ザック。いまは家族みんなにとって、たいへんなときだ。しばらく、べつのことをしていてくれないか。ミミがあとでもどるから、いっしょに何かしていてもらいたい」

「わかった。でもね、パパ。チャーリーも自分の子どものことできずついたの？」

「なんだって？　いや、チャーリーはきずついてなんかいない」パパの言い方は、そのことにおこってるみたいに聞こえた。

二階へあがると、ママとパパとの部屋のドアがあいてたから、近くへ行って、ママの様子を見た。ママはベッドに入ってたけど、ねむってはいなくて、目をあけたまま横になってた。ママがぼくに気づき、毛布の下からうでを出してこっちへのばしたから、ぼくはママのとなりにねそべった。ママはぼくをきつくだきしめた。しばらくそのまま、何も話さないでいた。ママとふたりきりなのはいい気持ちで、しずかだった。聞こえるのはママの息だけだ。

少しだけ体をひねって、ママの顔を見た。いやな気持ちにさせてごめんなさいと言いたかったけど、もうママは目を閉じてた。ぼくはしばらくママの顔をじっと見た。むねがあがったりさがったりするのがわかるけど、ぼくは動かなかった。それから「ごめんね、ママ」とささやき、ママのうでからぬけ出してベッドからおりると、そっとその場をはなれ、部屋から出ていった。ドアが小さくキーッという音を立てた。もう一度ママを見たけど、ねむったままだ。

そのときぼくの頭にあったのは、ひみつ基地へ行くことだけだった。クロゼットの戸をしっかり閉め、暗がりでかい中電灯をさがして、明かりをつけた。ぼくはクランシーをだいて、耳をかじった。長いあいだ、かじるのをやめられなかった。クランシーは、ぼくのよだれでびしょびしょになった。

16　あふれた赤いジュース

ママが帰ってきたから、ぼくは自分のベッドでねることになってたけど、ねる時間になるとまたこわくなったんで、ママがパパにたのんでくれて、ふたりのベッドのとなりのゆかにぼくのマットレスをしくことになった。ママはベッドでねて、ぼくはその横のマットレスでねて、ママが手をにぎっててくれたから、そんなふうにねむるのもいいなと思った。ふたりとも歌をうたうのをわすれたけど、ぼくが思い出したときにはママはねむってるみたいで、起こしたくなかった。だから、きょうもぼくはひとりで、すごく小さな声でうたった。ぼくと、クランシーのために。

つぎの朝、ぼくは体がふるえて目をさました。マットレスのあちこちが冷たくてびっしょりぬれ、パジャマのズボンとシャツの片がわもぬれてたけど、なぜこんなことになったのか、わからなかった。でも、とつぜん気づいた。おねしょをしたんだ！　赤ちゃんみたいに、ベッドでおもらししたんだ！

おねしょなんて、したことがなかった。三才のとき、ねるあいだのおむつもつけなくなって、そのあとは二、三回しかおもらししてないと、ママが言ってた。前はママが夜中にぼくを起こして、トイレへつれてってくれた。ねむりながらトイレでおしっこをしてたよ、と言われても、つぎの日にはぜんぜんおぼえてなかった。だけどいまはもう、いつも自分で起きてトイレへ行く。

いとこのジョーナスは同じ六才で、いつもおねしょをする。本当はいとこじゃないけど、メアリーおばさんの妹の子どもだから、いとこみたいなものだ。あるとき、ジョーナスがうちにとまって、ぼくのベッドのとなりにおいたエアマットレスでねむった。ジョーナスはマットレスじゅうにおもらしをして、アンディが、そんなのは赤んぼうのすることだって、ばかにした。ぼくも少しだけからかったけど、いやな気持ちになった。ママに、おねしょはジョーナスのせいじゃないから、からかっちゃだめだと言われたんだ。たぶん、ジョーナスがおねしょをしたのは自分のママがいなくてこわかったからで、自分でもはずかしいと思ってたんだろう。

そしてこんどは、ぼくがジョーナスみたいにおねしょをしてる。それを考えると、顔がすごくあつくなった。顔があつくなるのははずかしいからだと知ってるし、ぼくはそうなることがよくある。学校にいるときはしょっちゅうで、ラッセル先生にいきなり話しかけられてびっくりしたときとか、クラスのみんながぼくの答えを待ってじっと見てるときとか、よく顔があつくなる。何かしゃべると先に決まってて、言いたいことを考える時間があり、答えが正しいとわかってるときは平気だ。でも、いきなりだと、顔が赤くなる。まるで、グラスからあふれた赤いジュースがぼくの首をあがってきて、顔まで来るみたいだから、ぼくは「あふれた赤いジュース」とよんでる。そんなときは、顔をかくして、さめるのを待ってると、あふれた赤いジュースが首をおりていくのがわかる。

赤くて、あついジュース。ときどき、おさまったあとでも首に赤いぶつぶつがのこってる。たいていは、さっとさがっていくんだけど、だれかにそのことについて何か言われたり、からかわれたりすると、そうならない。たとえばアンディは、ぼくが赤い顔だとだれかから言われるのが苦手だと知ってるから、わざわざみんなに聞こえるように大声で言うし、それが楽しいと思ってる。そんなとき、赤はいつまでも消えない。

ぼくはおねしょをしたと気づかれるのがいやで、どうしようかと考えた。ママとパパのベッドのほうへ目を向けると、見えたのはママのせなかだけだった。動いてなかったから、まだねてるはずで、パパはベッドにいなかった。ぼくはすばやく起きあがって自分の部屋へ行き、パジャマをぬいだけど、自分のおしっこにさわって気持ち悪かった。ぬれたパジャマをかごに入れてほかの服もぬれるのがいやだったから、代わりにシャワーカーテンのおくのバスタブにおいた。マットレスもまだぐっしょりぬれてるけど、昼のあいだにかわくんじゃないだろうか。

ぼくは着がえてから、しばらく自分のベッドにすわって、あついジュースみたいな感じが消えるのを待った。そのとき、ぼくのトラックに気づいた。まだ本だなの前にあって、この何日かは一度も遊んでない。みんなばらばらで、列がくずれてる。ずっと直さないでいたなんて、自分でもふしぎだった。

立ちあがってバスルームのかがみを見ると、首に赤いぼつぼつがのこってた。ぼくはアンディの部屋へ行き、二だんベッドの上のだんをたしかめてから、一階へおりた。キッチンにはだれもいなくて、パパは書さいで電話をしてた。書さいのドアはガラスで、その向こうからぼくを見たパパは、つかれた顔でにこりとして、電話を指さした。ぼくはキッチンへ行って、カウンターのスツールにすわった。おなかがすいてるけど、だれも朝ごはんを作ってくれそうにない。

カウンターにｉＰａｄがあったから、消防車をちゅう車するゲームで遊ぶことにした。ｉＰａｄに入ってる大すきなゲームだ。大きな消防車を決まった場所にちゅう車するシミュレーションゲームで、ほかの車や消防しょのかべにぶつけないようにするのがむずかしいけど、ぼくはとくいだった。iPadを指でなでたら、パパの読んでる新聞の画面が出てきた。

さいきん、パパはいつもiPadか、けいたい電話で新聞を読む。前は紙の新聞を取ってて、げんかんの青いふくろにまるまって入ってた。毎朝、新聞を取ってきてパパにわたすのが、ぼくの役目だった。といっても、ふだんの日はぼくが起きる前にパパが会社へ持っていくから、週末だけの仕事だ。そのうち、パパは青いふくろに新聞を入れてもらうのをやめ、代わりにiPadで読むようになったんだけど、いつも長い時間をかけて読む。前みたいに配たつしてもらえば、ぼくがiPadで遊べるのに。

パパの新聞が見えるとすぐ、じゅうげき犯、つまりチャーリーの息子について書いてあるのが目に入った。画面を下へずらしていくと、きのうテレビで見たのと同じ写真が出てきた。パパがまたおこるから、もう見ちゃいけないと思った。でも、パパは書さいで電話をしてるし、ママはまだねむってて、ミミはどこにいるか知らないけど、だれにも気づかれないだろう。チャーリーの息子のことが記事にどう書いてあるのかを知りたくて、ぼくは読みはじめた。大きくて太い文字で、「犯行の目的」と書いてあって、その下に、少し小さめだけど同じ太さの字で「正気をうしなった者の行動か、苦しむ息子が父親の気を引こうとしたのか」とあり、そのあとはもっと小さくて細い字がたくさんならんでた。

読むのはむずかしかったけど、わかったこともあって、たとえば、マッキンリー小学校で人をうつために、チャーリーの息子がじゅうを四つ持ちこんだことや、家に――つまりチャーリーの家に――もっと多くのじゅうがあるのをけいさつの人が見つけたけど、どこで買ったのかはまだわからないことなんかが書いてあった。

もっと下へずらしていくと、じゅうの写真があって、けいさつの人がベルトにつけてるふつうのやつがいくつかと、戦争で使いそうな大きくて長いじゅうもならんでた。写真の下にはじゅうの名前が書いてあり、どれもすごい。ふつうの大きさのやつの下には「四五口径スミス&ウェッソンM&P」や「グロック19、九ミリ口径セミオートマティック」、戦争で使いそうなやつの下には「セミオートマティック、スミス&ウェッソンM&P15」や「レミントン870、十二番径ショットガン」とある。小さい声で読んでみたけど、どういう意味かよくわからなかった。

じっと写真を見てると、心ぞうの音が速くなってきた。じゅうがあぶないことは知ってるけど、なんだかわくわくもするからだ。でも、チャーリーの息子は、あのじゅうのどれかを使ってアンディをころした。どのじゅうから出たたまがアンディをころしたんだろう。それに、どうやってじゅうを四つも学校に持ちこみ、しかも全部使ったんだろう。じゅうのたまがアンディの体に入ったとき、ものすごくいたかったにちがいない。体のどこに当たって死んだのか、まだわからない。

じゅうの写真の下に、犯人はマッキンリーへ向かうとちゅう、フェイスブックに書きこみをしたと出てた。フェイスブックはママのけいたい電話に入ってるから、ぼくも知ってる。ママは友だちが何を書いてるかを見るために、しょっちゅうログインし、ぼくにも写真やおもしろい動画を見せてくれる。ママも写真をのせることがあって、たいていはぼくとアンディがスポーツをしてるときなんかのやつだ。パパはフェイスブックがきらいだから、見ることはなくて、一度ママとパパがそのことでけんかになった。世界じゅうの人が見るところにぼくたちの写真をのせるのはまずいって、パパがママに言い、ママは「あら、見せびらかすのが大すきなあなたが言うなんて、なんだかおかしな話ね」と言ってた。

チャーリーの息子がフェイスブックに書きこんだ内ようはこうだ。

チャーリーズ・エンジェルズよ、きょうこそぼくがきみたちのもとへ向かう日だ。パパ、あとで会おう！　ぼくのためにいのって。

チャーリーズ・エンジェルズ。チャーリーのおくさんがパーティーでぼくたちをそうよんでたっけ。

後ろのお知らせモニターがロボットレディの声で「げんかんです！」と言ったんで、ぼくはｉＰａｄを落としそうになった。急いでボタンをおして電げんを切り、わきにおいた。心ぞうがすごい速さで動いて、赤いジュースが顔へのぼってくるのがわかる。ミミがスーパーのふくろを持って入ってきて、すぐにばれると思ったけど、気づかれなかった。

「おはよう、ザック」とだけ言われ、ぼくは何も返事ができなくて、ただ「うううん」という声を出した。

ミミがふくろをほどき、牛にゅうとたまごとバナナを取り出すのを、ぼくはじっと見てた。たぶん、ぼくたち家族の中でバナナを食べるのはアンディだけなのをわすれてるんだろう。バナナはアンディの大こうぶつだけど、もういないから、ミミが買ってきたバナナはだれが食べるんだろう。バナナはキッチンカウンターの上においてあり、ぼくはそこから目がはなせなかった。頭の中で、すごく大きな声で「そんなバナナなんか、だれが食べるんだよ！」と言った。ほとんどさけぶように「くそっ、バナナなんて気持ち悪い。中身はぐちゃぐちゃだぞ！」とも言った。それから、本当にバナナをつかんでゴミ箱へ投げた。すると、気分がすっきりした。ぼくはキッチンから出ていき、ミミが「ザック、ねえ、どういうつもり？」とよびかけてきたけど、聞こえないふりをした。

17　気持ちを表す紙

自分の中で、ふたつ以上の気持ちが同時にわくことがあるなんて、これまで知らなかった。とくに、まったく反対の気持ちがあるなんて。何かにわくわくし、そのわくわくしたことが終わったら、その気持ちがなくなって、楽しかったという幸せな気分になることは知ってる。ぎゃくに、たんじょう日のパーティーからみんなが帰ったあとみたいに、終わってしまってさみしくなるのもわかる。でも、ふたつの気持ちが、くっついてならんでたり、どちらかの上にあったり、まぜこぜで自分の中にあるなんて、そんなのは思ってもみなかった。

だけど、いまのぼくにはそれが起こってて、すごくこまる。だって、幸せなときは声を出してわらうか、せめてにこにこするし、おこってるときや悲しいときはさけんだり泣いたりしたくなるけど、そういうのが全部いっしょにやってきたら、自分がどうしたいのかわからない。ぼくは家の中を歩きまわり、あっちへ行ったりこっちへ行ったり、二階へあがったり一階へさがったりした。心が落ち着かないから、体も落ち着かないんだと思う。

キッチンにある家族カレンダーの前を通ったとき、足が止まった。そこには先週の予定がまだ全部書いてあった。いちばん上がパパの列で、つぎがママ、そのつぎがアンディで、ぼくの列はさいごだ。年のじゅんになってて、ぼくがいちばん下だから。名前のところは消せないペンで書いてあり、ママが日曜につぎの週の予定を書くとき、全部まとめて消しても、そこは消えない。だから、これからはアンディのところは空っぽで、ぼくとママの列のあいだにすきまができるけど、名前はのこるから、アンディはいまも家族のひとりだ。でも、本当はちがう。

ぼくはアンディの列を見て、先週何をすることになってたのかを見たけど、アンディは水曜に死んだから、したのは火曜のラクロスだけだった。木曜のサッカーはできなかった。金曜のところには「午後七時、ラクロスの試合」とある。アンディのチームは、アンディなしで金曜に試合をしたんだろうか。いつもコートの外に立ってるせん手が何人かいるけど、そのだれかをアンディの代わりに入れたのか。アンディが消えてなんかいなくて、何もかわってないみたいに。試合をやったんだと思うと、はらが立ってきた。アンディはすごくうまくて、たくさんゴールを決めてたから、いないと、チームは勝てなかったはずだ。

きょうは火曜で、火曜は学校で図工のじゅぎょうがある。ぼくは図工が大すきで、絵がすごくうまい。フリーダ・カーロのしょうぞう画をもう少しでかき終えるところで、だんだんいい感じになってきて、フリーダが自分でかいたんじゃないかと思えるくらいだった。フリーダ・カーロはメキシコの有名なげいじゅつ家だとじゅぎょうで習った。いろんな色を使って自分のすがたの絵をかき、その中には太いまゆ毛が真ん中でくっついて一本の長いまゆ毛になり、女の人なのにひげが生えてる絵もあった。ぼくも絵をかくときは、たくさんの色を使うのがすきだ。きょう図工のじゅぎょうに出られなかったのはさみしかったけど、学校が休みなのはうれしかった。さみしくて、うれしい。ほら、反対の気持ちだ。

フリーダ・カーロはずっと前に死んだけど、まだわかく、ひどい病気にかかってた。どんな病気かは知らないけど、チップおじさんと同じガンだったのかもしれない。フリーダは病気でずっとさみしかったから、いつも絵をかいてた。絵をかくことで気持ちを整理できたんだって、図工のアール先生が教えてくれた。げいじゅつは気持ちを表現して心の中を整理するいい手立てだと、先生は言ってた。そのことについて考えてるうちに、ぼくもやってみようと決心がついた。絵をかくことで気持ちを整理しようと思ったんだ。

二階へ行って、絵をかくときの大きなかばんを取り出した。それから画用紙も出して、部屋に広げた。ぼくはしばらくすわったまま、どうやって気持ちを整理するかを考えた。たぶん、フリーダ・カーロみたいに、自分の顔の絵をかくといいんだろう。水を入れたグラスをキッチンへ取りにいったとき、絵をかいてもよごさないって、ミミにやくそくさせられた。フリーダ・カーロも、絵をかくときには、ちらかさないようにしたんだろうか。

いちばんすきな赤の絵の具に筆をつけ、紙の上から下へと動かした。自分の顔にはなりそうもなかったけど、手がちがうものをかくと決めたようで、どんなものができるのか、自分でもまだわからない。上へ線を引き、となりは下へ、つづけて上へ、下へ。それをくり返すと、長いジグザグのへビみたいになった。さいしょの線は筆にたくさん絵の具がついてるから本当に真っ赤だけど、絵の具がなくなるとだんだん色がうすくなり、さいごのほうはうすいピンクに見えた。紙の上のへビのような線を見てたら、マットレスにおねしょをしたとき顔にのぼってきた赤いジュースを思い出した。

だから、赤ははずかしい気持ちに見えた。ぼくの中にあるふたつの反対の気持ちに合う色をそれぞれえらび、一まいの紙にひとつの気持ちの色だけで絵をかくことをくり返したら、ふたつの気持ちが切りはなされてごちゃまぜじゃなくなるから、役に立つかもしれない。

赤――はずかしさ。その紙をわきにおこう。

つぎの気持ちは何色だろう、と考えた。悲しみ。悲しみは家の中のどこにでもあって、とくにママがいる場所はそうだ。ママはすごく悲しんでて、そばに行くだけでもつたわってくる。近づけば近づくほど、強い悲しみを感じる。ママはずっと泣きつづけて、ほとんどベッドに横になったままで、泣いたせいで目のまわりがぐるっと赤くなってる。ぼくは全部の絵の具を見た。悲しみは灰色かな。灰色は、外の空や雨雲の色だ。ぼくは水の入ったグラスの中で、一てきもカーペットにこぼさないで筆をあらい、新しい紙を灰色でうめた。

悲しみの紙は、はずかしさの紙のとなり。

きょうふ。さいきんは、こわいと感じることが多かった。ぜったいに黒だ。学校のクロゼットでは、何もかも黒く、光がほとんど入らないから、ほかの色は見えなかった。それに、夜中に目がさめて、じゅうげき犯がまた来たと思うときも（いつもただのゆめなんだけど）全部が黒だ。ぼくは紙を真っ黒にそめた。黒ばかりだと、すごくこわく見えた。

いかりの色も、さがさなきゃいけない。いかりと、不きげん。そういう気持ちのときは、手を使ってなぐったりしないで、言葉で表しなさい、とママはよく言う。「じゅうげき犯におこってる」と、ぼくは口に出した。いかりと不きげんは、緑にしよう。緑はちょう人ハルクの色だ。ハルクは、ふだんはふつうの人間と同じはだの色をしてるけど、おこると体や顔まで、緑にかわる。ハルクがおこるときは、本当にすごくおこってる。体が巨大化して、全身にきん肉がつき、とんでもなく強くなる。理由はわからないけど、体じゅう緑だ。緑を見ると、いかりや不きげんが頭にうかぶから、ぼくは緑の紙を作って、ほかの気持ちの紙のとなりにおいた。
いまのところ、こんな感じだ。

赤――はずかしさ
灰色――悲しみ
黒――きょうふ
緑――いかりと不きげん

じゃあ、さみしさは何色だろう。さみしさは、すきとおった色にちがいないと思った。つまり、色はない。だって、さみしいのはほかの人が自分を見てくれないときだけど、スーパーヒーローみたいにいい意味で見えないんじゃなくて、悲しい意味で見られてないってことだから。でも、紙は白いのに、どうやったら、とうめいの色をつけられるんだろう。そのとき、いいことを思いついた。ぼくははさみを持ってきて、紙の真ん中を切った。真ん中がくりぬかれてとうめいの、写真をかざれそうな長四角のわくができあがった。さみしさ――とうめい。
ぼくの中にはうれしい気持ちもある。うれしいのは、じゅうげき犯に自分がころされなかったこと。それから、いじわるをするアンディがもういないことも、少しだけうれしかった。アンディのクロゼットにはぼくだけのひみつ基地があって、もう出ていけと言われることもない。ひみつ基地にいると、うれしくて幸せだ。いまはまだ、うれしい気持ちは少しで、わいてきたばかりだけど、ママがショックから立ちなおって悲しい気持ちがなくなり、いやな気持ち――いかり、きょうふ、さみしさ——が消えたとき、うれしい気持ちはもっと大きくなるはずだ。ぼくとママとパパは、けんかなんかしないで、みんなで楽しくすごせる。
うれしさは何色にしようか。黄色だ。黄色は空の太陽の色だから。きょうみたいな悲しい灰色の空じゃなくて、夏の青空にうかぶ、あたたかい太陽の色だ。

赤——はずかしさ
灰色——悲しみ
黒——きょうふ
緑——いかりと不きげん
とうめい——さみしさ
黄色——うれしさ

ぼくは気持ちの紙がかわくのを待ったあと、キッチンからテープを持ってきて、ひみつ基地のかべに紙をはりつけた。ここはぴったりの場所だ。アンディのねぶくろの上に横になって、気持ちをながめることができる。これで気持ちがひとつずつ切りはなされたから、考えやすくなった。

18　本当になったこわいゆめ

じゅうげき犯が来たあと、本物の世界が消え、新しいにせものの世界にいる気がした。そこには、ぼくがいて、パパとママがいて、ミミが空いてる部屋にとまってママの世話をしてくれて、おばあちゃんとメアリーおばさんも毎日来てくれる。ふだん、みんながずっといることなんてないから、やっぱりこれまでとはちがう。

家の外は、何もかも前と同じで、いつもとかわらないようだった。まどから通りを見てて、外はまだ本物の世界のままで、いままでとかわらないって気づいた。きょうもジョンソンさんはオットーをさんぽさせてたし、ゴミしゅうしゅう車も来たし、ゆうびん配たつの人もだいたい午後の四時にとどけてくれた。外にいる人たちはみんな、いつもと同じことをしてて、ぼくの家の中が何もかもかわってしまったなんて、たぶん知らないんだろうな。

ひとつだけ、外のことで家の中とにてることがあって、それは雨だ。ずっとずっと雨がふりつづいてて、いつまでもやまない。ママがずっとずっと泣きつづけてて、いつまでも泣きやまないみたいに。

テレビだっていつもどおりで、コマーシャルでも同じものをせんでんしてて、「おいしくてびっくりのシリアル〈フルートルループス〉」とか、あいかわらず大げさだ。いつも見てる番組にすれば、にせものの世界にいる気がしなくなるかもしれないと思ったけど、〈フィニアスとファーブ〉のジョークを聞いても、もうおもしろいとは思えなくて、おもしろいときでも、わらえなかった。ぼくの中の何もかもが、わらう気持ちとは反対だからだ。

　こんな世界が本物だなんて、がまんできないから、ぼくはいま、こわいゆめの中にいて、そこで歩きまわったり、いろいろしてる自分を見てるんだと思うことにした。ママがずっとベッドでねてて、泣いてばかりいるなんていやだ。朝になって、もしかしたらアンディがいるかもしれないと思い、二だんベッドの上のだんをのぞくのも、もういやだ。でも、がまんできなくて、毎朝そうしてしまう。ベッドをたしかめる前には、かならずこう思う。「アンディがベッドにいて、こんなの全部うそだったら？　アンディはぼくたちをからかってただけで、ベッドにすわって、ほんとにおれが死んだと思ったのかって、わらってたら？」って。上のだんが空っぽだとわかるたびに、ドスッとおなかにげんこつを打ちこまれたみたいになる。

　マットレスにおしっこをもらすのもいやだ。きのうの夜もしてしまって、これで二日つづけておねしょをした。気づいたママが、ぼくがバスタブにかくしたびしょびしょのパジャマを取り出したり、マットレスからぬれたシーツをはがしたりして、せんたくしてくれた。ママは何も言わなかったけど、それでもぼくははずかしかった。

　だれも家の外に出なかった。家の中と外がべつべつの世界に感じられて、それをかえる気にならなかった。パパでさえ仕事に出かけないで、書さいのガラスのドアを閉めて、ずっと閉じこもってる。なんでパパがいつもそこにいるのか、ぼくはふしぎだった。だって、仕事をしてるようには見えなかったから。パパはただすわって、コンピューターを見つめてるだけだった。両方のひじをつくえにおいて、手の上にあごを乗せたままのときもあった。

きょう、朝ごはんのあと、自分の部屋のまどから外の世界をながめてたとき、あっちがわの本物のままの世界にぼくもいられたらいいのに、と思った。はじめはずっと、歩道の水たまりに雨つぶが落ちて、まるいもようがいくつもできるのを見つめてた。でもしばらくして、家の前の道の向こうがわにだれかが立ってるのに気づいた。

リッキーのママだった。きょうもTシャツしか着てなくて、かさもさしてない。雨なのに、ぜんぜんふってないような顔をしてるけど、全身びしょぬれのまま、じっとぼくの家を見つめてる。気味が悪い。ただ見てるだけで、身動きもしなくて、道をわたってこっちへ来ようともしない。そのとき、パパが道をわたっていくのが見えた。やっぱりかさをささないで、雨にぬれていく。パパはリッキーのママのうでをつかんで、向きをかえさせると、ふたりで道を歩いていった。

しばらくしてパパがもどったけど、リッキーのママはいなかった。ぼくは一階へおりて、パパに、どこへ行ってたの、と聞いた。パパはへんな顔をして、頭をすっきりさせたくてさんぽに出かけただけだ、と答えた。

じゅうげき犯が来た日から（キッチンの家族カレンダーでたしかめてるけど、あれから一週間たった）、毎日たくさんの人がつぎつぎと食べ物を持ってくるから、キッチンの冷ぞう庫も地下室のやつも、もう食べ物でいっぱいだった。きょうの午後、スタンリー教頭先生が来た。スタンリー先生はとてもいい先生だ。先生がマッキンリー小学校へ来たのは、ぼくが一年生になったのと同じときだった。スタンリー先生のほうが、前の教頭のチェッカレッリ先生よりもすきだ。チェッカレッリ先生はいじわるなときがあって、ぼくたちがぎょうぎよくしても星をあんまりくれないから、そのせいで、ようじ学級のとき、パジャマの日をやれなかった。スタンリー先生はいつもジョークを言ったり、まだ学校になれてないんだと言って、ろうかでどっちへ行ったらいいかまよったふりをしたりするし、星もしょっちゅうくれる。

一年生は、そろそろパジャマの日をするための星が集まってるころだ。二千この星があればいいんだけど、じゅうげき犯が来た前の週には千八百こになってたから、もう二千こになったかもしれない。ぼくはまだ学校へ行くつもりはないから、ぼくぬきでパジャマの日をするんだろう。ぼくはぎょうぎよく、れいぎ正しくして、星をいっぱいかせいだのに、ずるいと思う。

きょう、スタンリー先生はひとこともジョークを言わなかった。でも、ぼくを見てにこにこしてから、うんとひくくしゃがみこんで——先生は、せがすごく高いから、本当はフラット（平らな）・スタンリーって名前なのに、学校ではみんなにトール（せの高い）・スタンリーってよばれてる——ぼくをハグしてくれた。だれかにハグされるのはすきじゃないけど、きょうの先生のハグは気持ちよかった。パジャマの日のことを聞きたかったのに、先生はパパとママと客間へ行ってしまい、ぼくは入れてもらえなかった。

ミミは、いっしょにキッチンにいなさい、と言ったけど、ぼくはスタンリー先生がパパとママと何を話すのかを知りたかった。だからミミに、二階へ行ってもいいかと聞き、ミミは、いいわよ、と言ったけど、ぼくは二階へは行かなかった。代わりに階だんにすわって、スタンリー先生とパパとママをスパイすることにした。三人ともすごく小さい声で話してて、よく聞こえなかったんで、もっとそばへ行きたかったけど、そんなことしたらスパイしてるのを見つかってしまうから、がんばって耳の力をフルパワーで使ってみた。

「……ひがい者のご家族が相談なさりたい場合、いつでもカウンセラーをごしょうかいできるとお知らせしたくて、うかがいました」スタンリー先生の声だ。「ひがい者のご家族だけでなく――つまり、あのとき学校にいて、あの……おそろしい事件をたえぬいた子どもたちは、みなひがい者と言えます。ですが、ザックの場合は――みずからあの場にいただけでなく、お兄さんまでうしなって……どれほどつらい思いをしているか……そうぞうもつきません」

ママが何か言ったけど聞こえなくて、スタンリー先生がこう言うのがわかった。「ええ。もちろん、お子さんによって、はんのうがちがいます。ＰＴＳＤ（心的外傷後ストレス障害）のしょうじょうは、すぐに出るとはかぎりませんから」

ママがまた何か言ったけど、やっぱり声が小さすぎて聞きとれなくて、ぼくのことを話してるかもしれないと思い、階だんを一だんおりて耳をすました。「あの子はこわいゆめを見てうなされてますけど、もしかしたら、そういうことはよくあるのか……」ぼくは赤いジュースがまたあがってくるのを感じた。どうしてぼくが自分のベッドでねてないか、スタンリー先生に言ってほしくなかったからだ。

「わざわざお知らせくださって、ありがとうございます。わが家にはかかりつけの先生がいて、アンディがお世話になっていたんですが……それもひとつの手立てですね」パパが言った。

「そう言ってくださって、何よりです」スタンリー先生が言った。その言い方から、もうすぐ話が終わって客間から出てきそうだと思ったから、ぼくは見つからないように、急いで二階へかけあがった。

スタンリー先生が帰ったあと、ママはぐったりとして、またベッドに横になった。ママがぼくにそばにいてほしいって言ったから、となりにねたら、ママはぼくをぎゅっとだきしめて言った。

「ザック、わたしのかわいいザック。これからどうしたらいいの？」ママはまくらがびしょぬれになるほど泣き、ママとぼく、両方のかみがぬれても、まだまだなみだが出てきた。ぴったりくっついてると、ママの悲しみが大きなかたまりになってのどにつまり、飲みこもうとしたらすごくいたかった。のどだけじゃなく、首から耳まで全部だ。ママの悲しみにくっついてるのはつらかったけど、ママがいっしょにいたいと言ったから、ぼくははなれなかった。

パパが来て、ぼくをはさんでベッドに横になり、泣いてるママを見た。パパはしばらくのあいだ、ママとぼくを片手でだいたので、そんなに近づいたら、パパののどにもママの悲しみのかたまりがつまるんじゃないかと思った。ママとぼくのかみをなでたあと、パパは起きあがって出ていった。

19　お通夜

もう二度と目ざめが来ない人のためにすごすことを、なぜお通夜《ウェイク》って言うんだろう。五才のとき、チップおじさんのお通夜で、ぼくははじめて本物の死んだ人を見た。お通夜をした部屋の前のほうにチップおじさんのひつぎがおいてあり、そのとき、ふたがあいてた。チップおじさんはひつぎの中に横になって、いつもと同じように見えた。目を閉じて、まるでねむってるみたいだった。ひつぎに近づくのはいやだったけど、お通夜は二日つづけて二回あって、ずっとその部屋にいたから、ぼくはチップおじさんを何度も見た。

本当は死んでなくて、ぼくたちをからかってるだけじゃないかと思った。チップおじさんは、いつもだれかをからかってたから、ひつぎから起きあがって、ぼくたちをおどかすぜっこうのタイミングを待ってるんじゃないかって。たくさんの人がひつぎの前に来てひざをつき、むねの上で組まれたおじさんの手にさわるのを見て、おじさんは手をあんなふうにしたまま死んだんだろうか、あの手はどんな感じなんだろうか、冷たいんだろうかと考えた。起きあがるなら、いまがぜっこうのタイミングで、ひつぎの前でひざをついてる人たちをびっくりさせられるのに、と思った。でも、チップおじさんはずっと起きあがらなくて、ぴくりとも動かず、教会でのおそう式では、ひつぎのふたは閉まってた。

けさ、朝ごはんのあと、パパに手つだってもらって、黒のスーツを着た。でも、ぼくのスーツじゃなくて、アンディがチップおじさんのお通夜とおそう式で着たスーツだ。アンディがお通夜のときに着たスーツをぼくがアンディのお通夜に着ていくなんて、なんだかおかしいと思った。わらっちゃうって意味のおかしいじゃなくて、へんなって意味のおかしいだ。チップおじさんが死んだとき、ママはぼくとアンディをつれて、ショッピングモールへスーツを買いにいった。ぼくたちはスーツをひとつも持ってなかったけど、だれかが死んだときはスーツを、それも黒いのを着なきゃいけないからだ。黒を着てると悲しんでるように見える。だから、黒も悲しみを表す色ってことになるけど、ぼくは気持ちの色として、悲しみには灰色をえらんで、黒はきょうふにした。黒のスーツは、お通夜に行くのがこわいというぼくの気持ちに合ってる。スーツを買いにいったとき、アンディは、こんなの着たくないって大さわぎしたけど、ぼくはスーツがすきだった。仕事に出かけるときのパパみたいに見えるからだ。

はじめは、チップおじさんが死んだときに買った自分のスーツを着たけど、小さすぎてズボンのボタンがとまらなかった。だからパパがアンディのクロゼットへスーツを取りにいき、そのとき、ぼくのひみつ基地が見つかるじゃないかって心配だったけど、アンディのスーツを持ってもどったパパは何も言わなかったから、見つからなかったんだろう。パパが上着を持ちあげ、ぼくは着てみた。だけど、そでが長すぎて手がすっぽりかくれてしまった。

「パパ、そでがじゃまだよ」ぼくは言った。両手をずっとあげてないと、そでから手が出ない。アンディはぼくより三才と半分年上で、学年でも、せはずいぶん高いほうだから、ぼくよりずっと大きい。ぼくは学年で真ん中ぐらいだ。

「すまないが、それを着ていくしかないんだ」とパパが言うのを聞いて、びっくりした。パパはいつも、ぼくたちがきちんとした服を着てないといやがるからだ。「ホームレスのような身なりのやつといっしょには出かけないぞ」と言って、もっとかっこいい服に着がえさせるのに。

なんでショッピングモールへ行って、新しいスーツを買ってくれないんだろう。長いそでが本当にじゃまだし、それに、だんだんおなかがむかむかしてきた。

「そでをまくりあげてよ」ぼくは弱い声で言った。おなかが気持ち悪いせいで、もぞもぞと動いてしまう。

「スーツのそでは、まくりあげたりしないものだ。そのままにしておけ。たいしたことじゃないだろう？　少しのあいだ、じっとしててくれないか。ネクタイをしめるから」パパの言い方はいじわるだったけど、そんな言い方をしたのを悪いと思ったのか、「かっこいいぞ」と言って、ぼくのかみをなでた。

「よく聞け。きょうは、家族にとってつらい一日になる。わかるか」

ぼくはうなずいた。

「だから、きょうは大人の男として、パパといっしょにママをささえてもらいたい。おまえの助けがひつようなんだ」

ぼくはもう一度うなずいた。うまく助けられるかわからなかったけど、そうしたいと思ったからだ。

ぼくたちはママの車で、お通夜をする場所へ向かった。ママの車は病院でレッカー移動されてなかった。ママが歩道に止めたつぎの日に、おばあちゃんとメアリーおばさんが取りにいってくれたからだ。でも、きょう、ママは運転しなかった。助手席にすわって、まどから外を見てる。だけど、どしゃぶりの雨がまどに当たるし、吐き出す息のせいでまどはくもってるから、なんにも見えない。後ろの席でぼくのとなりにすわってるミミも、まどの外をながめてた。道はこんでないのに、パパの運転する車はのろのろと進み、家からはなれるほど、だんだんゆっくりになった。

ラジオもついてなくて、車の中はしんとしてる。聞こえるのは、雨がサンルーフに当たる音と、くらくらするようなスピードで動くワイパーの音だけだ。ぼくはこのしずかな感じがすきだった。お通夜にはたくさん人が来て、さわがしくなるんだろうけど、本当はぼくたちだけで、こうしてずっと車に乗ってられたらいいのに。

「ママ」しんとした車の中で、ぼくの声はひどく大きくひびいた。

ママはかたをぴくりとさせたけど、こっちをふり向かなくて、返事もしなかった。

「ママ？」

「どうした、ザック」パパが言った。

「お通夜へ行かなくちゃだめ？」ぼくはたずねたけど、ばかなしつもんだとわかってた。ラッセル先生は、ばかなしつもんなんてないって、いつも言うけど、それはまちがってると思う。だって、どんな答えが来るかわかってるのに、わざわざたずねたら、それはやっぱり、ばかなしつもんだ。

ミミがぼくの手をにぎり、悲しそうにほほえんだ。

「ああ、ザック、お通夜へは行かなきゃだめだ」パパは言った。「おまえはアンディの家族なんだし、それに、おおぜいの人がアンディにさよならを言いにきて、家族におくやみをつたえてくれるんだからな」

チップおじさんのお通夜のときのことをまた考えたら、おなかがフル回転してるみたいに、むかむかしてきた。まどをあけて新しい空気を入れようとしたけど、ロックされてる。パパはいつも運転席からロックするから、後ろの席ではまどをあけられなくて、すごく車によって、まどをあければ楽になるときでも、パパは耳がいたくなるからと言って、あけさせてくれない。ぼくが車によるのは、だいたいパパの運転のときで、ママのときは、よったりしない。

ぼくは、アンディがひつぎの中で死んでるのを見たくなかった。お通夜をする場所に着いて、パパが車を止めると、心ぞうのどきどきがすごく速くなった。吐きそうになって、目になみだがこみあげる。ぼくは、いたいくらいに強く、鼻をぎゅっとつまんだ。

「ザック、車からおりるんだ。行くぞ」パパが言った。

車にのこっていたかったけど、パパはぐるりとまわってきて、ぼくのほうのドアをあけた。ママが車のそばで雨にぬれながら立ってたけど、とても小さくて、こわがってるようにも見えた。こっちへ手をのばしたママの顔は、いっしょに来てほしいと言ってるみたいだったから、ぼくは車からおりてママの手をにぎり、歩きはじめた。

建物の中へ入ると、スーツを着た男の人たちがしずかな声でママとパパとミミに話しかけてきた。ぼくたちのほかには、だれもいない。ぼくはあたりを見まわし、チップおじさんのお通夜をしたニュージャージー州の場所みたいだと思った。ニューヨークの街でときどきとまる、おしゃれなホテルのロビーにも、よくにてる。小さなテーブルがいくつかあって、そのまわりに大きなふかふかのいすがならんでて、天井からは大きなきらきらした明かりがぶらさがり、足もとには赤くやわらかいじゅうたんがしいてある。しずかなピアノの曲もどこかからか聞こえる。

ロビーは気持ちがよかった。大きないすにすわってみたかったけど、パパがお通夜の部屋へ行こうと言ったとたん、**バン!**と、ぼくのおなかがローラーコースターに乗ってるみたいになった。ママはぼくの手をにぎってた。どんどんきつくしめつけてきて、いたいくらいだったけど、ぼくは手をはなさなかった。ママはどうしてもそうしたいんだって、わかってたから。

パパがママのせなかとぼくの頭の上に手をおき、ドアへ向かって、いっしょにロビーを進んだ。あのドアのおくに、お通夜をする部屋があるんだろう。ミミも後ろからついてきて、ぼくたちは少しずつ歩いていった。

ドアへ近づくあいだ、ぼくはほとんど息ができないまま、足もとを見てた。一歩ふみ出すごとに、くつが赤くやわらかいじゅうたんにしずむ。足あとがのこるかを知りたくて、後ろをふり返った。たしかにのこるけど、足をあげるとすぐ、じゅうたんはもとにもどる。足もとをずっと見つづけるうち、ドアの向こうに何かこわいものが待ってる気がしてきた。ひどく大きくて、おそろしいものだ。ぜったいにあのドアをあけちゃいけない、とぼくは思った。

20　ジャンボ・ツイン・ロール・トイレットペーパー・ホルダー

だれかがドアをあけた。じゅうたんの色が赤から青にかわる。部屋はしずかで、庭みたいな、いいにおいがした。ママの息が速くなる。ママはぼくの手をはなし、ひとりで歩きだしたけど、どっちへ行ったのか、ぼくにはわからなかった。ぼくは顔をあげないで、青いじゅうたんをじっと見つめてたから。

ママに手をにぎってもらってないと、ひとりぼっちで知らない場所にいて、まいごになったような気がした。ぼくはドアのそばにいたままで、目を使いたくなかったから、体のほかの仕組みを使って、ここがどんな場所なのかをたしかめようとした。かべに指でふれ、さわる力でなめらかなものを感じとった。足のうらからは、青いじゅうたんもロビーの赤いじゅうたんと同じようにやわらかいことがつたわってくる。口には何も入れられないから、したの力は使えないけど、車の中で気持ち悪くなってから、口の中はいやな味がしてた。鼻の力をはたらかせると、庭にいるときみたいな花のあまいかおりがした。さいしょはいいかおりだと思ったけど、だんだんあますぎる気がしてきた。耳の力を使えば、庭にいるときみたいに、鳥の鳴き声やミツバチの羽の音が聞こえるんじゃないかって、そうぞうしたけど、部屋はしんとしてた。耳の力をフルパワーで使っても、なんの音も聞こえなかった。

ところが、そのとき泣き声がした。はじめは小さくて、どこか遠くのほうから聞こえてきたけど、だんだん大きくなって、部屋のどこかにいるママの声だとわかった。泣き声はもっと大きくなって、いつまでもずっとつづき、ママを見つけたほうがいいのかもと思ったけど、ぼくはドアのそばから動かなかった。いまいる場所がどんなふうなのか、やっとわかりはじめたところだし、この部屋のほかのことは知りたくなかったからだ。そのときとつぜん、ガシャンとすごい音がして、思わず顔をあげた。すぐに、見たくなかったものが目にとびこんできた。

ひつぎだ。部屋の前のほうの真ん中にある。チップおじさんのひつぎは黒だったけど、ここのひつぎは明るい茶色で、こっちのほうが小さい。ふたはチップおじさんのときとはちがって、閉まってて、上に花がたくさんおいてある。スーツの下の体が、あつくなってきた。アンディがあの中にいる。あそこに体があるんだ。

パパとミミがひつぎの前で、すわりこんだママをだきあげようとしてた。その横には、むらさき色の花の入った大きな花びんがたおれてる。ぼくがいるドアのそばと、前にあるアンディのひつぎとのあいだには、たくさんのいすが列になってならび、真ん中に通路が一本あって、じゅうげき犯が来たあとで行った、長いすのならんだ教会みたいだった。かべの前とひつぎの近くには花がかざってある。いろんな色のきれいな花を見て、なぜここで庭みたいなにおいがするのか、わかった。写真もあちこちにかざってあって、アンディのがほとんどだけど、家族のもあり、ボードにとめてある写真もあれば、細長いテーブルにならんだ写真立てに入ってるのもあった。

後ろから物音がして、お通夜の部屋につぎつぎと人が入ってきた。おばあちゃん、メアリーおばさん、おねしょをするいとこのジョーナス、ジョーナスのママとパパ、それに親せきの人たちだ。

ママとパパとミミは前のほうに立ってる。ママはパパのうでにしがみつき、またたおれそうに見えた。まっすぐ前だけを見つめ、もう泣き声をあげてない。なみだがほっぺをつたって、黒い服をぬらしてるけど、ママはそれをぬぐおうともしないで、ずっと、ずっと、ずっと、なみだを流しつづけた。

どんどん人がやってきて、ひつぎの中のアンディを起こしてしまうのがこわいのか、ささやくような声で話してる。そのささやき声が合わさって、耳に大きくひびいた。

おばあちゃんが「さあ、前へ行って、パパとママといっしょに立つのよ」と言って、ぼくをおしたとき、せなかにおばあちゃんのつめが少し食いこんだ。ぼくたちは、ひつぎのすぐそばに一列にならんだ。ぼく、ママ、パパ、おばあちゃん、ミミ、メアリーおばさん。本当は、ひつぎのこんな近くにいたくなかったのに。

ほかのみんなが前へやってきて、ぼくたちに話しかけた。スーツの長いそでが、またじゃまになり、あくしゅをしようとするたびに、右手が引っかかって出てこない。パパがむすんでくれたネクタイもきつくて、のどがしめつけられる。何度もつばを飲みこんだけど、そのたびに、つばがネクタイのむすび目につかえる感じがする。つぎつぎと人が来て「おくやみ申しあげます」と言い、ぼくをだきしめたり、そでに引っかかったぼくの手をにぎったりしていった。

おなかがすいたときみたいに、ごろごろ鳴ったけど、すいてたわけじゃない。ネクタイのむすび目をゆるめたくて、指で引っぱってみた。でも、びくともしなくて、息をするのが苦しい。体じゅうがあつくなり、息をしようとしても空気が入ってこないし、おなかまでいたくなってきた。

ぼくは列からはなれ、ロビーのほうへ歩いていった。うんちが出そうで走りだしたかったけど、走らなかった。たくさんの人がいて、みんながぼくを見てるから、赤いジュースが顔のほうへあふれてくる。ロビーに着いて、トイレのマークをさがすと、トイレはロビーの反対がわのはしにあった。ぼくはトイレへ向かって、かけだした。あせがたくさんふき出して、息を何度すいこんでもやっぱり空気が入らない。やっとトイレに着いた。いまにもうんちが出そうで、あわててズボンをおろそうとしたけど、スライド式のボタンが引っかかって、はずれない。

そのとき、出た。あとからあとから出てきて、パンツの中があたたかくなる。げり、だろう。あたたかいものが左足をつたって、くつ下まで流れ落ちるのがわかる。

あちこちぬれて、べとべとで、動くと気持ちが悪いから、なるべくじっとしてた。においのせいで吐きそうになり、くさくてたまらない。どうしたらいいんだろう。このままうんちまみれでトイレに閉じこもってるわけにはいかないけど、外にはたくさん人がいるし、出たらみんなに知られてしまう。

トイレットペーパーが入ってるところに何か書いてあるのに気づいた。**ジャンボ・ツイン・ロール・トイレットペーパー・ホルダー。**声に出して、くり返し読む。

ジャンボ・ツイン・ロール・トイレットペーパー・ホルダー。
ジャンボ・ツイン・ロール・トイレットペーパー・ホルダー。
ジャンボ・ツイン・ロール・トイレットペーパー・ホルダー。

指でもなぞってみる。

ジャンボ・ツイン・ロール・トイレットペーパー・ホルダー。

何度も声に出して読んでたら、気持ちが少し落ち着いた。つぎにどんな言葉が来るのか、読む前からわかってるし、読み終わったら、またはじめにもどればいい。

そうやって長いあいだトイレの小さい部屋に立ってたけど、何もかわらなかった。においがどんどんひどくなり、なんとかしなきゃと思ったけど、代わりのズボンは持ってないし、どうしたらいいのかわからない。だれも入ってこないし、外からの声もしないから、もう一度ズボンをおろしてみることにしたら、こんどはボタンがかんたんにはずれた。うんちが出る前じゃなく、いまになってはずれるなんて、ひどすぎる。

ぼくはゆっくりとズボンをおろした。においがきつくなり、思わず、おえっ、とやりそうになった。吐きそうになるけど、口がその形になるだけで、本当には吐かないってことだ。パパの運転する車でぼくがよって、ママが持っててくれるふくろに吐いてしまうとき、パパとアンディはすぐに、おえっ、とまねをする。それも、とっても大げさにだ。そのあと、パパは車のまどを全部あけるけど、本当は、ぼくが気持ち悪くなる前にあけてくれたらいいんだ。

おえっ、をやったあと、くつとくつ下をぬいだら、左のくつ下も、左足も、上から下までうんちだらけだった。ズボンとパンツを拾いあげると、うんちがぽたぽたとゆかに落ちて、あまりにもきたないから、泣きそうになった。

これまで、ぼくは泣かなかった。じゅうげき犯が来て、教室のクロゼットにかくれたときも泣かなかった。病院でパパがアンディは死んだと言って、ママがおかしくなってしまったときも、ママだけ病院にのこして帰らなきゃいけなかったときも、なみだが目にこみあげてきたけど、ぜったいに泣かなかった。でもいま、ぼくは泣いてる。これまで出なかったなみだが、全部いっぺんに出てきたみたいに、ものすごいいきおいだ。「鼻つまみ」をしようとも思わなかった。そんなこと、したくなかった。ただただ、なみだが出るままにしてたら、気持ちがよかった。

トイレットペーパーをちぎって、ゆかをふいたけど、うんちがよけいに広がってしまった。足とおしりをきれいにしたくて、ジャンボ・ツイン・ロール・トイレットペーパー・ホルダーのトイレットペーパーをたくさん使った。泣きながら何回も引きちぎって、ふいて、べんきに入れて流そうとしたのに、トイレットペーパーが多すぎたのか、流れなかった。

そのとき、トイレのドアが開いて、知らない男の人が入ってきたけど、ぼくは小さい部屋のドアを閉めてなかったから、ズボンをはいてないぼくが男の人にまる見えだった。男の人は口に手を当て、すぐに外へもどっていった。ぼくはドアのかぎをしめた。少しして、まただれかがトイレに入ってきたと思ったら、パパの声がした。

「ザックか？　まったく、こんなところで何してるんだ」

知られたくなかったから、ぼくは答えなかった。

「ドアをあけろ、ザック！」

しかたなくドアをあけると、パパはぼくのぐちゃぐちゃなかっこうを見て、上着のそでを引っぱって鼻に当てた。パパが、おえっ、をどうにかがまんしてるのが、ぼくにはわかった。

きょうは大人の男としてパパを助けるはずだったのに、いまのぼくはまったく反対だ。これじゃ、赤ちゃんじゃないか。ママもトイレに入ってきて、ここは男の人用のトイレで、女の人は入っちゃいけないのに、だいじょうぶかと心配になった。ママはぼくを見たとたん、大きな声で「ああ」と言って、パパをおしのけ、ぼくをぎゅっとだきしめた。ママは服にうんちがつくことなんて気にしなかった。ぼくをきつくだきしめて、ゆすって、泣いて、泣いて、ぼくも泣いて、頭の上でひびくママの泣き声で、ぼくの頭はだんだんひりひりしてきた。パパは上着のそでで鼻をおおったまま、ただぼくたちを見つめてた。

21　戦いの合図

「まあ、いいや。うるさくしないんだったら、来てもいいぞ」

アンディが岩のてっぺんから言い、ぼくはアンディの気がかわらないうちにと思って、すぐに岩をのぼりはじめた。岩はとても高くて、表面がつるつるしてるから、すべってしまい、ぼくはなかなか上へ行けなかった。

「クロックスをぬいだら、もっとかんたんにのぼれるよ」ライザが言った。ライザというのは、ぼくの後ろからのぼってた女の子だ。

クロックスをけってぬぐと、岩にぶつかって、はずみながら落ちていき、うら庭の丘の真ん中あたりで止まった。ライザの家のうら庭は小さな丘のようになってて、くだりきったところに家がある。ライザはぼくのせなかに手をおいて、ぼくをおしあげてくれた。

岩をのぼるとちゅう、ライザの部屋が見えた――それだけライザの家のうら庭の丘と岩が高いってことだ。足のうらの岩があつくて少しひりひりしたけど、時間がたつにつれて、だんだんなれてきた。空気もあつく、Tシャツのせなかがあせでぬれる。岩から立ちのぼるあつい空気が目に見えるようだ。あたりはぼんやりとかすみ、太陽の光が岩にあたって、きらきらとかがやいてた。

あつさの音も聞こえる気がした――「ジジジジジ」と。コオロギがそこらじゅうにいた。すがたは見えなかったけど、鳴き声が聞こえ、「リュ・リュ・リュ」と声をそろえてるけど、はじまりと終わりはばらばらだった。

はじめアンディは、ぼくがアンディやライザやほかの子たちと遊ぶのをゆるしてくれなかったけど、あとになって、いいと言った。たぶん、エイデンもいるからだ。エイデンもぼくと同じ六才で、ジェームズとジューンのいとこだけど、ジェームズたちのママが、エイデンとも遊んであげなさいって言ったんだ。それと、ライザのおかげもある。ライザはぼくにとてもやさしくて、ライザがいるとアンディもやさしくなる。たぶん、アンディはライザが大すきで、ライザにも自分をすきになってほしいと思ってる。アンディがぼくに、弱虫とか、あっちへ行けとか言うとき、ライザが、そんなふうに言わないでってたのむと、アンディはやめるし、それできげんが悪くなったりもしない。

「これでおまえも部族の一員だ」岩の上でアンディのとなりにすわったとき、アンディが言った。ぼくはアンディがポケットナイフを使って、枝で弓を作るのをながめた。ポケットナイフはパパのもので、ママは、けがをするかもしれないし、あぶないからと言って、アンディがナイフを使うのをいやがった。でも、パパは「おい、おれはこのナイフをザックより小さいころから使ってるんだぞ。男の子には、男の子らしいことをさせなきゃだめだ。かわいがりすぎも、こまったものだな」と言って、エイデンのパパのせなかをたたいた。ママはパパに何も言い返さなかった。

ぼくたちは先住民の部族ごっこをして遊んでた。アンディがしゅう長で、本物のしゅう長みたいに、岩の真ん中であぐらをかいてすわってる。頭には、いろんな色の羽根がのりづけされた青いヘアバンドがある。ヘアバンドが横のかみの毛をおしあげてるせいで、毛がへんなふうに立ってた。

「ほら、こうやって、横にとび出たちっちゃい枝を切り落とすんだ。こうすりゃ、なめらかになるだろ？」アンディが言った。ふりをしてるだけだとわかってたけど、本当に先住民になったような気がして、ぼくはわくわくした。

「ぼくもやってみていい？」ぼくは聞いた。

「だめだ。おまえには、このナイフを使うのはまだむりだ。あぶないからな。これを使えるのはおれだけだ」アンディは言った。

半ズボンを通して岩のあつさがつたわり、おしりがぽかぽかした。

「ここからだと、ずっと先までよく見えるね」エイデンが言った。

「そうだろ。それに、後ろのかべが、敵の目からおれたちのじん地を守ってくれるしな」アンディが言った。

ライザが家の左がわと右がわを指さした。「敵が来るとしたら、あっちからしか考えられないけど、ここなら来るのが見える」ライザの家の右には中庭があって、そこで、ママとパパが、ライザのパパとママやほかの大人たちとバーベキューをしてた。

「ぼくたちの部族に、まだ名前をつけてなかったよね」ジェームズが言った。ジェームズは狩りに使う長いやりを作ってるところだった。

「『ピーター・パン』に出てくる〝ロスト・ボーイズ〟はどうかな。先住民と友だちになる場面があったよ」ぼくは言った。「あっ、でも、〝ロスト・ボーイズ&ガールズ〟がいいか」と言いなおす。ライザとジューンもいるからだ。

「そんなの、かっこ悪いぞ」アンディが言った。「おれたち部族の一員の名前を全部使うってのはどうだ。名前のさいしょの二文字だけとか」しばらくのあいだ、ぼくたちは、全員の名前のさいしょの二文字をどうならべたらいいかを考えた。けっきょく、「ジェ・ザッ・ジュ・ライ・アン・エイ」に決まった。なんだか先住民語っぽい気がし、ぼくたちは早口で言う練習をした。「ジェザッジュライアンエイ、ジェザッジュライアンエイ、ジェザッジュライアンエイ」

「敵の部族との戦いになったら、これを合図の言葉としても使おう」アンディはそう言って、さけんだ。「**ジェザッジュライアンエイ!**」

「ジェザッジュライアンエイ!」声がライザの家のかべにはね返って、小さい音でもどってきた。

岩の上には、いろんなものが広げてあった。弓と矢とやりを作るための、枝やいろんな色のひも。羽根やビーズ。ほかに、矢じりの入った小さなふくろもふたつあり、ふくろはひとつがぼく、ひとつがアンディので、矢じりは二週間ほど前、キャンプに出かけて土ほりをしたときに手に入れたものだ。土ほりをするとき、大きなふくろを使っても、中に入るのは、すなばかりになってしまう。木のわくにあみをはった道具を川に入れると、そこにいろいろ流れこむけど、すなはあみの小さな穴から下へ落ちるから、すなにかくれてたきれいな石がのこる。運がよければ、そこに矢じりが入ってることもある。ぼくたちが手に入れた矢じりは、先住民が黒いぴかぴかの石で作った本物で、両がわがとてもするどくて、てっぺんがとがってる。ぼくとアンディは、ふくろいっぱいの石と矢じりを取って、家へ持ち帰ったんだ。

ひもと羽根は、ライザとジューンの家にあったものだ。ふたりとも、矢ややりをかざるのに使えそうなものを思い出すたびに、家まで走って取りにいった。

「ザック、弓を作るのに、もっといい枝がいる。うちの庭へさがしにいくぞ」とアンディが言い、ぼくたちはそのとおりにした。弓を作るには、枝を曲げることになるから、長くて細い枝じゃなきゃいけない。アンディが枝の両はしを切ったあと、ぼくたちは両がわにひもをむすびつけた。まず片方のはしにひもをむすび、そのひもを引っぱって枝を大きなDの形に曲げながら、反対のはしにむすびつける。矢を作るときは、弓よりも短くて少し太い枝を使う。アンディが枝の片方だけ切って、その先にXの形に切りこみをつけたあと、そこにぼくたちが羽根をさしこみ、もう片方の先にひもで矢じりをむすびつける。やりを作るには、もっと長くて太い枝がいる。やりの先につけるぶんの矢じりが足りなかったけど、もともとやりには小さすぎたから、だんボールでにせの矢じりを作った。

ぼくたちは長い時間をかけて、ぶきの用意をし、そのあいだ、敵と戦うってどんなふうだろうって、みんなで話した。本当の部族の仲間みたいだった。だれもけんかをしなかったし、それまで、ぼくはアンディとこんなふうに遊んだことがなかった。足がよごれて真っ黒だから、みんなでわらったけど、これで本物の先住民になったんだぜ、とアンディが言った。全員があちこち蚊にさされ、とくにぼくは蚊に気に入られたらしくて、たくさんさされたけど、だれもそんなことを気にしなかった。

ようやく全部のぶきを作り終わり、戦いのときが来た。ぼくたちはふたつの部族に分かれた。ぼくは、みんなが同じ部族として戦うと思ってたけど、アンディが、やっぱり見えない敵と戦うんじゃつまらないと言って、敵と味方に分かれることになった。アンディと同じ部族になりたかったけど、アンディは、はじめにエイデンをえらんで、六才の子はふたりもいらないから、ぼくはえらばれなかった。だから、また敵同士ってわけだ。

アンディの部族は、ライザの家の左がわを回ってすがたを消した。しゅう長のアンディが先頭で、ジューンとエイデンがあとにつづいた。ぼくとジェームズとライザは、アンディたちをけいかいしながら、少し広がってしげみにひそんだ。手に弓と矢とやりを持ったぼくたちは、しげみと木の後ろにかくれながらうら庭を出ると、ライザの家のまわりを走って道路をわたり、ぼくの家のうら庭や近所の家の庭のほうへ行った。

「アンディたちを見た？」ライザが小さな声で言って、その声がこわがってるようだったから、ぼくもこわくなった。心ぞうのどきどきが速くなる。本当に敵をたおそうとしてるみたいだった。でもそのとき、暗がりへ消えたアンディはこわがってなくて、どうどうとしてたことを思い出した。だからぼくも、どうどうとすることにした。

「かくれよう」小さな声だけど、はっきりと言い、ぼくは木のかげへかけこんだ。ジェームズとライザもぼくのとなりに走ってきた。「音を出すな」ぼくは言った。

　こきゅうがはげしくなったから、なるべくゆっくり息をすったり吐いたりするようにした。そのとき、前のほうのどこからか、「**ジェザッジュライアンエイ！**」とさけぶ声がひびいた。どこから聞こえるのかわからなかったけど、ぼくは木の後ろからとび出して、さけんだ。「**せめろ！**」本当にゆうかんな先住民になって、戦いにいどむ気分だった。

　前のほうから、また「**ジェザッジュライアンエイ！**」とさけぶ声がした。たぶんアンディだ。いつの間にか、ジェームズがぼくのとなりに来てて、アンディの戦いの合図の声が聞こえるほうへ、やりを投げた。ぼくは弓と矢をかまえた。

「**ジェザッジュライアンエイ！**」とまた声がして、こんどはもっと近くから聞こえた。矢をはなつと、それは暗がりのほうへ消えてった。少しして、「あああぁぁぁ！」という悲鳴がひびいた。

「みんな、やめて。アンディがけがをしたの」ジューンの声だった。

ジューンの声がしたほうへ走っていくと、アンディがいた。ぼくの家の庭とライザの家のあいだの道路にたおれてる。むねには、ぼくのはなった矢がつきささってる。アンディはぴくりとも動かないで、目を閉じ、明かりにてらされて血が見えた。Tシャツは血だらけで、まわりには血の海があり、その血の海がどんどん広がっていく。体じゅうの血が全部流れ出てしまうんじゃないかと思うほどだった。

ぼくはアンディのとなりにしゃがんで、さけんだ。「アンディ！　アンディ！　起きて、アンディ！　起きて、起きて、起きてよ！　アンディ！　ママ！　ママ！　ママ！」さけんで、さけんで、そのとき、だれかが後ろからかたをつかんで、ぼくをゆさぶった。それでもぼくはさけびつづけて、だれかはぼくをゆさぶりつづけた。

「ザック！　ザック！　目をさませ、ザック。目をさますんだ！」暗やみの中にパパが見え、ぼくをゆすってたのはパパだと気づいた。

「パパ、ぼくのはなった矢がアンディにささった。ぼくのせいでアンディは死んだ。アンディは死んだんだ！　ごめんなさい、そんなつもりはなかった。遊んでただけ、戦うふりをしてただけなんだ！」

「なんだって？　ああ、ゆめを見てたんだな。また悪いゆめを見てただけだ。ほら」パパは言い、手をあげて、何かを横へおした。すると、もう暗くなくなり、道路にいるんじゃないとわかった。ここはぼくのひみつ基地だ。

ぼくは目をぱちぱちさせた。明かりがまぶしかったのと、なみだが出てたのと、両方のせいだ。

いつの間にここへ来たんだろう。それに、なんでパパがいっしょにいるんだろう。「だけど……だけど……本当だよ。本当のことなんだ。血まみれになってるアンディを見た。ぼくが矢をはなって、アンディをころしちゃったんだよ」

「いや、ちがうよ、ザック。それは本当のことじゃない。おまえはアンディをころしてなんかいない。まったく、おどろかせるなよ」パパは言った。「こっちへおいで」パパはぼくをクロゼットから引っぱり出し、アンディのラグにすわって、ぼくをひざの上へ乗せた。パパのむねに頭をつけると、心ぞうの音が聞こえた。

「おまえのさけび声が聞こえたが、どこにいるかわからなくてな。あちこちさがしまわったんだけど、どこから声がするのか、はっきりしなかった。ここでおまえを見つけるまで、ずいぶん時間がかかったんだぞ。いったい、アンディのクロゼットなんかで、何をしてたんだ」パパはぼくのせなかをなでながら言った。ぼくは少しずつ気持ちが落ち着いて、パパの心ぞうの音もしずかになっていった。

「たぶん、いつの間にか、ねちゃったんだ」

「アンディのクロゼットでか？」

「いまは、ぼくのひみつ基地なんだよ」とぼくが言うと、パパは「そうか」と言った。

「バーベキューの日にライザの家の岩で先住民ごっこをしたときのゆめを見たんだ」ぼくはパパに言った。ついさっきの出来事みたいに感じる。

「あのときのおまえたちは、本当に楽しそうだったな。おぼえてるよ」

「本物のぼうけんみたいだった」

「そうだな」

「でも、ぼくはアンディをころしてない」

「そうだ、ころしてない」

「だけど、アンディは死んだよね」たずねるような言い方になった。

「ああ、そうだ、アンディは死んだ」

22　さよなら

だれかが死んで、おそう式になると、みんなは死んだ人にさよならを言う。お通夜のときは、まだ家族や友だちはそばにいることができ、ふたがあいてれば、ひつぎの中の死んだ人を見られるし、あちこちにかざってある写真で見てもいい。だけど、おそう式では、みんながさよならを言って、それがさいごだ。これでおわかれよ、と、チップおじさんのおそう式のとき、ママは言った。

死んだあと、だれもがその人のことをわすれていき、二度と会うことはない。アンディもそんなふうになってるみたいだった。お通夜のつぎの日のおそう式で、ぼくはそのことに気づいた。みんながアンディのことを話してたけど、アンディの全部じゃなくて、ところどころしかおぼえてないようだった。

「アンディは、とってもいい子だったものね。うちの子が同じクラスでうれしかった」

「明るい子だったなあ。すてきだったよ！」

「とっても利発で、おどろくほど頭がよくって」

なんだか、アンディのことを話してるんじゃないみたいだ。じゃなきゃ、アンディがどんなふうだったか、だんだんわすれてるのかもしれない。

おそう式のとき、ぼくは教会のいちばん前の列の長いすで、ママとパパのあいだにすわった。ここは、マッキンリー小学校のそばの教会や、チップおじさんのおそう式のあった教会とはちがって、これまでに行ったことがない教会だった。中はあまり教会っぽくなくて、長いすがたくさんならんだ、ただの大きな部屋みたいだ。こごえそうなほど寒い。この教会にも前のほうに祭だんがあって、その前にアンディのひつぎがあって、ふたの上には花がおいてある。はりつけになったイエスさまの像はなくて、十字架だけだったから、ほっとした。マッキンリー小学校のそばの教会で長いすにすわったときみたいな、手と足にくぎを打ちつけられたイエスさまなんて、もう見たくなかった。

広い部屋は人でいっぱいで、すわりきれない人がおおぜい後ろのほうに立っていた。ふり向くと、きのうのお通夜に来てた人もたくさんいた。ぼくはお通夜には、さいごまでいなかった。うんちのせいで、メアリーおばさんといっしょに先に帰らなきゃいけなかったからだ。きょうのおそう式には、親せき、友だち、近所の人、学校やラクロスでいっしょの子やその子の家族、パパの仕事の知り合いの人が来て、ほかにぼくの知らない人もいっぱいいる。また前を向こうとしたとき、ラッセル先生が後ろのほうの長いすにすわってるのに気づいた。先生の顔は青白くて、目のまわりが黒っぽい。ぼくが見てるのに気づくと、先生はちょっとだけわらって、片方の手をあげた。さいしょは、ぼくに手をふってるんだと思ったけど、しばらくして、チャームをふってるんだとわかった。それを見て、先生がぼくにくれたチャームを思い出した。ぼくはラッセル先生にわらい返してから、前を向いた。あれはひみつ基地のすみっこにあるけど、持ってくればよかった。

前の列にずっとすわってるのは、いやだった。みんなが後ろからこっちを見てるのがわかる。ママはぼくの体にうでをまわして、しっかりおさえてた。ママの指は、ぼくをぎゅっとつかんでるせいで、真っ白に見える。ママから悲しみがつたわって、むねがきゅっとした。ほかの人たちも、悲しみをいっしょに運んでくるようで、部屋いっぱいの人たちと悲しみとで、ぼくのむねはどんどんしめつけられ、そのせいで息がとぎれて、速くなった。

アンディのひつぎは、ぼくたちの目の前にある。もしアンディが天国かどこか、たましいのいる場所へのぼってるなら、たったいま本人は、自分のおそう式をやってることや、みんながさいごのさよならを言ってることや、ひつぎの中の自分の体がおはかにうめられることを知ってるんだろうか。こごえるほど寒いこの部屋で、ぼくたちが長いすにすわってることや、みんなが悲しんでることはわかるんだろうか。

黒くて長い服を着て、十字架のネックレスを首からさげた教会の人が、さいしょにマイクの前で話をした。ずいぶん長くて、なんの話をしてるのか、全部はわからなかったけど、神さまのこともあった。そのあと、アンディの話をしたんだけど、前に会ったことがないのに、なぜアンディのことをいろいろ知ってるんだろうと思った。その人が話のあいだに、ぼくの知らない歌をうたうと、部屋にいたほかの人もいっしょにうたいはじめたけど、パパとママはだまったままだった。ぼくたち三人は、手と足をぴったりくっつけて、じっとすわってた。

教会の人の話と歌が終わると、パパが立ちあがった。ゆっくりとマイクのほうへ近づいていったから、パパも話をするとわかったけど、そんなことになってるなんて知らなかった。パパがいなくなって、空いた左がわがひんやりとした。

みんながパパを見てたけど、ママだけは見てなかった。ママはひざの上でにぎりしめたティッシュペーパーを見つめ、反対の手でぼくのうでをぎゅっとにぎってた。部屋はしんとして、パパはなかなか話をはじめない。このままマイクの前に立ってるだけだったら、みんなたいくつするんじゃないかと思ったとき、パパがのどから言葉を出しやすくしようとして、せきばらいをした。

パパは上着のポケットから紙を一まい出し、そこに書いてあることを読みはじめた。「本日ここにお集まりのみなさま。いっしょに息子アンディにわかれをつげてくださったことに、お礼を申しあげます」パパが持ってる紙はすごくふるえてて、あれじゃ読めないんじゃないかと思った。声も紙と同じようにふるえてる。パパはしばらく何も言わなかったから、お礼を言うだけなんだろうと思ったけど、ゆっくりとしずかな声で、また話しはじめた。「一週間前、息子の命は、そうぞうをぜっするほどおそろしい方法で、とつぜんうばわれました」また、あいだが空く。「まさか、こんなことが自分の身に……自分の家族に起こるなんて、だれも考えもしないでしょう。わが子がこんな目にあうなんて！　しかし、わたしたちはいま、こうしてここにいます。まだこれが現実とは信じられませんが、わたしたちはこれから、アンディのいないまま、どうにか生きていかなくてはなりません……」パパは紙を持った手をおろし、また何度かせきばらいをした。

「ああ……すみません、これだけは言わせてください。一週間前まで、利発でユーモアがあって、明るくて力強い息子がいた場所に、いまはぽっかりと大きな穴があいています。アンディはいつもわたしたちをわらわせ、毎日……ほこらしい気分にさせてくれました。すばらしい息子であり、やさしい兄であり、わたしたちにとってかけがえのない人間でした。アンディをうしなって、いるはずだった場所に大きな穴があいたいま、それにたえて、どうやって生きていったらいいのでしょうか。アンディをうばわれ……アンディのいない生活に、どんな意味を見いだせばいいのでしょうか」

パパは紙を見つめ、さっきまで読んでたところをさがすように、目を動かした。あごがふるえてる。パパは紙から目をはなさないで言った。「どうか、みなさん、アンディのことを、アンディとの思い出を、いつまでもわすれないでください」

ママがとなりでふるえだした。ぼくのうでをはなして、おなかの前でうでを組んだあと、頭がひざにくっつきそうなくらい体を前に曲げ、かたを大きくゆすって泣いてる。みんなも泣きだし、悲しみが大きな重い毛布のように、ぼくたちを横からも上からもすっぽりとおおった。

パパの話したことを考え、ママやみんなが泣いてるのを見ながら、何もかも、うそのように感じた。パパは本当のアンディがどんなふうだったか話さなかった。だから、みんなも泣いて悲しんでるみたいに見えるけど、本当のアンディじゃなくて、うそのアンディを悲しんでるだけだ。これじゃ、ちゃんとアンディにさよならを言ったことにはならない。立ちあがって、アンディのことでうそをつくのはやめろとさけびたかった。

悲しみの毛布は教会の外へ出ても消えなくて、おはかに着いたときにはもっと重くなった。ぬかるんだ地面に立って雨にぬれながら、ぼくたちはアンディのおはかをかこんだ。ぼくはアンディのひつぎが入る深くて暗い穴から目をそらし、すぐとなりの大きな木をじっと見つめた。その木は黄色やオレンジの葉っぱをいっぱいつけ、雨にぬれてかがやいてる。まるで木全体がもえてるみたいだ。こんなにきれいな木は見たことがなく、アンディのおはかのすぐとなりにあってよかったと思った。

アンディのひつぎが穴に入ると、悲しみの毛布が重すぎて、ママが立っていられなくなった。パパとミミが両わきからママをささえ、車に乗せた。悲しみの毛布はぼくのかたにもかぶさり、家までずっとついてきたんで、ぼくはなかなか階だんをのぼれなかった。お客さまがいらっしゃるから少ししたらおりてきなさい、とおばあちゃんに言われ、ぼくはがっかりした。できれば、ずっとひみつ基地にいたかった。

ぼくはアンディのねぶくろの上にあぐらをかいてすわり、何もしないでだまってた。ただ、待ってたんだ。かたから悲しみの毛布がはなれ、むねのきつさが消えるのを。おそう式が終わったらアンディがもっと遠くへ行ったように感じられるかどうかを知りたかった。

ぼくはもう一度考えた。アンディはおそう式のとき、どこからかぼくたちを見てたんだろうか。そして、みんながアンディのことをべつの子みたいに話してたのに気づいたろうか。パパでさえ、本当のことを言わなかった。自分のした悪いことが全部なかったことになって、たぶんアンディはうれしがるだろう。でも、もしぼくだったら、みんなが本当のぼくをおぼえてなかったら、地球からすっかり消えてしまったみたいで、こわい気がする。

「アンディ」ぼくは小さな声で言った。「ぼくだよ、ザックだ」アンディが答えるのを待ったけど、もちろん返事はなかった。アンディに聞こえてるかどうか、わかったらいいのにと思った。「アンディのクロゼットにいるんだ。いまはぼくのひみつ基地なんだよ。ないしょにしてるから、ここにいることはだれも知らない。まあ、パパには、ばれたけどね」いま、もしもアンディがぼくを見てるなら、とっくに知ってることだけど、ぼくはかまわずつづけた。「ぼくが部屋にいるから、きっとおこってるよね。だからって、何もできないだろうけど。死んでなくて、いまここにいたら、ぼくをころそうとするかも」

死んだ人間にこんなことを言うなんて、ひどいかと思ったけど、これは本当のことだ。アンディに本当のことを言うのは気持ちがよかった。「とにかく、いつもくそったれだったよ」くそったれ。

きたない言葉だ。でも、アンディもしょっちゅう言ってたから、ぼくだって言うことにする。一階からぼくをよぶ声が聞こえたんで、ぼくはさっと立ちあがった。ひみつ基地を出る前に、ふり返って言った。「ぼくはまだおこってる」

23　ころしの目つき

「長いこと問題をかかえてたのに、家族はどうしたらいいか、わからなかったらしいの」近所に住んでるグレイさんと、グレイさんのむすめのキャロリンさんが、シンクの前でお皿をあらってた。グレイさんがぬれたお皿をキャロリンさんにわたし、キャロリンさんがそれをふいて、この家のキッチンの食器だなにかたづける。後ろから見ると、ふたりはそっくりだった。体つきも、動き方も、くるんとした長いかみも同じだけど、グレイさんのかみは灰色で、キャロリンさんは茶色だから、グレイさんのほうがお母さんだってわかる。

「そう、高校もそつぎょうせず、ここ二年くらいは家の地下室に閉じこもって、ずっとコンピューターであれこれやってたんだって。子どもがおかしくなってるってのに、親が気がつかないなんてこと、ある？」キャロリンさんはグレイさんからつぎのお皿を受けとり、ふたりは茶色と灰色の長いかみをゆらした。

「そうね」グレイさんが言った。「へんな気分よ。だって、いま話してるのはチャーリーのことなんだから！　それにメアリー！　ふたりとも、あんなにいい人たちなのに。チャーリーは子どものあつかいが本当にじょうずだけれど、自分の息子には……。親として、あんなにつらいことはないでしょう」

「うん、でも、ママ、やっぱり、じゅうを持たせちゃいけなかったのよ。せいしんが不安定だったんだから。同じ家にいて、息子がじゅうを集めてたことに気づかなかったの？」

グレイさんとキャロリンさんがお皿をあらいながら、チャーリーとその息子、つまり、じゅうげき犯のことを話すのを、ぼくはじっと聞いてた。ふたりとも、ぼくが広間の黄色のいすで耳をすましてるのに気づいてない。黄色のいすは、だんだん、ぼくのスパイ用のいすみたいになってきた。ここにいてもみんなは気づかないし、キッチンや広間の声が全部聞こえるんだ。

おそう式のあと、たくさんの人が家へやってきて、なかなか帰らなかった。あちこちで、ささやき声や泣き声がした。だれとも話したくなかったし、二階へ行っちゃだめだとパパが言ったから、ぼくはスパイのいすにずっとすわってた。

「じゅうを買ったのもインターネットだそうよ。いったい、どこでそんなお金を手に入れたのか。へんでしょう？」グレイさんが言った。「フェイスブックに書いた内ようも信じられない。あれを思い出すたびに、鳥はだが立つのよ」

キャロリンさんが言った。「メアリーがあの書きこみに気づいて、チャーリーにれんらくしようとしたんだけど、間に合わなかったんだって」

あの日、チャーリーが自分の息子を学校に入れたときのことを、ぼくは考えた。チャーリーのつくえのそばには小さなテレビがあって、外にカメラがついてるから、正面げんかんのベルが鳴ると、チャーリーは画面でだれが来たのかをたしかめることができる。だから、たぶん息子がベルを鳴らし、チャーリーは「ああ、会いにきてくれた」と思って、中へ入れたんだと思う。でも、あんなことが起こったんだから、それはまちがいだった。

「使い終わったお皿があるか、見てくる」キャロリンさんが言い、広間へ入ろうとこっちを向いた。スパイのいすにいるのを気づかれたくなくて、急いで立ちあがったとき、げんかんのベルが鳴った。歩いていって、ドアをあけたぼくは、おなかがひっくり返りそうになった。げんかんに立ってたのはチャーリーだったからだ。となりには、おくさんがいる。さっきまでグレイさんとキャロリンさんの話に出てきたふたりだ。

ようじ学級にかよってたときも、一年生になってからも、チャーリーはいつも同じに見えた。めがねも、「チャーリー・ラナレス」って名ふだのついたマッキンリー小学校のシャツも、にこにこした顔も、ずっとかわらない。チャーリーはちょっと大きな声で話し、ジョークをよく言い、ようじ学級に入る子はたくさんいるのに、すぐに名前を全部おぼえてしまう。正面げんかんの近くで、ぼくがチャーリーのつくえの前を通りすぎるときは、かならず「やあ、ザック、わが親友よ！　きょうも元気か？」とよびかけてくれる。ほかの子のことは「友」とか「プリンセス」とかよぶのに、ぼくのことだけ「親友」ってよぶんだ。

いま、ぼくの家のげんかんポーチに立ってるチャーリーは、いつものジョークずきなチャーリーじゃなかった。何もかも、これまでとちがってた。ものすごく年をとって見え、顔のほねがうき出て、ぜんぜんわらってない。となりにいるおくさんは、げんかんポーチの屋根の下にいるから雨にはぬれないはずなのに、ふたりの頭の上にかさを広げてる。

長いあいだ、ぼくはチャーリーを見つめ、チャーリーはぼくを見つめてた。こんにちは、と言ったほうがいいのかどうか、ぼくにはわからなかった。アンディをころしたのはチャーリーの息子だし、たぶん学校へ入れてしまったチャーリーにも、せきにんがあるからだ。

しばらくして、おくさんが言った。「ねえ、ご両親はいらっしゃる？」ちょうどそのとき、おばあちゃんが後ろから出てきて、ぼくのかたに手をおき、ぼくをおしていっしょに外のポーチへ出た。そして、反対の手でドアを引き、外から閉めてしまった。

「よくも、ぬけぬけと……いったい……」おばあちゃんはさいごまで言わないで、ぼくのかたをつかむ手に力をこめた。チャーリーとおくさんは、おばあちゃんのことがこわいらしく、ポーチで二、三歩あとずさったけど、帰らなかった。

そのときチャーリーが口を開いたけど、声はいつもとちがって、小さくてしずかだった。「とつぜん、おじゃまして申しわけありません」

「おじゃまして申しわけない？」おばあちゃんの声は大きくなり、チャーリーの声は小さくなった。

「本当に申しわけありません。おくやみを申しあげたくて、うかがいました。メリッサと……」

「おくやみを申しあげたい？」

おばあちゃんはどうしたんだろう、と思った。チャーリーの言うことをくり返してばかりで、話し方もらんぼうだ。おくさんはチャーリーのうでをつかんで、帰ろうとさそってるようで、目にはなみだがうかんでる。

後ろのドアがあき、こんどはママとパパがポーチに出てきた。おばあちゃんは、ママたちが前へ出てこられるよう、わきへどいた。目のはしで見てると、おばあちゃんはチャーリーとおくさんを、ころしの目つきでにらんでた。ころしの目つきというのは、だれかを見るとき、相手をころしたいと思いながら見ることだ。まるで目で戦って、見えないレーザー光線が出てるみたいに。ぼくがころしの目つきのことを知ってるのは、アンディがママをそんな目つきで見るたびに、ママがそう言ってたからだ。アンディはすごくきげんが悪くなって、あばれたりさけんだりしたあとも、ずっとおこったままママをそんな目つきでにらむことがときどきあった。そんなときママは「わあ、人をころしちゃいそうな目つき」と、わざとじょうだんっぽく言ってた。

ぼくはポーチで、ママ、パパ、チャーリー、おくさんのあいだに立ってて、ママとパパはぼくのすぐ後ろにいた。なんだかよくないことが起こりそうな気がして、おなかがむずむずした。チャーリーのほっぺにはなみだが流れ、それをぬぐおうともしないで、ぼくの頭の上の先を見つめてる。たぶんママを見てるんだ。

ママがマッキンリー小学校にかよってたころ、チャーリーとすごく仲がよかったそうだ。ママは前に、五年生のときの運動会で「父とむすめ」のふくろレースをしたとき、チャーリーがママといっしょにふくろに入ってくれたと言ってたことがある。ママのお父さんは、ママが三年生のときに交通事故で死んでしまったから、ママにはいっしょにふくろに入ってくれる人がいなかった。でも、チャーリーが代わりをしてくれて、本当にうれしかったんだって。いまも、ママが学校に用事があって来るとき、チャーリーはいつもぼくに言う。「だれにもないしょだが、ザックのママがここの生徒だったとき、わたしは大すきだったんだよ。ザックはママの小型ばんってところかな」毎回そう言って、ママにウィンクするんだ。

チャーリーが両手を前にさし出して、一歩前へ出た。それから、ぼくのほうに近づき、後ろにいるママをだきしめようとした。「ああ、メリッサ！」チャーリーがママの名前をしぼり出すように言うと、火山がふんかするように悲しみがあふれてきた。チャーリーは顔だけじゃなく、体全部を使って泣きだした。こんなにふうに人が泣くのを見るのは、はじめてだった。立ってられないんじゃないかというほど体をふるわせ、ものすごい声で泣きさけんでる。心のずっとおくのほうから出てきたような声だった。

　チャーリーが両わきにだらりと手をたらすと、そのうでをおくさんがまたつかんだ。長いあいだ、みんながそこに立ったまま、チャーリーが体じゅうで泣きじゃくるのを、何も言わないでじっと見つめてた。目の前にいるチャーリーの体のふるえが、ぼくにもつたわってきて、のどがすごくいたくなった。前へ行って、チャーリーをだきしめ、ふるえを止めてあげたい。

　そう思って前へ進もうとしたとき、チャーリーのおくさんが言った。「とつぜん、こんなふうにおじゃまして申しわけありません」チャーリーがさっき言ったのと同じだ。おばあちゃんが鼻を鳴らす音が聞こえたけど、こんどは、おばあちゃんは同じ言葉をくり返さなかった。「お目にかかって……おわびを申しあげたくて……本当にすみませんでした……」つぎに何を言うかをわすれたみたいに、おくさんは口を閉じた。

「すみませんですって？」後ろからママの声がした。ものすごくしずかで、その言い方のせいで、ぼくの首の後ろにざわざわと鳥はだが立った。やっぱり、よくないことが起こりそうだという予感は当たってた。「おわびがしたい？　それでここへ来たって？　わたしの家へ。わたしたちのところへ。そんなことを言うために？」ママの声はまだしずかだったけど、言い方はするどかった。まるで、つららを投げつけるようで、チャーリーとおくさんは、本物のつららがささったみたいに、びくびくした。

「あなたたちのおかしな息子が、わたしのアンディをころした。わたしのかわいい子を。だからここへ来て、おわびをしたいって？」ママの声はどんどん大きくなり、やがてさけび声になった。ろうかに、たくさんの人が来てるのがわかった。だれなのか知りたかったし、ママの顔も見たかったから、ぼくは後ろを向いた。

パパがママのうでをつかんだ。「メリッサ、もうやめ――」

「いやよ、ジム。やめない。ぜったいに」ママは言い、パパの手をふりはらった。

おばあちゃんが「ああ、もう」と言うのが聞こえた。

ママはぼくの前へ来て、なぐりそうないきおいでチャーリーたちに近づいた。おくさんがまたあとずさりし、後ろに階だんがあるのをわすれてたのか、いちばん上のだんをふみはずしそうになり、もう少しで下へ落ちるところだった。おくさんはかくれるようにチャーリーの後ろに立った。

「おわびなんかいらない。そんなことじゃ足りないし、もう手おくれだってのがわからない？　知らなかったなんて言わせないからね。チャールズがへんだってことは、みんな知ってたんだから――ちゃんと見てなくちゃいけなかったのに！　どうして止めなかったの？　なんで止めなかったのよ！」ママはさけび、本当にチャーリーをなぐってるみたいだった。げんこつじゃなく、言葉で。

「信じてくれ、メリッサ。もし、もとへもどれるなら、起こってしまったことをなしにできるなら……わたしはこの命をよろこんでささげる……」チャーリーはまた両手を前へさし出して進んだけど、ママはいやそうな顔でチャーリーをさけた。

「気安くメリッサなんてよばないで」ママはそう言ったけど、もうさけんではいなかった。いじわるな、ころしの目つきでチャーリーをにらんでる。「二度と近づかないで。わたしの家にも、家族にも。のこされたわたしたちに」そう言うと、ママはぼくの手をつかんで、家の中へ引っぱっていった。いっしょに入りたくなかったけど、ママがきつく手をにぎって引っぱるから、しかたがなかった。

った。ママがろうかにいる人たちをおしのけて進んでるとき、ふり返ってチャーリーを見ようとしたけど、たくさんの人がじゃまで、もう見えなかった。

でも、ママがきびしい言葉をぶつけたときの、ママを見つめるチャーリーの顔はわすれられなかった。年をとって、ほねがうき出て、大きな目ばかりが目立つ顔を。これまで見ただれの顔よりも悲しそうだった。

きずつけたのはチャーリーのほうなんだから、チャーリーはきずついてないとパパは言ったけど、それはまちがってると思う。チャーリーの息子だって死んだんだから、アンディが死んでぼくたちがきずついたのと同じで、チャーリーの心だってきずついてる。それだけじゃなく、自分の息子が大切な天使たちをころしてしまったんだから、チャーリーのほうがもっときずついてるんだ。

24　ぼうでヘビをつつく

けさ起きたら、下にしいたタオルがぬれてた。ゆうべ、ねようとしたとき、おしっこでぬれたシーツはまだバスタブに入ったままだったから、ミミがマットレスの上にタオルをしいてくれたんだ。ママがシーツをあらうのをわすれてたから。

ぼくはマットレスからぬれたタオルをはがし、ぬれたパジャマをぬいで、着がえたあと、アンディの部屋を通って二だんベッドの上のだんをたしかめ、それからママをさがしに一階へおりた。ママはキッチンにいて、ミミに話しかけてた。

「ほら、見て。ここに、チャールズはアスペルガーしょうこうぐんだったって書いてある」ママは言い、ミミにｉＰａｄの画面を見せた。「中学校のときに正式にしんだんされたんだって。学校でさんざん問題を起こして、十年生のときに行かなくなったらしいの。それ以来、友だちもなく、仕事もせず、ほとんど地下室に閉じこもってたのよ。二年間も！」

「でも、アスペルガーしょうこうぐんだからと言って、ぼう力をふるうわけじゃないでしょう？」ミミが言った。「それで、この何年か、チャーリーとメアリーのすがたをあまり見かけなかったのね」顔をあげ、ドアのそばにいるぼくを見た。ミミはママのうでに手をおいたけど、ママはかまわずつづけた。

「近所には、アスペルガーしょうこうぐんのほかにも問題をかかえてると思って、チャーリーとメアリーにたずねた人だっているのよ。こんな記事が出てる。聞いて。〝チャールズがきみょうな行動をするのを何度か見かけたことがあるんです。手をへんなふうに動かし、ひとりごとを言いながら、このあたりの通りを行ったり来たりしていました。去年、通りの反対がわにいたルイーザおばあちゃんが、クリスマスのかざりなんてやめちまえ、ってどなられて、すごくこわかったんですって〟。これが近所の人の言葉よ。どこかおかしいのはわかってた。チャーリーのパーティーのときにそう感じたの。わたしがあの子のベビーシッターをしてたときは、かわいい気がしたけど、いま思うと、小さいころから少しかわったところがあった。でも、パーティーのときは、ぞっとするほどだったのよ。つっ立ったまま、子どもたちをじろじろ見つめて――」

「ねえ、メリッサ」ミミがママの言葉をさえぎり、ぼくのほうへ頭を向けて、うなずいた。

ママはドアのそばに立ってるぼくを見て言った。「そのうち、ザックにもわかることよ」

「ママ、ごめんなさい。タオルとマットレスをぬらしちゃったんだ」ぼくは言った。ママのほうへ歩いていって、ひざにすわると、ママはぼくをだいてくれたけど、iPadを持ってたから、片方の手だけでだった。

「ママ?」

「ザック、心配しなくていいのよ」ミミが言った。「さあ、二階へ行って、全部きれいにしましょう」ミミがぼくの手を取り、ぼくはママのひざからおりた。ママはiPadを見つめたままだ。おでこにしわをよせ、歯をぎりぎりと鳴らしてる。

ぜったいにしちゃいけないことがあるんだけど、知ってるかな。ぼうでヘビをつつくことだ。じゆうげき犯が来た前の日、マッキンリー小学校に来たヘビのおじさんが教えてくれた。さんぽやハイキングをしてるときにヘビを見かけたら――まあ、このあたりに本当はヘビなんかいないし、いたとしてもきけんなヘビじゃないから、たぶん夏休みとかに、きけんなヘビがいそうなところへ出かけたときってことだけど――小さかったり、ねむってるように見えたりしたとしても、ぼうでつついたり、くつでさわったりしちゃいけない。それはだめなんだ。おじさんはヘビを使って、じっさいに見せてくれた。おじさんはエメラルドツリー・ボアだけじゃなくて、赤と黄色のしまもようのヘビも持ってきてた。名前はわすれたけど、おじさんは、しまもようのヘビには、どくを持ってるのと、持ってないのがあると言った。そして、どのヘビがきけんなのか、ぼくたちがおぼえられるように、歌を教えてくれた。

「赤と黒とはお友だち。赤と黄色はころし屋さ」

おじさんが出してきたのは赤と黄色のしまもようのヘビだったから、きけんだとわかった。はじめ、ヘビはただじっとねそべって、ねむってるように見えた。ところが、おじさんが長いぼうを取り出してつつくと、ヘビは急にぼうにとびかかり、かみついてぶらさがったまま、いつまでもぼうをはなさなかった。その様子を見てみんなこわがり、悲鳴をあげた子もいたけど、ちょっとばかみたいだなって、ぼくは思った。だって、ヘビはずっと前のほうにいて、ぼくたちがすわってる場所からは遠くて、きけんなんかじゃなかったからだ。

きのうの昼、このヘビのことが頭にうかんだ。キッチンでスツールにすわって、ミミの作ってくれたサンドイッチを食べながら、ママを見てたときのことだ。ママははしごに乗って、食器だなの上のほうをそうじしてた。ママを見てたら、ぼうでつつかれたヘビのことを思い出した。三日前、アンディのおそう式のあった日にチャーリーとおくさんが家に来たとき、ママはぼうでつつかれたヘビみたいに、チャーリーたちにとびかかった。そして、ふたりが帰ったあとも、ママのいかりの気持ちは消えなかった。あっと言う間に悲しみからいかりへかわり、ママはそのあともぼうをはなさなかった。

ミミも、ママが食器だなをそうじするのを見てた。その顔は悲しそうで、しわが前よりふえたみたいだった。「メリッサ、そんなこと、あとでわたしがやるって。いますぐしなきゃいけないわけじゃないでしょう？」

「えっ、何？　ああ……いえ、いまじゃなきゃ、だめなの！」ママははしごをもう一だんあがり、食器だなを強くこすった。「ここ、すごくよごれてるんだから！」とつぜん、家の中の何もかもがきたなく見えてきたらしく、ママはそうじばかりしてた。ぜんぜんゴミなんかなくて、ぼくの目にはきれいに見えるところも。

チャーリーとおくさんが家へ来たつぎの日、ママがそうじをはじめると、ぼくはママを手つだいたくて、いっしょにやった。新しいペーパータオルをママにわたすのと、よごれたペーパータオルをママが投げすてられるように、ふくろを開いて持ってるのがぼくの仕事だった。でも、何回か、ふくろをすぐには開けなくて、よごれたペーパータオルをゆかに落としてしまい、ママはおこって、何かほかのことをしなさいと言った。そのあと、ママはひとりでそうじをつづけた。

ぼくはミミを手つだって、ぬれたスポンジでいっしょにマットレスをきれいにし、タオルとパジャマを地下室のせんたくきまで持っていったあと、自分の部屋にもどって、本だなにならぶ本を見た。ぼくはたくさん本を持ってて、いまいちばんすきなのは「マジック・ツリーハウス」シリーズだ。本だなに一かんから五十三かんまで、ずらりと一列にならんでて、ぼくはその様子がすきだ。もともとはアンディのだったけど、アンディはずっと前に全部読んでしまった。もういらないって言ったから、ママがぼくの本だなに移したんだ。

今週も学校はずっと休みだった。来週からほかの子たちは学校へ行くけど、しばらくはちがう小学校へかよう、とパパが言ってた。マッキンリー小学校の子は、ウェイク・ガーデンズにあるいくつかの学校へ、何組かに分かれてかようことになる。だけど、ぼくはまだ行かない。パパの話だと、ぼくはひがい者の家族だから、あと一週間は学校を休んでもいいらしい。さ来週ぐらいからになると思う。しばらく学校へ行かなくてよく、いつもどるかも自分で決めていいんで、ぼくはうれしかった。学校のことを考えるたびに気持ちが悪くなるからだ。もう二度と学校へは行きたくないと思うくらいに。

本を見ながら学校のことを考えてたら、図書バッグが学校にあるリュックに入れっぱなしだったことに気づいた。図書バッグがここにあったらよかったのに。じゅうげき犯が来た前の日に、ラッセル先生が新しい本をえらばせてくれたけど、どの本もまだ読んでない。それに、リュックにはＦＩＦＡのシールブックとカードも入ってる。リュックはまだ学校のクロゼットにあるんだろうか、あるなら取りもどしたい、とぼくは思った。

「マジック・ツリーハウス」シリーズは、主人公のふたり、お兄ちゃんと妹がいろんな場所、いろんな時代へぼうけんする物語で、ぼくはこのシリーズが大すきだ。ツリーハウスのおかげで、ふたりは過去へだってタイムスリップできる。ふたりともゆうきがあるけど、とくに妹のほうが年下なのにゆうかんだ。どんなものもこわがらない。ふたりのぼうけん物語を読んでると、ぼくまでいっしょにぼうけんして、ゆうかんになった気がしてくる。

ところで、お兄ちゃんはジャック、妹はアニーって名前だ。ジャックとアニー——ザックとアンディと音がにてる。ある夜、ママと代わりばんこで本を読んでるとき、そのことに気づいた。ぼくとママは、ずっと前から代わりばんこで本を読んでる。はじめは、ぼくがあまりじょうずに読めなかったから、ぼくが一行読んで、ママが何行か読んで、またぼくが一行読んだ。でもいまは、ずっと多く読める。一ページとか、それよりたくさん読んでから、ママと交代するようになった。

ジャックとザック、アニーとアンディがにてることに気づいたとき、ママが「ねえ、ザックとアンディがぼうけんしてるお話もできるのね」と言った。ぼくが「そうだね。でも、ぼくたちはいっしょにぼうけんなんかしないよ。にてるのは名前だけで、ほかはぜんぜんちがうもん」と言うと、ママはぼくを見て悲しそうな顔をした。

ぼくは「マジック・ツリーハウス」シリーズから一さつえらんで、ぼくと代わりばんこで本を読んでくれるか、ママにたずねることにした。iPadを見終わってたら、いっしょに読む時間があるかもしれない。一階へおりてママをさがしたけど、キッチンにはもういなかった。ほかでそうじをはじめたのかも、と思ったとき、パパの書さいのガラスドアの向こうに、ママのすがたが見えた。中へ入ろうとしたら、ママとパパがしゃべってるのが聞こえた。声の感じだと、ドアをあけちゃいけない気がする。パパはまどぎわのつくえの前で大きな茶色のいすにすわり、ママはパパのとなりに立ってるから、ぼくからはふたりの後ろすがたしか見えなかった。

「いやよ、このままただ、なりゆきを見守ってるなんて！」ママの声がした。「いいかげんにして。あなたはべんご士なのよ。わが子が頭のおかしな男にころされたってのに、あなたはただここにすわってるだけ。そんなあなたを見るのは、もううんざり。アンディのために何かすべきよ！」

パパはママからはなれるように、いすにすわったまま後ろへさがった。「何もしないでいるつもりはないさ。そんなことは言ってない。ただ――」

ママがパパの言葉をさえぎった。「いいえ、たしかに言った」

「言ってない！」パパの声が大きくなった。「まだ二週間だと言っただけじゃないか、メリッサ。まだそれだけだ」

「そう、もう二週間もたつのよ。だからこそ、何かしなさい！」ママがさけぶのを聞いて、ぼくのむねは、またしめつけられた。

「たのむよ……」パパは小さな声で言い、何かをおしのけるように、両手をふった。

ママの声がもっと大きくなった。「ごまかさないで！　あの人たちのせいなのよ、ジム。あの人たちのせいでアンディが死んだのに、なんのばつも受けさせないまま、指をくわえて見てるつもりなんてない」そのとき、急にママがこっちを向いたんで、ぼくはドアからはなれられなかった。ぼくがけんかを立ち聞きしてたと知って、ママはもっとおこるかもしれない。

ママはドアをあけた。「なんの用、ザック」

ぼくは本を持ちあげて言った。「代わりばんこで本を読んでくれるか、ママに聞きたくて」

ママはしばらくのあいだ、じっとぼくを見つめてた。聞こえなかったのかと思ったとき、ママが言った。「だめ。いまはむりよ、ザック。またこんど。いい？」ママはそのままパパの書さいを出ると、ぼくの横を通って、キッチンのほうへ行った。広間からテレビの音が聞こえてくる。パパはすわったまま前かがみになり、両ひじをつくえに乗せて、手で顔をおおった。

ママの悲しみとショックが消えたら、何もかもよくなると思ってたけど、そんなの、まちがってた。アンディがいなくても、けんかはなくならない。ぼくは二階へあがって、ひみつ基地へ入った。アンディのねぶくろの上に落ち着くと、バズのかい中電灯をつけて、本のさいしょのページを開き、さいごまで読んだ。代わりばんこはしないで。

25　幸せのひけつ

「まだまだ冬だと思っていたけど、いつの間にか、春が来ていたんだね……」と、ジャック。

「わたしも、はじめて気がついたわ」

「ぼくは、今年はじめてというより、生まれてはじめて、こんな自然の大発見をしたような気がする」

「わたしもよ！」

早春の森を、家に向かって歩きながら、ジャックは、心からの幸せを感じていた。


ぼくは本を閉じ、ひみつ基地のはしっこに重ねた本のいちばん上においた。どれも、この何日かで読んだ本だ。立ちあがって、足をのばした。ずっとあぐらをかいてすわってたから、足がいたかったし、下ばかり向いてたから首もいたい。声を出して読んでたんで、のどがひりひりする。はじめは、頭の中だけで「マジック・ツリーハウス」を読んでたけど、とちゅうから声を出して読みはじめた。声を出して読むのはいいことだって、ラッセル先生がいつも言ってる。だれかに読んであげるのもいいし、そのふりをするだけでもいい。頭が言葉を音としておぼえて、目だけで読むより速く言葉が身につくんだ。

だから、ぼくはだれかに読んであげるふりをすることにした。

そのだれかってのはアンディだ。

なぜこんなことをはじめたのか、自分でもわからない。ただ、おそう式のあと、ひみつ基地ではじめてアンディに話しかけて、本当のこと、くそったれだってことをつたえたとき、気持ちがよかった。だから、このままずっとアンディに話しかけることにしたんだ。さいしょは、ささやき声で話したけど、理由はわからない。だれにもぼくの声を聞かれる心配はないのに。パパはいつもドアを閉めて、書さいにいるし、ママはｉＰａｄをながめてるか、目に見えないよごれをきれいにしてる。そしてミミはもう、夜はとまっていかない。少しはなれたほうがいい、とミミは言ってたけど、ぼくたちはこの家の中で、もうばらばらになってる。

でもとにかく、はじめはささやき声だった。「またクロゼットに来たよ」って話しかけたら、アンディの返事が聞こえたような気がした。「ばーか、おまえがそこにいるのなんて、見えてんだよ！」って。

「そんなふうに、いつもぼくにいじわるな言い方をしなくたって、よかったじゃないか」ぼくは言い、そのあと、アンディがぼくやママにどんなにいじわるだったか、本当のことを全部話した。アンディとこんなにたくさん話したことはこれまでなかったから、へんな感じがした。

だけど、アンディのいいところじゃなく、悪いところばかり話してたら、だんだんいやな気分になってきた。だって、アンディは死んだんだし、たぶんいまは、死んだことが悲しくて、ひとりぼっちでさみしいはずだし、だからほかのことを話したかったけど、何を言ったらいいかわからなかったから、アンディに本を読んであげることにした。ささやき声でずっと読んでると口がつかれるから、ふつうの声で。

ぼくは「マジック・ツリーハウス」の三十かん（ママと読もうと思ってえらんだ本だ）から読みはじめた。それを読み終わったら、三十一、三十二、三十三、三十四、三十五、三十六とじゅんばんに読んで、一さつ読み終わるのにだいたい一日かかったから、もう何日も声に出して読んでることになる。きょうは三十七かんの『江戸の大火と伝説のりゅう』を読み終えた。絵はあまりなくて、百五ページもある。

ふりをするだけでも、アンディに本を読んであげるのは楽しかった。読んでるうちに、だんだん、ふりじゃないような気がしてくる。アンディがすぐそばにいて、ぼくが読むのを聞き、ジャックとアニーとぼくとアンディの四人でぼうけんしてる気分になる。

足をのばし終わると、またすわって、かべにはってある気持ちの紙を見た。そばに、ぼくとアンディがうつってる写真もある。二、三日前、お通夜のときにかざった写真が食堂のテーブルにつんであるのを見つけ、一まいだけこっそり二階へ持ってきて、ここにはったんだ。

本を読んでるとちゅうで休けいするとき、よくこの写真を見る。夏に、おばあちゃんのビーチハウスへ行ったときの写真だ。今年じゃなくて、去年の夏で、そのときチップおじさんは重い病気だったけど、まだ生きてて、その年の秋に死んだ。おばあちゃんがおそろいの服を着ましょうって言ったから、みんなで白いシャツを着てベージュのズボンをはいた。そのあとカメラマンが来て、すなはまで何まいも写真をとった。アンディは海の中を走ってズボンをぬらしてしまい、いい写真がとれないっておこられてた。それに、アンディは写真をとられてるあいだずっと、へんな顔ばかりしてた。

でも、この写真のアンディはへんな顔をしてない。悲しい顔だ。ぼくとアンディは、おばあちゃんのビーチハウスの前の大きなすな山で、少しはなれてすわってて、ぼくはカメラに向かって、わざとにこにこしてるけど、アンディはカメラのそばの何かを見つめてるようだ。ぬれたズボンをひざまでまくって、足を引きあげ、手でひざをかかえてる。

アンディの顔が悲しそうなのに気づいたとき、のどのおくがきゅっといたくなった。悲しみを表す灰色の紙の上へ写真を動かすと、そこには明るい青空も写ってるから、全体としてはそこに合わない感じがしたけど、アンディの顔とか、その顔を見るときのぼくの気分は、ぴったり合ってた。

アンディが生きてるときは、悲しい顔をしてるところなんて見たことがなかった。へんな顔か、おこった顔だけだ。アンディはいつもおこってた。だけど、生きてるとき、こんなに長くアンディの顔を見つめたことなんかない。

ぼくは『江戸の大火と伝説のりゅう』のさいごで、〈幸せのひけつ〉を見つけたジャックとアニーが、春が来たことに気づく場面がすきだ。この物語で、ジャックとアニーは、まほう使いのマーリンを助けるために、ひとつめの〈幸せのひけつ〉（ひけつは全部で四つある）を見つけにいく。マーリンはふさぎこんで、食よくもなく、夜もあまりねむれなくて、元気がないけど、〈幸せのひけつ〉がわかればマーリンを元気にできる。ジャックとアニーはマジック・ツリーハウスで江戸時代の日本へタイムスリップし、そこで、まつおばしょうという有名な詩人と出会う。まつおばしょうは「はいく」という短い詩をたくさん作って、そのあとに大きなえいきょうをあたえた人で、ジャックとアニーは、ばしょうから「はいく」の作り方を教わる。

そして、ひとつめの〈幸せのひけつ〉も教えてもらう。それは「自然や身のまわりの小さな幸せに気づくこと」だ。

ぼくは、このひけつをおぼえたくて、「自然や身のまわりの小さな幸せに気づくこと」と声に出して何回か言った。このとおりにして、本当に幸せになれるのかわからないけど、ぼうけんからもどったとき、ジャックとアニーはとても幸せだったから、きっとうまくいったはずだ。

「ジャックとアニーみたいに、ぼくたちもぼうけんができたらよかったのにね」ぼくは写真のアンディに言った。「そう、死ぬ前に。もっと楽しいことをして」

ぼくは、すなはまの写真の中に小さな幸せをさがすことにした。何も見つからなかったけど、すなはまにはいろんなものがあったことを思い出した。すな、石、貝がら――どれもすごくきれいだ。すなはまに生えてる草は、せが高くて先がとがってるから、引きぬくときは手を切らないように気をつけなきゃいけないけど、その草だってきれいだ。

よく見たら、ぼくたちのすわってるすぐそばのすなに、もようがあるのに気づいた。風か波が作ったんだろうけど、これがかっこいい。すなはまで写真をとってもらったときには気づかなかった。たぶん、身のまわりにある小さな幸せを見つけようとしてたら、みんながもっと幸せになれたし、けんかだってなかったはずだ。写真の中のアンディだって、悲しそうな顔にならなかったかもしれない。

ぼくは、ひとつめの〈幸せのひけつ〉をパパとママといっしょにためしたくなった。ふたりに教えてあげて、いっしょにやってみたら、ぼくたちはまた、幸せだと思えるようになるかもしれない。

「また来るよ」とアンディに言って、ぼくはクロゼットを出た。

ひみつ基地から出てすぐは、いつもまぶしくて目をあけられない。クロゼットの中では、バズのかい中電灯しかつけてなくて暗いから。外へ出て、目が明るさになれるまでに、少し時間がかかる。

家の中はしずかで、なんの音も聞こえなかった。まるで、マジック・ツリーハウスが回転して、はじめての場所に着地したときみたいだ。どの本でもかならずこう書いてある――「やがて、何もかもが止まって、しずかになった。何も聞こえない」と。ママとパパをさがしに一階へおりながら、ぼくが思ったのは、じゅうげき犯が来たあと、この家はツリーハウスみたいに回転して、知らない場所に着地したみたいだってことだ。でも、楽しいぼうけんをする場所に着いたんじゃない。ただ、ものすごくしずかなところに着地しただけだ。みんなが悲しんでるか、おこってる場所に。ぼうけんしてるときのジャックとアニーみたいに、いっしょに何かするんじゃなくて、ほとんどいつも、みんながばらばらでいる場所に。

パパの書さいの前まで行ったけど、中にはだれもいなくて、キッチンからママの声が聞こえてきた。「このインタビューからはじめるのがいいと思って……。ええ、わたしたち家族のことを世間の人たちに知ってもらって、なぜこんなことに……だれのせいでこんなことになったのかをはっきりさせるの。とにかく話をはじめて……しつもんをしてもらうってこと。そう……。どんなにひどいことが起こったのか、そう、それだけじゃだめ。みんな、おどろくのは少しのあいだだけで、すぐにわすれて、何もかわらないんだから……。あの人たちのことを話したいのよ。あのふたりのせいで、こんなことになったって。行動を起こすの……。ええ、そう……」それからしばらく、ママはだまって、電話の相手が話すのを聞いた。

「わかった……それがいいかもしれない……。そうね」そのとき、ママが言った。「えっ、ザック？」ぼくは自分が話しかけられたのかと思って、ママに近づいた。「ママ？」と言っても、ママはまだ電話で話してて、さっと立ちあがって広間へ歩いていった。ぼくに話を聞かれたくないみたいに、こっちにせなかを向けてるけど、あまりはなれてなかったから、声は聞こえた。

「ああ、わからない。あの子をまきこんでいいのかどうか……」ママはこっちをふり向き、ぼくがママを見てるのに気づくと、こまった顔をした。

「ママ？」

「そろそろ……行かないと。でも、そうね、ためしにやって、様子を見るのもいいかも。ありがとう。じゃあ、また」ママは電話を切った。「ザック、何？　ママは電話中だって、見ればわかるでしょう。なぜじゃますするの」

「パパはどこ？」ぼくはたずねた。

「仕事よ。仕事に……出かけた」

「ぼくは、行ってきますって、言ってもらってない」目になみだが出てくる。

「ごめんね、ザック。パパに何か用があったの？」ママは言った。

「ママ、『江戸の大火と伝説のりゅう』に出てくる、ひとつめの〈幸せのひけつ〉をおぼえてる？」

ぼくは聞いた。

　ママは目と目のあいだにしわをよせた。「なんだって？」

「マーリンを元気にするために、ジャックとアニーが日本で学んだ、ひとつめの〈幸せのひけつ〉だよ。身のまわりの小さな幸せに気づくことってやつ」

「ねえ、ザック。ママはいま、いろんなことで頭がいっぱいで、あなたがなんの話をしてるのか、わからないの。あとで話すってことでいい？」ママは言うと、ぼくの横を通りすぎてキッチンへもどり、また電話をかけようとした。

そのとき、あつい波がおなかから頭のほうまでわきあがるのを感じた。いかりの波だ。「いやだ！」ぼくは言った。さけび声みたいで、自分でもびっくりしたけど、ママもおどろいたらしく、さっと顔を向けてぼくを見た。「ママとパパといっしょに、ひとつめの〈幸せのひけつ〉をためしたいんだよ。ぼくたちがまた元気になるためには、ためさなきゃいけないんだ。うら庭へ行って、そこにある小さな幸せをしっかり見つければ、もっと元気になれる。あとまわしにしたら、暗くなって、なんにも見えないじゃないか。ぼくは、いまやりたい。いまじゃなきゃだめなんだ！」

なんで、こんなに声が大きくなってしまうんだろう。でも、あついいかりの波が、勝手に口からとび出る。止められないし、止めたくもなかった。さけぶと気持ちがよかったから。

ママはこわい目でぼくを見つめ、すごくしずかな声で言った。「ザック、そんな大声を出すのをやめなさい。いますぐ。何があったのか知らないけど、ママにそんな口のきき方をするのはゆるしません」

心ぞうのどきどきが速くなる。ママを見つめ返してたら、目からなみだがあふれそうになり、ぼくはまばたきをこらえた。

そのとき、「げんかんです！」とお知らせモニターのロボットレディの声がして、ぼくもママもびくっとした。ミミがキッチンへ入ってきて、買い物ぶくろと手紙をたくさんテーブルにおいた。ミミはぼくたちを見て言った。「何かあったの？」

「この家では、みんな、だんだんおかしくなっていく」ママが言い、もう一度こわい目でぼくを見た。それから、電話を持って広間へもどった。

ぼくはテラスへ出て、ドアをバンッと閉めた。そんなふうにしたら気持ちがよかった。階だんをおりて、うら庭へ出た。いかりの気持ちがあるままだと、たぶん〈幸せのひけつ〉をためせないから、心をしずめようとした。小さな幸せをさがそうと思って、まわりに目を向けたけど、ばかみたいになみだがあふれてきて、よく見えない。ばかみたいに雨もふってて、体じゅうびしょぬれで寒い。

ぼくは手をそでの中に入れ、あたりを見まわした。地面は落ち葉でいっぱいだ。茶色、赤、黄色、まだ緑色のもある。リスが木の実をわって、中だけ食べたのこりもある。うら庭の真ん中にある大きな木の皮も落ちてて、皮のもようは、すなはまの写真のすなのもようと少しにてる。小さな幸せになりそうなものをいくつも見つけたけど、いかりの気持ちが消えなくて、幸せな感じにはなれなかった。

「ザック、ここにいたいんだったら、コートを着たほうがいいと思う。体じゅう、びしょぬれだもの」ミミの声が聞こえ、ぼくは家の中へ入って、またドアをバンッと閉めた。ひとつめの〈幸せのひけつ〉は、うまくいかなかった。

26　ニュースを作る

きのう、パパが、あすはテレビ局の人が家に来ると言った。きのうは火曜で、パパが仕事へ行く前、車でぼくを学校へつれてってくれた二日めだった。でも、マッキンリー小学校じゃない。マッキンリー小学校はしばらく使われなくなるから、ぼくがかようのはウォーデン小学校だ。

月曜に、はじめてパパが学校へ行こうと言ったとき、ぼくはあわてた。まだ学校へ行きたくなかったから。みんなはもう学校へもどってて、かよってないのはぼくだけだ。ぼくが行ったら、アンディのこともあるし、みんな、ぼくをじろじろ見るだろう。

「むりはするな」パパは言い、ぼくがその気になるまで行かなくていいとやくそくしてくれた。

「とりあえず学校の前まで行ってみるってのはどうだ」

パパの言うとおりにした。ウォーデン小学校はマッキンリー小学校とにてるけど、校しゃは茶色で、マッキンリーみたいに緑っぽいベージュじゃなかった。右のほうに運動場があって、楽しそうだ。正面げんかんのドアには小さなまどがいくつかあり、マッキンリーのと同じに見えた。あれと同じドアから、チャーリーが止めなかったせいで、じゅうげき犯が入ってきたんだ。チャーリーの息子は死んだけど、べつのじゅうげき犯があのドアから入ってくるかもしれない。

パパに「中へ入りたいか」と聞かれて、ぼくは「入りたくない」と答えた。

「わかった、じゃあ、あすにまた」パパは言って、ぼくたちは車で家へもどり、パパはぼくをおろしてから仕事へ出かけた。

きのう、車で学校へ向かうとき、あすはテレビ局の人が家に来るから学校へは行かない、とパパが言った。ぼくたちにインタビューをしにくるんだ。インタビューでは、ニュース番組に出てるワンダって名前の女の人がしつもんをして、それに答えなきゃいけない。アンディがどうなったかについて話し、それをさつえいして、ニュースで流すんだって。

「じゃあ、みんながぼくたちを見るの？　ニュースで」ぼくはパパにたずねた。みんなにテレビで見られるなんて、ぼくはいやだ。

「いや、みんなじゃないがね。あのな、このインタビューはママにとって大切で……まあ、いまからきんちょうしたって、しかたがない。あす何があるか、つたえておきたかっただけだ。このことは、またあとで話そう。なあ、ニュースのさつえい現場が見られるなんて、わくわくしないか」

学校の前に着いて、パパは車を止めたけど、エンジンは切らなかった。

「でも、パパ」

「なんだ」

「インタビューでは何を聞かれるの。アンディのこと？」

「ああ、そうだな。アンディのことと、アンディが……亡くなったあと、どんな気持ちでいるかってことだろうな。ママがほとんどのしつもんに答えて、インタビュアーと話すことになると思う。たぶんザックも、ひとつかふたつ、ワンダさんから何か聞かれるかもしれない。様子を見ようじゃないか」パパはぼくのほうを向いた。「きょうは中へ入るか」

ぼくは首を横にふった。

「だろうな」パパは言い、車をスタートさせた。

「インタビューでは、本当のことを言うの？」ぼくは聞いた。

「本当のこと？　なんの話だ」

「アンディのことだよ」

パパはぼくをちらりと見て、すぐに前を向いた。「というと？」

「おそう式のとき、パパは、アンディはいつもわたしたちをわらわせ、毎日ほこらしい気分にさせてくれたって言ってたけど、本当はちがうよね」

パパは前を見たまま、ずっとだまってた。家に着いてからも、「先に中へ入ってろ」としか言わない。のどに何かつまってるような声だった。

きょう、朝ごはんのあと、ママに言われたとおりに、かっこいいシャツを着ようと二階へあがり、自分の部屋に入ろうとしたとき、パパとママの部屋から、パパの話す声が聞こえてきた。ドアがちょっとだけあいてたんで、ぼくはそっちへ近づいた。パパがまどのそばに立って、電話で話してるのが見えた。「……わかってる。おれもいいとは思わないさ。やめさせようとしたけど、いまは何を言ってもだめなんだ……。いや……。ああ、わかってるって、母さん。さっきも言ったろう。おれだって、ザックをインタビューなんかに出すべきじゃないと思ってる。なんとかするよ。悪いけど、もう行かなきゃ。もうすぐ来る時間だから」

パパが電話を切りそうなのがわかったから、ぼくはドアからはなれ、音を立てないで歩いて、自分の部屋に入った。シャツを着て、まどのそばにすわり、テレビ局のバンが来るのを見はる。空はきょうも灰色で、あいかわらず雨がふり、道路の横を雨水が川のように流れてる。じゅうげき犯が来てから、毎日毎日、まどから外を見ても、外へ出ても、雨ばかりふってた。

テレビ局のバンが来るのを見はりながら、雨つぶがあとからあとから落ちてくるのを見つめてたら、いつだったか聞いた、雨がずっとふりつづいて、ぜんぜんやまなかったという話を思い出した。地球全体が大きなこうずいに飲みこまれて、人間も動物もみんなおぼれていく。そのとき、ひとりの男の人が大きな船を作り、全部のしゅるいの動物を、オスとメス一ぴきずつ船に乗せたんで、こうずいのあと、それぞれの動物が新しい生活をはじめ、ぜつめつしなかったって話だ。ぼくは道路の横を流れる川を見ながら考えた。あとどれくらいの雨がふれば、地球じゅうの生き物がおぼれるくらいになるんだろう。それとも、船を作り、こうずいのあとで、新しい生活をはじめるんだろうか。

テレビ局のバンは、朝ごはんのあと、すぐに来ることになってたのに、なかなか来なかった。ずいぶん長く待って、このまま来なきゃいいと期待しはじめたとき、やってきた。見えたとたん、すぐにテレビ局のバンだとわかった。車の屋根に大きなまるいアンテナが立ってたからだ。バンはぼくの家の前で止まった。横に大きな赤い字で「ローカル4」と書いてある。その後ろに、何台かつづけてほかの車が止まった。バンの片がわのドアがふたつ開き、中から何人か出てきて、ぼくの家のほうへ歩いてきた。すぐに、げんかんのベルが鳴った。

インタビューに答えなくてすむように、このまま二階にかくれてたかったけど、どんなふうにニュースを作るのかを見たい気もした。パパだって、ニュースのさつえい現場が見られるなんて、わくわくしないか、と言っていた。こうき心（知らないことをもっと知りたいと思う気持ちのことをそう言うんだ）がわいてきて、いま自分がそんな気持ちでいることが、なんだかおかしかった。二日前に、こうき心のことを読んだばかりだったからだ。「マジック・ツリーハウス」シリーズの三十八かん『ダ・ヴィンチ空をとぶ』のさいごで、ジャックとアニーは、こうき心を持つことがマーリンを元気にするためのふたつめの〈幸せのひけつ〉だと気づく。

パパはさっきの電話で、ぼくがインタビューに答えなくてすむように、なんとかすると言ってたけど、こうき心がぼくに向かって、テレビ局の人がここで何をするのかを一階へ見にいけと言った。だからおりていくと、パパが真っ赤な短いかみの女の人とぼくをあくしゅさせた。女の人はティーナって名前で、大きなネックレスをしてるみたいにヘッドホンを首にかけてる。パパが、ティーナさんはプロデューサーだって教えてくれて、プロデューサーってどういう意味かわからなかったけど、ティーナさんはボスみたいに、いろんなものをどこにおくのかをみんなに指図してた。ぼくは客間のドアのそばに立って、それをじっと見てた。

「くそっ、すげえ重いな、これ」男の人が言った。上から下まで黒い服を着て、長くて黒いかみをポニーテールにむすび、まばらだけど長いあごひげを生やしてる。コーヒーテーブルをおして、客間のはしっこへ動かそうとしてたけど、あのテーブルは大きな長四角の石が乗せてあって、すごく重いんだ。ぼくだったら、きっとびくともしない。ティーナさんが、ドアのそばに立ってるぼくのほうへ手を向けた。「デクスター、気をつけて」

「おっと、ごめんよ」男の人はぼくにウィンクして、またテーブルをおしはじめた。「くそっ！」と男の人が小声で言うのが聞こえて、ぼくはちょっとわらった。

ほかの人たちは、バンと家を行ったり来たりして、下に小さな車りんのついた大きな黒い箱や、いろんなものを乗せた車りんつきのテーブルを運んでた。客間に物がたくさん来て、ゆかに車りんのぬれたあとがつく。全部の家具を部屋のはしっこへ動かさなきゃいけなくて、デクスターがそれをやってた。

「やあ、こっちへ来て、やってみるかい」デクスターがぼくに手をふった。コーヒーテーブルを動かし終わったデクスターは、ソファーの前にカメラをセットしてた。ソファーはもともとあった場所のままだ。カメラは二台あって、デクスターはカメラを三本足の台に乗せてるところだった。

「ほら、こんなふうに、カメラを横向きに乗せて、カチッと音がするまで動かす。やってごらん」

デクスターはカメラをはずして、ぼくにわたした。大きいカメラだ。ぼくの家にあるやつよりずっと大きいし、それに、うちのカメラは、ひもにつけて首からさげてるときしか、ぼくはさわらせてもらえない。このカメラは前のほうに長いつつがとび出してて、横にボタンがいっぱいついてる。台に乗せようとしたけど、すごく重い。手から落ちそうになったとき、デクスターが、さっとつかんでくれた。「よし、いっしょにやろう!」

デクスターはいい人だった。きみはじゅんび係の助手だぞ、と言って、いろんな道具をどう使うのか教えてくれた。せの高いマイクスタンドが何本かあって、マイクの先はリスのしっぽみたいにふさふさしてる。ライトもいっしょにじゅんびして、三しゅるいのライトを、インタビューのときに光がうまく当たるように、ぴったりの場所においた。ケーブルもあちこちに走ってる。ぼくは、だれもつまずかないように、ケーブルをテープでとめる係をまかされた。デクスターがとなりにしゃがんで、黒いテープを小さくちぎり、ぼくにわたしてくれた。

「お兄さん、かわいそうにな」デクスターが言った。テープをちぎり、ぼくがそのテープをケーブルの上にとめていく。

「そうだね」ぼくは言った。

「ひどい話だな」

「うん」

テープをとめ終わると、いっしょに立ちあがり、客間を見わたした。様子がすっかりかわった。

「どう思う」デクスターはたずねた。

「かっこいい」

「さいこうだよ」デクスターは、ぼくのせなかをぽんとたたいた。

そこへ、ティーナさんとママ、それにインタビュアーのワンダさんが入ってきた。テレビで見たことがあったから、すぐにワンダさんだとわかった。テレビに出てる人を目の前で見るのははじめてだ。ママは古いよそ行きの服を着て、こいおけしょうをして、口べにもぬってる。ぼくが、おばあちゃんみたいに口べにをぬるのはすきじゃないって知ってるから、いつもだったらママは口べにをつけないのに。ママはソファーにすわった。

デクスターがライトの場所を少しかえ、ほかの人が、ぼくとデクスターがならべたカメラやマイクを少しいじった。ワンダさんがソファーの前のいすにすわると、カメラが一台、ぐんと近づいた。

「さあ、メリッサ。じゅんびができた。わたしを見て、カメラは見ないこと。おねがいね」

ママはひざの上で手をぎゅっとにぎりしめてる。

「それから、ソファーの真ん中へずれてくれないかしら。ご主人と息子さんが、あとで両わきにすわれるように」ぼくは、あとでソファーにすわるのなんかいやだって、ママに言いたかった。カメラがこっちを向いて、ライトが当たって、インタビューに答えるなんて、いやだ。パパだって、ぼくが出ないようになんとかするって言ってたのに。

「ママ」ぼくは言った。

ママは顔をあげたけど、ライトが目に当たってるせいで、ぼくが見えないみたいだった。

「ママ?」ぼくはもう一度言った。かたに手がおかれたんで、ふり返ると、ティーナさんがにこにこして、ぼくを見ていた。

「ねえ、こっちへ来て、しばらくキッチンでパパといっしょにいてくれる?」

ぼくとパパがキッチンのスツールにすわったとき、ワンダさんのインタビューがはじまった。男の人が大きな声で「本番! しずかに!」と言って、ほかの人が「しーっ」と声をそろえるのが聞こえた。パパはスツールにすわったまま、おばあちゃんみたいに、せすじをぴんとのばし、わざとまじめな顔をして、口のファスナーを閉じるふりをした。

27　ニュースをぶちこわす

パパといっしょにキッチンのスツールにすわってるのは、気持ちがよかった。なんだか、ふたりでいけないことをして、アンディみたいに気持ちを落ち着かせてるような感じだった。そのあいだは、外へ出ないで、ずっとしずかにすわってなきゃいけない。パパが何度か、たいくつでねむってしまったふりをして、ぼくはわらった。キッチンカウンターに乗せてたひじに、あわてて口をおしつけたから、わらい声はもれなかった。

ティーナさんがキッチンに来て、パパとぼくの楽しい時間は終わった。「さあ、おふたりの出番よ」パパはティーナさんのあとについて客間へ入り、ぼくはパパが、ザックはインタビューには出ませんと言ってくれるのを待ったのに、パパは何も言わなかった。

客間の中で、ママは泣いたときみたいに顔を赤くしてたけど、泣いてはいなかった。

「ジムはこっちに、ザックくんはママの横のここにすわってくれる？」ティーナさんはソファーのママのとなりを指さした。

パパがすわったから、ぼくもすわった。客間にいる人みんながぼくを見てるのがわかったし、カメラはとくべつ大きな目でぼくを見てるみたいだった。

「ザックくん、カメラは見ないでもらいたいの。わたしのほうを見てくれる？」ワンダさんが言った。見ると、ワンダさんのくるんとした黒いかみにライトがあたって、ぬれてるみたいにきらきらしてたけど、ぼくの目は、またカメラのほうへ向いてしまった。「ザックくん、ねえ……ザックくんにカメラを見ないように言ってくださらない？」ワンダさんはママに言った。やさしい言い方じゃなく、顔もおこってるみたいだった。

「ザック、さあ、言われたとおりに……」ママの声もやさしくなかった。ぼくはカメラを見ないようにしたけど、どうしても目がそっちを向いてしまう。「ザック、やめなさい！」ママがぼくの足をぎゅっとにぎった。強くつねられたみたいで、いたくて目になみだがうかぶ。

「メリッサ……」パパが口を開いた。

「こっちだ、ザック！」いつの間にかデクスターがワンダさんの後ろにいた。両ひざをゆかについてるから小さく見えて、なんだかへんな感じだ。デクスターはぼくにウィンクをしてほほえんだ。「おれを見てたらどうだ。よければここにいるから。少しのあいだだけ、おれに目を向けてくれないか」ぼくは、うんとうなずき、なみだも消えた。

「よかった。これでいけそうね。さあ、はじめましょう」とワンダさんが言い、カメラのとなりにいた男の人が、さっきみたいに大きな声で「本番！　しずかに！」と言うと、みんなが「しーっ」って声をそろえた。いっしゅん、しずかになったあと、ワンダさんが話しはじめた。

「ジム、セント・ポール教会でアンディくんについてのじょうほうを待ってるときに、亡くなったことを知ったんでしたね。そのときのことを話してくださいませんか」

パパは少し時間をおいてから答えた。「ええ、わかりました。わたしは……じゅうげきのあったあと、生徒たちと家族が集まった教会にのこりました。けいさつから……ゆくえのわからない子どもたちの最新じょうほうが発表されるのを待つためです。メリッサはザックをつれて、ウェスト・メディカル病院へ向かいました。アンディがそっちへ運びこまれていないかをたしかめるために……」パパはせきばらいをして、だまった。

「教会の様子をくわしく話してもらえますか」

「はい」パパは言った。「すっかり人がいなくなってしまって。はじめは自分の子をさがしにきた親たちでごった返していたのですが、そのうちに、ほとんどの家族が帰り、のこったのは、わたしをふくめて、わずかな人だけでした。病院にいるメリッサからもれんらくがなく、ただ知らせを待つのは……つらいことでした。死者が出たと聞いていましたし、アンディのゆくえはわからない……どうしても悪いほうへ考えてしまいます。ただただ待ちつづけました」

「アンディくんがひがい者のひとりだということは、どうやって知ったんですか」

「やがて、教会のかんけい者が入っていらっしゃったのです。司祭とラビと……それに、教頭のスタンリー先生もごいっしょでした。それを見たしゅんかん、わかりました。すぐに」

ぼくは動かないで、デクスターを見つめてた。デクスターもぼくを見つめてて、長いあごひげがふるえてるのがわかった。

「そのあと、メリッサとザックに悪い知らせを持っていったんですね」ワンダさんは言った。ふつうは知らせを「つたえる」と言うのに、「持っていく」なんて、へんな言い方だな、とぼくは思った。

パパはまたせきばらいをした。「はい。ウェスト・メディカル病院まで車で行って、待合室にいるふたりを見つけました。わたしの顔を見て……メリッサはすぐにわかったようでした」パパが病院に来たときのことや、そのときのパパの顔や、ママが泣きわめいて、パパをぶって、吐いてしまったことをぼくは思い出した。のどがすごくいたくなってくる。

「ザックくん、そのときのことをおぼえてるかしら。お父さんが病院に来て、お兄さんのことを知らせたときのことを」とつぜん、ワンダさんが話しかけてきて、ぼくが話す番がこんなに急に来るなんて知らなかったから、体じゅうがあつくなった。何を聞かれたのかもわすれてしまった。

「ザックくん？」ワンダさんはもう一度言った。「お父さんがお兄さんのことを知らせたときのことを話してくれる？」ワンダさんの声は、さっきとちがってやさしかった。

「はい」ぼくは小さな声で言った。のどがまだいたくて、うまく話せない。赤いジュースが首から顔へのぼってきて、どんどんあつくなる。部屋じゅうの人がぼくを見てるし、さつえいもしてるから、みんながテレビでぼくを見ることになるんだ。デクスターが声には出さないで、くちびるだけ動かして「だいじょうぶだよ」と言ったけど、ぼくはだいじょうぶじゃなかった。

「ザックくん、話してくれる？」ワンダさんがまた言った。ぼくは赤い顔を見られたくなかったから、ひざを見つめた。赤いジュースがさがっていくのを待ちたかった。

「話したくない」ぼくは言ったけど、ささやくような声しか出なかった。

「えっ、なんと言ったの？」

ぼくはひざを見つめつづけたけど、そのとき、いかりの気持ちがおなかからわいてくるのを感じた。ばかなしつもんを何度もするな。ぼくは話したくないんだ。

ママがひじでぼくのわきをつついた。「ザック？」

自分でも何が起こったのかわからなかった。ただ、いかりの気持ちがばく発したんだ。ハルクみたいに。「話したくない！　話したくないんだ！」ぼくは何度もさけんだ。

「わかった。なら、話さなくても……」となりにいるママはそう言って、ぼくにうでを回そうとしたけど、ぼくはそのうでをはらいのけた。もうおそい。ハルクはいかりをばく発させて、まだおこってるんだ。部屋じゅうの人が、デクスターまでもが、ぼくをじっと見てて、ぼくの目から、ばかみたいになみだがあふれる。

「ぼくを見るな！」ぼくはさけんだ。さけぶと気持ちがよかった。部屋を見まわすと、みんなはまだぼくを見てて、それだけじゃなく、カメラもこっちを向いてる。こんなふうに、おこってさけんでるぼくのすがたが、テレビで流れるんだ。そう思って、ぼくはワンダさんのとなりにあるカメラのそばまで歩いていき、カメラをけとばした。カメラはぐらりとゆれ、男の人がさけびながらおさえようとしたけど、間に合わなくて、ものすごい音を立ててゆかにぶつかった。部品がとびちり、カメラはこわれてしまった。

いきなり、だれかがぼくをだきあげて、ぎゅっとおさえつけたんで、ぼくは動けなくなった。見ると、おさえつけてるのはパパで、ぼくはわめいた。「はなせ！　はなせよ！」でも、パパははなさなかった。ぼくをかかえたまま、客間を出て二階へあがり、そのあいだずっと、ぼくはわめきつづけて、パパをけとばそうとした。

パパはぼくをベッドにねかせたけど、ぼくをうででおさえつけたままだった。ぼくはわめくのも、けとばすのもやめて、泣きさけんだ。そうしてると、いかりの気持ちがだんだん消えていった。

28　トリック・オア・トリート

「トリック・オア・トリート。足のにおいをかげ。おいしいものを食べさせろ！」

暗やみの中で、ぼくは階だんにすわって、外のわらい声やさけび声を聞いてた。ハロウィーンは、ぼくが気に入ってる祝日だ。そう、たぶん一番はクリスマスだけど、ハロウィーンが二番なのはまちがいない。トリック・オア・トリートをしにいくのが大すきで、毎年、新しい衣しょうを買ってもらう。一年じゅう、こんどのハロウィーンには何を着ようかと考えてるけど、ぼくが意見をころころかえるから、ママが衣しょうを買ってくれるのはいつもハロウィーンのすぐ前だ。

今年は、ぼくの家じゃハロウィーンをやらない。新しい衣しょうも、トリック・オア・トリートもなしだ。少しくらいやってもいいとパパが言ったけど、二年つづけてアイアンマンをやるのはいやだし、それにアイアンマンのズボンは大きくやぶけてる。今年はルーク・スカイウォーカーの衣しょうにするつもりだった。それで決まりだと思ってた。

もう何回か、ほかの子がぼくの家のげんかんに来て、ベルを鳴らした。げんかんポーチの明かりは消してあって、それがおかしを配らない合図なのに。それに今年は、ハロウィーンのかざりつけをぜんぜんしてないから、見ればわかるはずなのに。

ぼくの横には、さっきミミが持ってきてくれた、おかしの入ったボウルがある。外でトリック・

オア・トリートがはじまったとき、ぼくはパパといっしょに階だんにすわってて、さいしょにげんかんのベルが鳴ったときは、ドアをあけた。

「ハッピー・ハロウィーン！」と、目の前に立ってる小さい子たちが大声で言い、その後ろでお母さんたちも思いっきりわらってた。こっちは「ハッピー・ハロウィーン」って気分じゃなかったし、みんながわくわくしてるところなんか見たくなくて、また、おなかから、いかりの気持ちがわきあがった。

「ほら、ひとつだけだよ」ぼくは小さな子たちに冷たく言って、キャンディーの入ったボウルをつき出した。後ろにいるお母さんたちの顔から、わらいが消えた。みんながいなくなったあと、パパが「やめたっていいんだぞ」と言い、家の中の電気も全部消すことにした。パパはぼくのとなりにすわってたけど、しばらくすると、書さいへもどった。

「トリック・オア・トリート！」まただれかが家の前で声をあげた。ぼくは二階へのぼり、ひみつ基地に入った。ねぶくろの上にすわり、バズのかい中電灯のまるい光をぼくとアンディの写真へ向ける。

「ハッピー・くそったれ・ハロウィーンだよね」ぼくはアンディに言った。

去年のハロウィーンの夜は、けんかになった。パパはおそくまで仕事で、トリック・オア・トリートには間に合わなかったから、暗くなる前にママがぼくとアンディといっしょに行った。ママはいつものように、むらさき色のまじょのぼうしをかぶり、アンディはゾンビのこわいふく面をつけてた。

二けんめの家のあとで、ジェームズや同じ学校の子たちにばったり会った。みんな子どもだけで来てて、エリクソン・ロードにある家を全部回るつもりだと言った。アンディはママに、自分も行かせてくれとたのんだ。そこへリッキーとリッキーのママも来て、リッキーもアンディと同じように行きたがった。ママはアンディに、だめよ、家族で回らなくちゃ、と言ったけど、リッキーのママはリッキーに、そうね、もう大きいんだから子どもだけでもだいじょうぶよね、と言ったから、ママもアンディを行かせた。ママはすごくおこった顔をしてた。

アンディは外が真っ暗になっても帰ってこなくて、ぼくとママは外へさがしにいこうとした。そのとき、「さあ、もらったものを見せてやろう!」と言いながら、アンディが家へかけこんできた。ママがおこった顔のまま後ろを向き、夕ごはんを作りにキッチンへ向かったことに、アンディは気づかなかった。

ぼくたちは、手に入れたものを全部見ようと、ふくろの中身を客間のカーペットへぶちまけた。アンディは「おれのとまざらないように、おまえのはこっちがわにおけ」と言い、自分のおかしの山をおして、ぼくのから遠ざけた。アンディのおかしの山は大きくて、ぼくの山の二倍はあった。アンディのほうが長く外にいたからだし、本当はひとつしか取っちゃいけないのに、いつももっとたくさん取るからというのもあった。

「すっげえや。M&M'sのでかいパックがたくさんあるぞ! 一、二、三……十こはありそうだし、ちっちゃいパックもいっぱいだ!」アンディが言った。M&M'sはアンディの大こうぶつだ。ピーナッツが入ってるのもあるから、ぼくは食べさせてもらえない。アンディは自分のまわりに、おかしのしゅるいごとの小さな山を作りはじめた。M&M's、トッツィー・ロール、スキットルズ、キットカット……。アンディはおかしを分けながら、小さいチョコレートバーをずっと食べつづけてた。「ミニサイズ」と書いてあって、すごく小さいからふた口で食べられるやつだ。アンディはママに気づかれないように、つつみ紙をポケットにつっこんだ。

ぼくもおかしを分けることにした。「これ、ひとつもらってもいい？」ぼくは目玉の絵がかいてあるボールの形のおかしを持ったけど、どんなおかしなのかは書いてなかった。アンディはそばまで来て、ぼくからそれを取りあげた。「中身がわかんないな。だから食べちゃだめだ」アンディは言い、目玉のおかしを自分の山へほうり投げた。「これはおまえにはむりだ。それに、これも、これも……」アンディはぼくの山から、つぎつぎとおかしを取りはじめた。

「ねえ、やめて！」ぼくはさけんだ。「ぼくのなんだから。取らないでよ！」

「アンディ！」後ろから声がした。パパだった。パパが仕事から帰ったのに気づいてなかったから、ぼくたちはびっくりした。「ザックのおかしをはなせ！」パパはこっちへ来ると、アンディのうでをつかんで強く引っぱった。アンディの手からおかしが落ちた。

「何をやってる。おまえの山はこんなにでかいじゃないか。ザックのを見てみろ。なんで弟のものを取るんだ」

「取ってなんかいな――」アンディが言い返そうとすると、口答えしたことにパパはもっとおこった。パパは、うそをつくな、と言い、アンディのうでをつかんで、客間から引きずりだそうとした。

そのとき、ママが客間に来た。「ジム、アンディをはなして。何してるの」ママは言って、アンディの反対のうでをつかんだから、パパとママがアンディをはさんで、両がわからアンディを引っぱろうとしてるみたいなかっこうになった。

「こいつの部屋へつれていくんだよ。ふつうに言い聞かせるぐらいじゃだめだ」

「こういう場合、そんなやり方じゃだめよ」ママが言い、アンディの頭の上でパパとにらみ合った。

「だったら、どんなやり方がいいか言ってみろ、メリッサ。なんでもよく知ってるんだろうから」パパは言って、アンディのうでをはなした。「家族とハロウィーンをすごそうと、急いで帰ってきたのに、このざまだ」パパはろうかへ出て、げんかんのドアをバンッと閉めた。少しして、アウディのエンジンがかかり、家の前から出ていく音が聞こえた。

「おまえを助けてやったんだぞ、くそガキ」アンディが言い、ぼくを強くおした。

「アンディ、もうやめなさい」ママはアンディを落ち着かせるために二階へつれていった。

ぼくはかがんで、アンディが落としたおかしを拾った。リーシーズとバターフィンガーだ。両方ともピーナッツが入ってた。

去年のハロウィーンとけんかのことを思い出しながら、ぼくは写真のアンディの悲しそうな顔を見た。アンディに話しかけたい気持ちがわいてくる。本当はぼくがピーナッツの入ったおかしを食べないように助けてくれたのに、ぼくのせいでおこられて、ごめんね。でも、声に出して言わなかったから、その言葉は頭の中だけでひびいた。

29　雪とミルクシェイク

　ハロウィーンのつぎの日の朝、雪がふりだして、びっくりした――まどから見えるのが雨じゃなくて、雪だったんだ。空は白く、雪がひらひらと落ちてくるせいで空気まで白く見えて、雨のせいだった灰色がすっかり消えた。じゅうげき犯が来てから何週間ものあいだ、毎日、雨、雨、雨だったのに、それがとつぜん、冬にもなってないのに、雨の代わりに雪がふるなんて。きょうはまだ十一月一日だ。

　きょうもママはベッドにいなかった。いかりの気持ちが強すぎて、ベッドでゆっくりねむれないらしい。はじめはずっとねむってばかりだったのに、いまはぜんぜんねむってないんだ。パパはベッドにいたから、雪がふってるとつたえようとしたけど、ねがえりを打って、反対を向いてしまった。ねむそうな声で「もう少しねかせてくれよ」と言ったから、ぼくはママをさがしに一階へおりることにした。ママは客間にいて、ソファーにクッションをきれいにならべてた。

「ママ、雪がふってる！」

　ぼくは客間のまどのほうへ行き、空からふる雪が落ち葉の上にかかっていくのをじっと見た。

「知ってる」ママは言った。「ようやく雨がやんだ。でも、あまりこうふんしないで。たぶん、つもらないから」

「うん、だけど、もしつもったら、そりをしにいってもいい?」

「つもらない。期待しないほうがいいって。どっちにしても、ママはきょう、いそがしいの」ママは言い、客間から出た。「あっ、そうだ、ザック」キッチンからよんだ。「朝食がすんだら、着がえてちょうだい。少ししたらお客さんが来ることになってるから、それまでにしたくをすませたいの」

「だれが来るの?」

「ママが話したい人たちよ」

二階で着がえて下へおりたとき、ちょうどげんかんのベルが鳴った。ドアをあけると、リッキーのママがいて、きょうはコートを着てたけど、あいかわらず寒そうで、顔は青白かった。鼻やほっぺに赤茶色の点がたくさんあり、かみの毛には雪がついてる。かみは顔の点と同じ赤茶色だけど、根もとのほうは灰色だ。この前ここに来たとき、もう来ないでくれとパパに言われたのに、また来たんだ。パパはおこるかもしれない。

ママはぼくの後ろから来てポーチへ出ると、リッキーのママをだきしめた。しばらくのあいだ、ふたりはだき合ってた。リッキーのママの赤茶色のかみと、うちのママのつやつやした茶色のかみがくっついてる。ぼくは階だんを見あげた。ぼくがおりてくる前、パパはシャワーをあびてたから、まだおりてこないし、リッキーのママに会わないですむだろう。

「ナンシー。さあ、入って。客間へ行きましょう」ママが言い、ふたりはぴったりならんでソファーにすわった。

ぼくがふたりの真ん前のいすにすわると、二秒ぐらいして、ろうかからパパの声が聞こえた。

「おい、ザック、これから……」パパは客間へ入ってきて、リッキーのママがうちのママといっしょにソファーにすわってるのを見た。パパの足が止まり、言葉がゆっくりになる。「……買い物へ行かないか」でも、パパはぼくじゃなく、ゆうれいか何かを見るみたいに、リッキーのママを見つめてる。リッキーのママもパパを見つめ返し、あごが上へ下へとふるえてる。

「どういうことだ」パパは言った。

「まあ、ジム、ずいぶんな言い方ね。ナンシー・ブルックスをおぼえてるでしょ」ママが言ったとき、げんかんのベルがまた鳴った。「あ、ほかの人たちも来た」ママは立ちあがり、客間から出てドアをあけにいった。

パパはリッキーのママへ二、三歩近づき、立ち止まってぼくのほうを見た。「どういうことなんだ」パパは小声でリッキーのママにたずねた。

「メリッサが、その、電話をくれて」リッキーのママが言った。思いっきり走ったあとのように、息が切れてる。「ここによんだのよ。ほかにも何人か……ひがい者の親を。いっしょに話し合いましょうって」

ろうかから話し声が聞こえてきた。

「話し合う？」パパが言った。「何を話し合うんだ。で、わかったと言って、ここへ来たと？」

そんな言い方をしたら、相手がおこるんじゃないか、とぼくは思った。リッキーのママはパパのしつもんに答えたけど、その声はもう息切れしてるみたいじゃなかった。「そうよ、ジム、わかったって言った。メリッサが……これからわたしたちがどうすべきか、話し合いたいって言うのよ。チャールズの親に……せきにんをとらせるために、何かできないかって。メリッサの言うとおりだと思った。それはそれで……」

「さあ、みんな、入って、すわってちょうだい」ママが客間にもどり、パパは少しあとずさった。ママの後ろから女の人が三人と男の人がひとりやってきて、ソファーやいすにすわった。「おたがいのことは知ってる?」

知ってると答えた人もいれば、知らないと答えた人もいたから、ママがみんなをしょうかいした。「ナンシー・ブルックス——リッキーのママ。ジャニス・イートンとデイブ・イートン——ジュリエットのママとパパ。ファラ・サンチェス——ニコのママ。ローラ・ラコンティ——ジェシカのママ」ジュリエット、ニコ、ジェシカは三人ともアンディと同じクラスで、じゅうげき犯にころされた。三人の写真をテレビのニュースで見たおぼえがある。

「そして、わたしの夫のジムと、もうひとりの息子のザックよ」ママはパパとぼくのほうへ手を向けた。パパは何も言わないで、だれともあくしゅをしなかった。

「何か持ってくる? 飲み物でも」ママがたずねると、水がほしいと言った人が何人かいたから、ママはキッチンへ向かった。ママが出ていくと、部屋はすごくしずかになった。リッキーのママはパパをじっと見つめてる。その顔はとても悲しそうだった。ママが水の入ったグラスの乗ったトレーを持ってもどり、グラスをコーヒーテーブルにおいた。「さて、じゃあ、はじめましょうか」ママが言った。「ジム、悪いんだけど……」ママはぼくのほうへ顔を向けた。

パパはママを少しのあいだ見つめてから言った。「来い、ザック、行くぞ」

このままここにいて、ママとほかの人たちが何を話すのか聞いていたかったけど、パパはもう一度、「来い、ザック」とはっきりと言った。ぼくは立ちあがり、パパのあとから客間を出た。「二階からセーターを取ってきてやる。外は寒いからな」パパは言い、階だんをのぼっていった。「くつをはいて待ってろ」

　中の話し声が聞こえるように、ぼくは客間のドアのすぐそばにすわって、くつをはいた。

「……いま、どんなじょうほうがあって……どんなじょうほうが足りないのか、まずは整理しましょう。そして、何より大切なのは」ママの声だ。「わたしたちがみんな同じ考えなのかどうか、かくにんすることよ。ここにいる人たちは全員、今回のことで……行動を起こすということでまちがいないのね」

「はい」とか「ああ、そうだ」とか、みんなが言った。

「よかった。こうしてみんなで集まって、意見をこうかんし、あのふたり、ラナレスふさいとどう向き合うかを相談したらいいんじゃないかと思ったの。まずは、世の中の人たちにわたしたちの考えを聞いてもらうことからはじめましょう。ワンダ・ジャクソンのインタビューはそのひとつ。そして、ふたりに対して、法にのっとった形で行動を起こし――」

「ザック、こんなところにいちゃだめじゃないか！」いつの間にかパパがぼくのとなりにいて、ぼくのスパイ活動はそこで終わりになった。

　パパは家の前からすぐにアウディを発車させ、大きな道でスピードをあげたんで、エンジンがうなり声をあげた。角を曲がると、パパはスピードを落とし、ミラーにうつったぼくを見た。「よるところが二か所ある。クリーニング店と、そのすぐとなりの酒屋だ」パパはぼくに言った。「そろそろ昼食の時間だな。用がすんだら、あのレストランでも行くか」

　レストランのちゅう車場に着いたとき、雪がまだちらちらふってた。つかもうとしても、手にふれたとたん、とけてしまう。店に入って、ボックス席にすわった。ここはぼくのすきな席で、なぜかと言うと、通りの向こうのガソリンスタンドがよく見えるからだ。そのガソリンスタンドは車のしゅうりもしてるから、車を持ちあげて、その下に入り、しゅうりをしてるところも見ることができる。

店長のマーカスがぼくたちの席に来た。週末に家族でよく朝ごはんを食べにくるから、マーカスとは知り合いだけど、ここしばらくは食べにきてなかった。

「やあ、ジム」マーカスがパパに言った（マーカスがパパの名前をよぶと、いつも「ジーム」と聞こえておもしろい）。マーカスは、ぼくのことを「やあ、ボブ」とよぶ。本当はそんな名前じゃないと知ってるのに、いつもジョークでそう言って、自分のジョークに大わらいする。だけど、きょうのマーカスは、悲しそうに少しほほえんだだけだった。

「ジーム、息子さんのこと、本当にざんねんだ。心から、おくやみを言うよ。ここにいるみんなから」マーカスは店の中へ向けて手を大きく動かした。たくさんの人がこっちを見てる。「きょうのランチはおれのおごりだ。それぐらいさせてくれ、ジーム」マーカスはパパのせなかを軽くたたいた。

「ああ……その……すまないな、ありがとう」パパは言い、ちょっとはずかしそうな顔をした。みんながぼくたちを見てるから、ぼくもはずかしかった。

ぼくたちは同じものを注文した。チーズバーガーと、フライドポテトと、チョコレート味のミルクシェイク。ママがいっしょのときは、ミルクシェイクをたのめないけど、パパはこう言った。

「まあ、きょうはママがいないしな。雪がはじめてふった日には、ミルクシェイクがいちばんだ」

料理が運ばれてくるのを待つあいだ、ガソリンスタンドではたらく人や、ひらひらと落ちる雪をながめた。ほとんど何も話さなくて、そんなふうにすわってるのが気持ちよかった。料理が来て、ぼくがさいしょにやったのは、フライドポテトをミルクシェイクにつけることだ。パパはそれを見て、にこにこした。

「パパ」

「なんだ」

「なぜママは、ぼくの家で話し合いをするの？　チャーリーのことで」

パパはチーズバーガーをつかんで食べようとしてたけど、お皿へもどし、紙ナプキンで手をふいた。「そうだな……。つまり、ママはアンディのことでとても悲しんでるだろう？　ママだけじゃない、みんなもだ。おまえも、パパも……」

「うん」ぼくは言った。

「そう、ママはな……。もしチャーリーズ……犯人が……チャーリーの息子が、ふだんからちがうすごし方をしていたら……あんなことにはならなかったんじゃないかと思ってるんだ」

「ちがうすごし方って？」

「ああ、どう説明したらいいかな」

ぼくはパパを見つめながら、もっとくわしく話してくれるのを待った。

「うん、つまり、犯人は、チャールズは、病気だったんだ。行動に……問題をかかえててな。わかるか」

「どんな病気だったの。アンディと同じようなやつ？」

「いや、そうじゃない。いつもとても気分がふさいで……苦しくなる病気だ。そしてチャールズは、何が現実か、何が本当か、わからなくなってしまったんじゃないかと思う。何が正しくて、何がまちがってるかを。くわしくは知らないが」

「だからチャールズはアンディやほかの人をうったたってこと？　まちがったことだとわからなかったから」

「なんとも言えない。だが、こういう考え方の人もいるんだ。チャールズの家族は、チャールズが……きけんなことをするかもしれない、人をきずつけるかもしれないことに気づくべきだった。だから、てきせつなちりょうを受けさせるべきだった。そうすれば、あんなことが起こるのを止められたはずだってな」

「チャーリーは知ってたと思う？　自分の息子があんなことをしそうだって」ぼくはケチャップのボトルをつかんで、ぼくとパパのお皿へしぼり出した。

「ありがとう」パパは言って、フライドポテトにケチャップをつけた。「いや。知らなかったんじゃないかな。ただ、チャーリーもおくさんも、チャールズに対して、すべきことをじゅうぶんにはしてなかったと思う。たぶん、現実とうひをしてたんだろう。わかるか」

「現実とうひって、どういうこと？」

「そうだな……つまり、チャーリーとおくさんは、おそらく息子におかしなところがあると気づいてたのに、それをみとめようとしなかったってことだ。どうしたらいいか、わからなかったのかもしれない」

「それがいけないことなんだね」

「ああ、そうだ」

「だから、ママはおこってるの？」

「ああ」

「それでママは、チャーリーたちをこまらせようとしてるの？　チャーリーはけいむ所に入れられるの？」

「いや、その……そんなことはないと思うが」

「よかった。だって、そんなの、まちがってるよ。ぼくはそう思う」

「まちがってる？」

「うん」ぼくは言った。「あっ、ほら、見て。ぼくの勝ちだ」ぼくは自分のお皿からいちばん長いフライドポテトを持ちあげた。どこかへ出かけて、フライドポテトのついた料理をたのんだとき、アンディといつもやるゲームだ。どっちのお皿にいちばん長いポテトが入ってるかで勝ち負けを決める。

「えっ？　うそだろ！　ああ、すごく長いな」パパは言って、自分のお皿の中をさがしはじめた。「でも、これにはおまえのポテトも負ける」そう言ってポテトを持ちあげたけど、ぼくにはすぐ、パパがずるをしてるのがわかった。二本のポテトをつなげて、長く見せてる。アンディも同じことをよくやった。ぼくとパパはわらったけど、顔をあげると、たくさんの人がこっちを見てたんで、わらっても、もう楽しい気分にはなれなかった。

30　ハルク

ハルクは、本当はおこるのがすきじゃない。ハルクはアベンジャーズの一員で、ぼくの持ってるアベンジャーズの本にも出てくる。ぼくはアベンジャーズのヒーローたちが大すきで、全員がぼくのスーパーヒーローだ。みんな、悪者と戦い、たくさんの人を助ける。ハルクの本当の名前はブルース・バナーで、実は人間だ。ブルースは科学者で、ばくだんを作ってるとき、ばく発事故にまきこまれ、そのせいでハルクにへんしんするようになった。

だから、ブルースの中には、正反対の人間がふたりいるような感じだ。科学者のときはものしずかで、やさしいけど、おこると体も声も大きいハルクにかわる。ブルースはハルクになりたくないけど、自分ではコントロールできない。だから「ハルク・スマッシュ！」とさけんで、大あばれする。

いまのぼくは、そんなハルクとにてる。ふつうのザック・テイラーでいい子にしてても、ちょっとしたことがきっかけで、いじわるでおこりっぽいザック・テイラーになってしまう。前のぼくだったら、思いどおりにできないときや、アンディがいやなことをしたときにだけ、少しおこったけど、いまのぼくのおこり方はそんなものじゃない。

ハルクになるときは、自分でもびっくりする。それはいつの間にかしのびよってきて、ぼくに乗り移るから、気づいたときには、まったくちがうぼくにかわってて、もうどうにもできない。はじめになみだが出るけど、ふつうのなみだじゃなくて、あついなみだだ。あつい、いかりのなみだ。それから、体じゅうがあつく、はちきれそうになり、それをおさえきれなくて、ぼくはさけび、ひどいことをしてしまう。

きょう、ザック・テイラー・ハルクは二回出てきた。一回めは、朝、一階へおりて、車で学校へつれてってもらおうとパパをさがしてたのに、ママが、パパは早く家を出なきゃいけなかったから、きょうは学校までのドライブはなしよ、と言ったときだった。「かまわないでしょ、どうせ中には入らないんだから」とママに言われたとき、そのとおりだと思ったけど、はらも立った。ぼくはママにわめきちらし、ゆかにねころんで足をばたばたさせた。ママはそばに立ったまま、そんなぼくを見てた。さいしょはおどろいた顔で、やがて悲しそうな顔になった。

いつまでもそうやって泣きさけんでたら、そのせいで頭がいたくなった。ママは何回かぼくに話しかけてたけど、自分のさけび声のせいで、何を言ってるかわからなかった。聞きたくもなかった。ママはぼくをだきあげようとしたけど、ぼくははらいのけた。そのあと、ママは階だんにすわって、ひざにうでを乗せ、そこに顔をうずめた。ぼくがこんなふうにしてるから、ママは泣いてるんだと思った。アンディがあばれたとき、ママがいつもそうだったように。

それが一回めで、二回めはミミが家に来て、「ザック、見て。いいものを持ってきたから」と言い、学校から取ってきたぼくのリュックを見せたときだった。「図書バッグに入ってる本、読みたかったんでしょう？　ほら、ここにある！　それと、家で勉強できるようにって、ラッセル先生が宿題を出してくれたの。いっしょにやってみましょうよ」とミミが言って、にこにこわらったとき、ものすごくはらが立った。図書バッグの本なんて、もう読みたくない。「マジック・ツリーハウス」だけ読んでいたいんだ。

「いやだ！」ぼくは大声で言った。「宿題なんかやりたくない！」あつい、いかりのなみだが出てきて、体がはちきれそうになり、**バン！**とはじけて、またザック・テイラー・ハルクが出てきた。ろうかにおいてあったリュックをけとばしたら、スリッパが片方ぬげてふっとび、ミミの足にあたって、ミミがいたそうな顔をした。でも、ぼくはあやまらないで、すぐに二階へかけあがった。

大きな音を出したくて、自分の部屋のドアを力いっぱい閉めたけど、思ったほど音は出なくて、おまけにドアがはね返ってまた開いてしまった。ぼくはますます頭にきて、もう一度力をこめて閉めたら、こんどはちゃんと閉まった。でも、ベッドの横にはってある、学校で一日だけクラス委員長をしたとき作ったポスターが、ドアを閉めたしょうげきで半分はがれた。こんなばかみたいなポスターなんか、どうせいらないから、ぼくはポスターをかべから引きはがしてやぶき、くしゃくしゃにまるめてほうり投げた。

トラックの列もぐちゃぐちゃで、それを見てたら急にいらいらしてきたんで、ベッドからとびおりて、トラックを全部けとばした。そうしてると、気分が少しましになったから、ぼくはいつまでもけりつづけた。

「ザック、ねえ、入ってもいい？」ドアの向こうからミミの声がした。

ぼくは部屋の真ん中に立ったまま、あちこちに転がってるトラックへ目をやった。「だめ！」ドアの向こうへさけんだ。

「わかった」ミミが言った。「でも……ザック。物をこわすのはやめてちょうだい。けがをしたら、たいへんだから」

ぼくは返事をしなかった。ミミがドアからはなれて、階だんをおりていく音が聞こえた。

あいだのバスルームを通って、アンディの部屋へ行き、ひみつ基地に入った。バズのかい中電灯をつけたけど、もうあまり明るくない。電池が切れそうだから、つぎに来るときには新しいやつを持ってこなきゃいけない、と思った。本を読もうとしたけど、いかりの気持ちが強すぎて、手のふるえが止まらない。しかたがないから、バズのまるい光を、かべにはってある気持ちの紙に向けて考えた。どの気持ちも同じ大きさの紙だなんて、まちがってる。だって、気持ちの大きさが、それぞれちがうんだから。

いまは、いかりの気持ちがすごく大きい。ほかの気持ちよりもずっと。かべ一面ぐらいの大きな紙を全部緑にしたい。ほかの気持ちは、ちがうかべにはりなおせばいいんだ。

だけど、悲しみの紙は、いかりの紙と同じかべがいい。

「いまなら、なんであの写真をとったときのアンディが悲しい顔をしてたのか、わかるよ」ぼくはアンディに言った。「いかりの気持ちが消えたあとは、悲しみの気持ちが来るからだね。代わりばんこの、もようみたいに。いかり、悲しみ、いかり、悲しみ、って」

ねぶくろの上にバズのかい中電灯をおくと、クロゼットの中はもっと暗くなった。気持ちの紙を全部はがして、横のかべに移したけど、いかりと悲しみの紙、緑と灰色の紙だけは、かべの真ん中のぼくとアンディの写真の下にはった。それからぼくは、またバズのかい中電灯をつかんで、ふたつの気持ちの紙と写真を見つめた。

「きょう、悪いことをして、ママをこまらせたんだ。それにミミも」ぼくはアンディに言った。

そのとき、いま考えてる三つの言葉の音がにてることに気づいた。いかり《マッド》、悲しみ《サッド》、悪い《バッド》。かい中電灯のまるい光を緑の紙に向けて「マッド」と言った。それから、灰色の紙に向けて「サッド」と。写真のアンディを見ながら「バッド」、そのあと、ぼくに目を移して「バッド」と言った。

「すなはまで悲しい顔をしてたなんて知らなかった。気づかなかったんだ」アンディにそう言って、あの顔のことを考えたら、のどに何かがつまった感じになった。たぶん、アンディもいまのぼくみたいな気持ちだったんだろう。悲しいのに、だれも気づいてくれない。アンディはもういないけど、生きてたとき、みんなはいかりの気持ちだけにしか気づかなくて、悲しい気持ちのことは知らなかった。

　バズのかい中電灯がついたり消えたりしだして、電池が切れそうだったから、ぼくはバズをつかんでひみつ基地を出て、新しい電池を持ってこようと、階だんをおりていった。一階に着くと、ママとミミの話し声が聞こえた。ママの声がふるえてたから、ぼくは階だんにすわって耳をすました。

「いますぐ何か手を打たないと」ママが言った。「おねしょだけじゃなく、きょうはあんなことまで……。おこってあばれて、どうしたらもとにもどるのかわからない。まるでアンディみたい」ママはぼくのことを話してる。悪いことをしたから。アンディみたいに。ぼくはアンディのようになってるんだ。ふたりがいっしょになったみたいに。

「だけど、わたしには……どうしようもない。わたしにはむりよ。なんとかできたらと思うけど、いまのわたしには、どうしたらいいかわからない。何もできないのに、あの子とどうかかわったらいいの？」ママはさけび声で言った。「どうしたらいいのよ」

「いまできることを、力いっぱいするしかないのよ。正直言って、わたしは少しほっとしてるの。

あの子がようやく気持ちを表に出してくれたことにね。アンディが……あんなことになっても、なみだも見せなかったから……心配してたのよ」ミミが言った。

「それはそうね。でも、力いっぱいやるなんて、もううんざり。わたしだって、ザックみたいにしたいのよ。あばれて、さけびたい。世間に向かってそうできたら、どんなにいいか。だけど、そんなことはできない。いつもと同じで、わたしがどうにかしなきゃいけないんだから。ジムはにげてばかりよ。いつもと同じで、仕事だと言って。ラナレスふさいのことにも力をかしてくれない。たったひとつ、ザックを学校へ送っていくぐらいやってとたのんだのに、それさえ……」ママの声はすごく大きくなった。

「つらい思いをしてるのは、わたしたちも同じよ」ミミは言った。「スタンリー先生がしょうかいしてくれたカウンセリングについて、考えてみたらどうかしら。じゃなきゃ、バーン先生にれんらくしてみるとか。ザックには助けが、それも、家族じゃない人の助けがひつようよ。あなたひとりの手には負えない。ひとりで何もかもどうにかしようなんて思わなくていいの。だれかに助けをもとめなくちゃ。はずかしいことじゃないん――」

ママはミミの言葉をさえぎって、おこった声で言った。「助けなんか、いらない。わたしにひつようなのは、この家から出ることよ。もう、こんなところにはいられない。息がつまりそうなの。わたしは家族のために、息子のために、せいぎを勝ちとろうとしてるだけなのに、みんなが指図する。そんなことはするな、こうすればいい……もううんざりよ」スツールが動いて、ゆかとこすれる音が聞こえた。

「あの子といっしょに、しばらくここにいてくれる？」ママはつづけた。「このままここにいたら、本当に頭がおかしくなりそう」

「わかった」ミミが言った。「でも、だいじょうぶなの？　そんなじょうたいで。せめて行き先を教えてちょうだい。どこへ行くつもりなのか」

「まだ決めてない」キッチンからいきおいよく出てきたママは、階だんにすわってるぼくを見て足を止めた。ママの顔は泣いてたせいで赤かった。

「ザック……すぐに帰るから。だいじょうぶね？」ママは言うと、テーブルから車のキーをつかみ、あとずさってぼくからはなれた。ママはガレージへつづくドアをあけ、ドアの向こうへ消えた。ガレージのドアの開く音、そしてママの車が外へ出る音が聞こえる。ドアが閉まり、ママは行ってしまった。すごくしずかな中で、この家から出ていった。

31　いっしょに使う

　ぼくはバズのかい中電灯に新しい電池を入れ、スイッチをおした。バズがまた明るい光を出す。重ねてある本の中から、「マジック・ツリーハウス」シリーズ三十九かん、『巨大ダコと海の神秘』を手に取った。本の後ろには、「ジャックとアニーは、マーリンを助ける三つめの〈幸せのひけつ〉をさがすため、海にうかぶ小さな島へ向かった」と書いてある。その島でジャックとアニーに何が起こり、ふたりでどうやって切りぬけるのか、そして、三つめの〈幸せのひけつ〉がなんなのかを知りたくて、ぼくは読みはじめた。

　三十ページまで読んだとき、ひみつ基地のドアが少しあいて、光がさしこんだ。まさかのことに、ぼくはびくっとした。

「ザック？」パパだった。パパが帰ってるなんて知らなかったから、ぼくはおどろいた。まだ夕ごはんの時間にもなってないはずだ。「ちょっと入っていいか」

　ぼくはバズのまるい光を、ひみつ基地のあちこちに当てた。パパが全部見ることになるのか――気持ちの紙も、ぼくとアンディの写真も、ほかのものも何もかも。矢でアンディをうったゆめをぼくが見て、パパがひみつ基地にいるぼくを見つけたとき、パパは中を見たんだろうか。いや、見てないと思う。あのあと、ひみつ基地のことはパパと話してないし、見たとしてもわすれてるかもしれない。

　ひみつ基地をパパに見せるなんて、はずかしい。だけど、もうひみつにしなくてもいいから、それも悪くない。

「いいよ」とぼくが言うと、ドアが大きく開き、パパが入ってきて中からドアを閉めた。パパは、せが高いから、ぼくのように立ったまま歩くのはむりで、はらばいになって、ぼくのそばまで来た。

「うわっ、せまいな」パパは言い、ねぶくろの上にすわった。それから、中を見まわし、ぼくとアンディの写真に目をとめたあと、大きく息を吐いた。写真を見ようとパパが体を乗り出したから、ぼくはよく見えるようにバズの光を写真に当てた。パパはしばらく写真を見つめてたけど、そのあと写真の下へ目をやり、気持ちの紙を指さした。「これはなんだ」パパはたずねた。

「気持ちの紙だよ」ぼくは言い、わらわれるかもしれないと思ってパパを見たけど、パパはわらわなかった。何かを考えてるのか、まじめな顔をしてる。

「気持ちの紙」パパは言った。「なんだ、気持ちの紙って」

「自分の気持ちを色で表してるんだよ。こうすれば、いろんな気持ちをかんたんに分けることができて、心の中でごちゃごちゃにならないから」

「なるほど。じゃあ、おまえの気持ちはごちゃごちゃなのか」

「うん」ぼくは言った。「すごく、ふくざつだよ」

「そうか、わかるな」パパは言った。「どの色がどんな気持ちを表すのか、どうやって決めたんだ」

「どうかな。ただそう感じるだけなんだ。色と気持ちが自然にむすびつくんだよ」

「そうなのか。パパにはわからないな」パパは緑と灰色の紙を指さした。「じゃあ、このふたつはなんの気持ちだ」

「いかりと悲しみ」

パパは首をたてにふった。そして、こんどは、横のかべにはってある気持ちの紙を指さした。

「じゃあ、こっちのは？　赤はなんだ」

「はずかしさ」

「はずかしさ？　どうしてはずかしいんだ」

「おもらししちゃったから」そう言ったとたん、顔があつくなるのがわかった。

「黒は？」

「きょうふ」

「黄色は？」なんだか、パパにテストされてるみたいだ。

「うれしさ」ぼくは言い、アンディが死んだのにうれしさの気持ちの紙を作ったことを、パパがおこるんじゃないかと気になって、もう一度パパを見た。いまはもう、この紙をはりたい気分じゃないけど。

「真ん中に穴があいてるやつは？」

「さみしさ」ぼくは説明した。「さみしさはとうめいなんだ。だから、穴をあけたんだよ。とうめいには色がないから」

「さみしさ？　アンディがいないからか」パパはのどに何かがつまったような声で言った。

「でも、ひみつ基地にいるときは、さみしくない」

「さみしくない？　どうしてだ」

ここでアンディに話しかけて本を読んであげてると言ったら、パパはどう思うだろう。気味が悪いと感じるだろうか。「ここにいると……アンディがぼくの話を聞いてくれてるような気がするから」ぼくは言い、パパに顔を見られたくなくて、まるい光をクロゼットのはしへ向けた。

「アンディに話しかけるのか」パパはしずかな声で言った。

「うん」ぼくは答えた。「本も読んであげるんだ」

パパはひみつ基地についていっぺんに何もかも知りたいみたいだけど、それはむりだと思う。

「もちろん、本当のことじゃないのはわかってる。アンディは死んだんだし、死んだら生きてる人の声なんて聞こえないんだから」ぼくは言った。「ばかみたいだね」

パパがバズをにぎってるぼくの手をつかんだんで、バズがぼくとパパのちょうど真ん中に来て、ぼくたちを明るくてらした。ぼくは赤くなった顔をパパに見られたくなかった。

「ばかみたいだなんて思わないさ」パパは言った。

「アンディに話しかけてると、さみしくないんだ」ぼくはかたをすくめた。

「じゃあ、どうして、さみしさの気持ちの紙もはってるんだ」

「ひみつ基地から出たらさみしいから」

「外ではさみしいのか」

ぼくはまた、かたをすくめた。「ときどき」

少しのあいだ、ぼくたちはだまってた。ひみつ基地でパパといっしょにしずかにすわってるのは、いい気分だった。

「パパ」しばらくして、ぼくは言った。

「なんだ」

「ぼく、ごめんなさい、ってのもふやしたほうがいいと思うんだ」

「ふやすって、何を」

「気持ちの紙」

「ごめんなさい？　どうして」

「だって、ぼくが悪いことをしたから、ママはおこったんだ。ぼくのせいでママは家からにげ出しちゃったんだよ。あんなことをして、ごめんなさいって、いまは思ってる。ママに帰ってきてもらって、ごめんなさいって言いたいんだ」目になみだがこみあげる。

パパはこっちを見たあと、ぼくの両うでに手をおき、やさしくつかんだ。「ザック、よく聞け」パパは言った。また、のどに何かつまったような声だった。「ママがおこったのは、おまえのせいじゃない。わかるか」

なみだが目からこぼれる。

「ママはこの家からにげたんじゃない。ママは……少しはなれたかっただけだ。しばらくしたら帰ってくる。わかったな」パパは言い、おでこをぼくのおでこにくっつけて、大きく息を吐いた。息が顔にかかったけど、いやじゃなかった。「おまえのせいなんかじゃない」

「うん、わかった。でもね、パパ」

「なんだ」

「ぼく、ほかにもときどき、ごめんなさいって気持ちになることがある。アンディのことで。アンディにごめんなさいと言いたくなるんだ」

「なぜ、アンディにごめんなさいと言いたいんだ」パパはおでこをはなして、ぼくを見た。なみだがもっとあふれたんで、手でぬぐったら、バズのまるい光がひみつ基地の中であちこちに動いた。

「じゅうげき犯が学校に来たとき、ぼく、アンディのことをぜんぜん思い出さなかった」ぼくはパパに言った。「教室のクロゼットにかくれて、**パン**って音を聞いたときも、そのあと、けいさつの人が来てろうかを歩いてたときも、ろうかに血がついてるのを見たときも、それから教会へ行ったあとも……ずっと、アンディのことなんか考えなかった」のどから大きな泣き声が出て、うまく話せなかったけど、ぼくはパパに聞いてもらいたかった。「ママが来て、アンディはどこ、って聞いたとき、やっと思い出したんだよ」

「ああ、ザック」パパは言い、ぼくのわきの下をつかんで引きよせ、ぼくをひざに乗せた。「そんなことで、ごめんなさいなんて思わなくていいんだ。こわかったろう。おまえはまだ小さい。まだ六才だ」

「それだけじゃないよ。アンディにごめんなさいって言いたいことが、ほかにもある」ぼくは言った。「こっちのほうが、もっと悪いんだ」

「話してごらん」パパの息が、ぼくの頭のてっぺんにかかる。

「アンディがころされたあと、さいしょのうちは、ときどき、うれしくなることがあったんだ。ものすごくうれしいわけじゃないけど、でもアンディは悪いことばかりしてたし、アンディがいなければこの家がもっとよくなるんじゃないかと思った。けんかもなくなるし、もうアンディにいじわるをされることもない。そう考えたら、アンディがいないほうがうれしいかもしれないって」

何か言われるのを待ったけど、パパはだまってた。パパのむねがふくらんだりへこんだりするのがわかり、あたたかい息がぼくの頭にかかる。

「そんなの、いけないよね」ぼくはパパに聞いた。

「いや。いけなくなんかない」パパはしずかな声で言った。「いまもそのことで、うれしくなるのか」

「ならない。だって、考えたのとちがってたから。よくなんか、ならなかった。それに——アンディは悪いことばかりしてたんじゃない。いい思い出もあるんだ。アンディがもういないなんて、いやだよ」

　しばらくして、パパが体を動かしながら言った。「ここ、あつくないか」

「うん」ぼくは言った。「でも、気持ちがいいよ。だから、すきなんだ」

「ああ、パパもだ」パパは言った。「ここは、おまえのとっておきの、ひみつの場所だな。だけど、たまにはパパも来てもいいか」

「いいよ」ぼくは言った。

32　はげしいいかり

夜、ベッドに入る時間になっても、ママは帰らなかった。ぼくはベッドにねころがって、ひとりごとを言った。「あしたは、おこったりしない。あしたはいい子にするんだ」何度もくり返したから、ねむって、あしたの朝起きても、まだおぼえてられる、と思った。

つぎの日の朝になっても、ちゃんとおぼえてた。その日はずっといい子にしてたけど、夕ごはんのときにわすれてしまった。わすれたのは、にげ出したばかりのママが帰ってきて、あしたまた出ていくと言ったからだった。すぐに、いかりの気持ちがぼくにおそいかかった。ママは、またニューヨーク・シティへ行ってインタビューをいくつか受けるけど、朝早くにはじまるから、あしたザックが起きる前には家を出なくちゃいけない、と言った。インタビューは一日じゅうあるし、つぎの日の朝にもあるから、あっちでホテルにとまるんだって。

ぼくたちはキッチンカウンターのスツールにすわってた。さいきん、夕ごはんのときはいつもそうだ。アンディがいたときみたいに、テーブルではもう食べないから、夕ごはんのためにテーブルを整えることもない。ママがカウンターにお皿とフォークとナイフをおくだけだ。夕ごはんは、きのうメアリーおばさんが持ってきてくれたミートローフで、おいしかったけど、食べてるのはぼくだけだった。ママのは、ぜんぜんへってなかった。

「なんでまたインタビューを受けなきゃいけないの？」ママがニューヨーク・シティへ行くと言ったとき、ぼくは言った。お皿を強くおしのけると、牛にゅうの入ったグラスに当たって、中身が少しこぼれた。

「わたしの……わたしたちの話をみんなに聞いてもらうのは、大切なことだからよ」ママは頭の悪い人に話しかけるみたいに、ものすごくゆっくりと、しずかな声で言った。ばかにされたような気持ちになって、ぼくのいかりはますます大きくなった。

「なぜ？」ぼくは言った。さけんでるみたいな声が出た。

「なぜかって？　あなたのお兄さんに、おそろしいことが起こったからよ。それに、わたしたちにも。そして、それはわたしたちのせいじゃなくて……ほかの人のせいだからよ。そのことについて話すことは大切なの。わかるでしょう？」

　あついなみだが、ほっぺを流れる。ぼくは返事をしたくなかった。しばらくして「チャーリーの息子のせいだね」と言うと、いかりが体いっぱいにわきあがった。

「そうよ。だけど、まだ大人じゃなかったし、いろいろと……ふくざつなのよ」ママは電子レンジの上の時計を見て立ちあがり、料理が乗ったままのお皿をシンクへ持っていった。

「なんでチャールズは、アンディやほかの人にあんなことをしたの？　どうしてころしたの？」ぼくはたずねた。

「チャールズは……ふつうじゃなかったのよ。頭の中が」ママは言った。「だから、チャールズだけのせいじゃない。あれは……てきせつなちりょうを受けさせてもらえなかったからよ」

「だから、チャーリーとおくさんがここへ来たとき、ママはおこって、いじわるなことを言ったんだね」

「いじわるだなんて――」ママはそう言いかけたけど、かたをすくめ、せなかを向けてお皿をあらいはじめた。

「でも、ぼくはママにいてほしいんだ！」ママにそう言うと、あついなみだがこぼれ出た。「ママがいないあいだ、だれが家のことをしてくれるの？　パパは仕事があるのに」

「ザック、ママが家を空けるのは二日だけよ。それに、ミミがいてくれる。先生からあずかってきた宿題を、ふたりでやればいいのよ。あとは何かして遊んだり……本を読んだりしたらいい。ミミがいっしょに読んでくれる。おもしろそうでしょう？」

「いやだ。ねるとき、ママがそばにいないなんて。ぼくに毛布をかけて、歌ってよ。もうずっと、歌ってくれてないじゃないか。そんなふうにねるなんて、もういやなんだ」

「ミミだって、歌ぐらいうたえる。あ、そうか。ねるときになったら、ママに電話をして、いっしょに歌えばいいのよ。どう？」

「いやだ！　ここにいて！」ぼくはさけんだ。いきおいよく立ちあがると、スツールがたおれ、**バン！**と大きな音を立てた。

　気づくとママがそばにいて、ぼくはびっくりした。ママはぼくのうでをつかんで強く引っぱった。つめが食いこんで、すごくいたい。ママは顔を近づけ、ぼくの耳もとで、歯のすきまからしぼり出すように、ものすごくおこった声で言った。「よく聞きなさい、ザック。いまはむりなの。なぜママが出かけなくちゃいけないか、説明したでしょう。話はこれで終わり。わかった？」ママは話しながら、ぼくのうでをもっと強く引っぱった。ママがこんなふうにぼくに話しかけたことなんてなかったから、おなかがかっとあつくなった。

「わかった」ぼくはかすれた声で言った。

「なら、いい」ママは言い、ぼくのうでをはなした。「ママは荷作りをしなくちゃいけないの。むかえの車が、あしたの朝早く来るから」もう歯のすきまからしぼり出すような声では話してないけど、まだいかりがこもってた。「だから、テレビをつけてあげる。それに、パパがそろそろ仕事からもどるはずよ」

　後ろについて広間へ行くと、ママはテレビをつけた。リモコンをぼくにわたすとき、何か言いたそうにぼくを見たけど、せなかを向けて、そのまま行ってしまった。階だんをのぼる足音が聞こえる。ソファーにすわり、うでを見ると、ママにつめでつかまれたところに赤とむらさきの線がついてた。うでの外がわに四本と、内がわに一本（親指のあとだ）。まだすごくいたい。立ちあがり、キッチンへ行って、アイアンマンの保冷ざいを冷ぞう庫から取り出す。そのあいだずっと、なみだがあふれて、顔をつたったので、いたくないほうのうでで、それをぬぐった。

　スツールがゆかにたおれたままだったから、持ちあげてキッチンカウンターのそばへもどした。お皿もシンクへ持っていく。まだたくさんのこってたけど、食べたくなかった。カウンターにこぼれた牛にゅうもふいた。おなかはもう、あつくない。なみだも止まった。広間にもどり、オンデマンドで〈パウ・パトロール〉をえらんだ。小さい子向けの番組だけど、このごろまた、すきになってるんだ。

〈パウ・パトロール〉の第一話がもう少しで終わりそうなころ、パパが広間に入ってきて「ただいま、ザック」と言い、ぼくの頭のてっぺんにキスをした。「ママはどこだ」

「二階で荷作りしてる」ぼくは言った。

「そこ、どうしたんだ」パパはぼくのうでを指さした。

またママをおこらせてしまったのを知られたくなかったから、ぼくは言った。「ちょっと引っかいちゃったんだ」

パパのおでこに、しわがよった。

「もう一話見てもいい？」

「ああ、いいぞ。二階のママのところへ行ってくるよ」

「わかった」ぼくは言った。「ねえ、パパ」

パパはキッチンとつながってるドアの前で立ち止まった。「なんだ」

「ぼくが死ねばよかったのにと思ったことある？　アンディの代わりに。ぼくじゃなくて、アンディがここにいたらよかったのにって」なみだがまた出てくる。

パパはぼくをじっと見つめたまま、何回か口を開いたけど、まるでその動きをくり返さなきゃ言葉が出ないみたいに、何も言えなかった。こっちへゆっくり歩いてきて、ぼくをだきあげてソファーの上に立たせたから、ぼくとパパはほとんど同じ高さになった。

「ないよ、ザック」パパはのどに何かつまったような声で言った。「ないよ」もう一度言う。「どうして……そんなこと聞くんだ。おまえが……死ねばいいなんて、思うはずないだろ」

「じゃあ、ママはどう？」ぼくは言った。ママのさっきの声の感じを思い出したら、なみだがこぼれて、ほっぺを流れた。

「いや、ママだって、そんなふうに思ってないさ」パパは言った。ぼくのあごを持ちあげて、なみだをぬぐう。「聞いてるか、パパの言うこと」

ぼくは、うん、とうなずいた。

「よし」パパは言い、ぼくをだきしめた。そして、ぼくをソファーにすわらせたあと、しばらくぼくの後ろに立ってた。やがて、ぼくのかみの毛を指で何回かなで、それから二階へあがっていった。ぼくは〈パウ・パトロール〉の「新しい仲間」の話を見た。ぼくの大すきな回で、パウ・パトロールという犬のチームをひきいるライダーって男の子が、雪の上も走れるパトカーに乗って現れ、犬たちをおどろかすんだけど、そのパトカーが大きくてすごくかっこいいんだ。この話では、エベレストって名前の犬の女の子がパウ・パトロールに新しく仲間入りする。さいごまで見て、あと一話見ようと思ったけど、チューナーの時計は八時三十分になってて、もうおそい時間だった。ぼくはママとパパが何をしてるのか、なぜベッドへ行こうってむかえに来ないのかを知りたくて、見にいくことにした。

階だんをのぼってるとき、ママとパパの声が聞こえてきて、すぐに、ふたりがまたけんかをしてるとわかった。ママとパパの部屋のドアは閉まってたけど、ドアを通してけんかの声が聞こえる。ぼくは、ゆかがへんな音を立てないように、そっと歩いてドアへ近づいた。ドアの前にすわり、せなかをぴったりとつける。

「これは家族のプライベートな問題だから、しじゅう世間の目にさらすべきじゃないと言ってるだけだ！　もう少し落ち着いて進められないのか」パパの声がした。

ママがわらうのが聞こえたけど、いじわるな感じだった。「のんびりかまえてる時間なんかないの。それに、プライベートな問題にとどめるつもりもない。世間に知らせなくちゃだめなのよ。はっきり言って、あなたのお母さんがさんせいしようとしまいと、知ったことじゃないんだって」

「なぜ母さんの話になるんだ」パパは言った。「母さんはただ、みんながどう言ってるか教えてくれようとしてるだけさ」

「みんな。みんなってだれ？　たった数週間で、事件のことをすっかりわすれてしまう人たちのことでしょう！　人生はつづくし、わたしたちはこのじごくに取りのこされたまま、生きていかなきゃいけないけど、世間の人たちはもう気にかけてくれないのよ。そんなこともわからないの？　それに、いまさらそんなこと言ってどうするの！」ママはだんだん早口になった。「あなたは見ばえを気にしてるだけ」ママの声は「見ばえ」と言うときだけひくくなった。「わたしはカメラの前に立って、事件のことを何もかもさらけ出す。だけど、本当は、もうどうでもいいのよ、ジム。もうどうだっていい」

「何をばかな。言ってることがめちゃくちゃじゃないか」

「めちゃくちゃなんかじゃない！　見かけを取りつくろうのは、もううんざり！　いやでいやでたまらないの。何もかも、どうだっていいのよ。わからない？」

「たのむよ、メリッサ。わが家はいつこわれたっておかしくない。ザックのことをもっと考えてやらなきゃ。インタビューのとき、ザックがどうなったかおぼえてるだろう。さいしょから、ザックをあの場に出すべきじゃなかった。おれはそう言った」パパの声はさっきより落ち着いたけど、ママの声はちがった。

「さぞ、きまりが悪かったでしょうね。みんなの前で、あの子があんなふうになって。アンディよりひどかった。それもカメラの前で。だけど、けっきょく、あの部分はカットされたんだから、心配することなんかないのよ」

「何を言ってる」パパは言った。「おれが心配してるのはそんなことじゃない。ザックはすごく心がゆれてる。あの子があんなふうになるなんて、これまでなかったじゃないか。それに、こわいゆめにうなされたり、おねしょまでして……」

「兄をうしなったんだから、泣きわめいて当然よ」ママは大声で言った。「そりゃ、あの子があんなふうになったのは、見たことがないでしょうよ。わたしたちみんな、どうにか気持ちをおさえつけてきたのよ」

「それはわかってる。だが、さっき一階で、あの子はおれになんて言ったと思う？　アンディの代わりにぼくが死ねばよかったと思うかって、言ってきたんだぞ」その言葉を聞いてたら、またぼくの目になみだがうかんだ。

　ママはだまってた。そして、しばらくして言った。「わたし……わたしたち、さっき一階でけんかしたのよ。あの子ったら、いつまでもおこってて、わたしにはどうしようもなくて。わたしだって苦しいのよ。みんな、わすれてるみたいだけど」

「きみが苦しいのはわかってるさ、メリッサ。だから、助けをもとめたほうがいいと思う。きのう、きみがどこかへすがたをくらましたとき……ザックは自分をせめたんだ、自分が悪いことをしたせいだって」

「わたしが。どこかへ。すがたを。くらましたとき？」ママはそれぞれの言葉のあいだに間をおき、すごくおこった声で言った。その声を聞いて、ぼくの首の後ろに鳥はだが立った。「本気で言ってるの？　どこかへすがたをくらましたときですって？　上等よ。上等じゃない。あなたこそ、さっさと仕事へにげたじゃないの。あなたはいつだって家にいない。わたしは消えるつもりなんかない。ここにいる。いつもこの家にいるのよ。そして、どんなことにも、どんなたいへんなことにも向き合ってきた。アンディのことだって……全部わたしがやったのよ。どこかへすがたをくらましたなんて、あなたに言わせるつもりはない！」さいごのほうはさけび声だった。

「すがたをくらましたのは本当のことだろう！　それに、家にいるのは、きみがえらんだことだ」パパはさけび返した。「おれは何も口を出させてもらえなかった！」

「ふざけないで。わかってるはずよ。あなたはアンディをあつかいやすいように、うまく薬づけにしたかったんでしょう」

「そんなことは言ってない。ぜったいにな。それはおれの考えじゃない。あの医者が言ったんだ。どうしてもあの医者にアンディをみてもらうと言ったのはきみじゃないか。きみがあの医者をえらんだ。それなのに、医者に言われたことを、きみがしたくなかっただけの話だろう。全部、きみの考えだ。きみが決めた。きみの思いどおりにしてきて、おれはいっさい、かかわらせてもらえなかった！」

ママは鼻を鳴らした。「あなたがそんなふうに思ってるなんて、ざんねんね。あなたはかかわりたかったけど、わたしがそうさせなかったって？　だったら、あなたが家に帰らずに、どこかのだれかと楽しいことをしてたのも、わたしのせい？」パパが何か言おうとしたけど、ママがさえぎった。「ジム、わたしだってばかじゃないの。何かあるのは気づいてた。いまさら、うそをついたってむだよ」

そのあとしばらく、部屋はしんとしてた。

やがて、ママが口を開いた。「けっきょく、あなたは……かかわりたくなかったのよね。アンディのそういう面にかかわるのがいやだった。自分の人生の計画に、ＯＤＤの息子はいなかったから。だから、わたしひとりに全部おしつけた。ああするほかに、わたしに何ができたというの？　そしてこんどは……こんどは……ザックのことまでわたしのせいにして……。あの子が苦しんでるのは、わたしだってわかってる。気づいてないとでも？　わたしだって、がんばって――」言葉はそこでとぎれ、ママは泣きだした。すすり泣きが聞こえてくる。

「メリッサ、たのむから……」パパがしずかな声で言った。

「いやよ！　やめない。ぜったいに……やめない」ママは泣きながら、言葉をしぼり出すように言った。「こうするよりほかに、どうやって生きていけばいいのかわからない。どうすればいいって？　いまのわたしには、これしかできない。せいぎがひつようなの」

「そんなやり方で、せいぎを手に入れられるのか」パパは言った。パパの話し方は、ぼくがアンディのこわいゆめを見たあとに、クロゼットでやさしくせなかをなでてくれたときと少しにてた。あのとき、ぼくはパパのおかげで気持ちが落ち着いた。

でも、ママは落ち着いたりしなかった。話し声も泣き声も、もっと大きくなった。「アンディのためなのよ。何もせずに、あの人たちをにがすなんて、わたしにはたえられない。こうするほかに、どうやって生きぬいたらいいのか、わからないの」

「はげしいいかりで仕返ししたって、アンディは帰ってこな――」と言いかけたパパを、ママがさえぎった。

「はげしいいかり？　仕返し？　ふざけるのもいいかげんにして！」ママはさけんだ。

ぼくは手で耳をふさいだ。さけび声ときたない言葉で、耳がいたい。頭もがんがんする。

「すまない。そんなつもりで言ったんじゃない」

「いえ、そういうつもりよ！」ママはわめく。「あなたはいつもそう！　いつも落ち着きはらって、感じょうを表に出さない。あなたには感じょうってものがないの？　どうしたらそんなふうにしていられるの？　泣いてるところを見たことがない。どうして？　どうすれば泣かずにいられるの？そんなの、おかしい！」

ママの悲しみは、とても大きな声でつたわってきたから、ドアのすきまから、まっすぐぼくに向かってくるみたいだった。でも、パパの悲しみも感じた。ママみたいに大声じゃなくて、すごくしずかだけど。きっと、ママはあんなふうにどなってるから、パパの悲しみが感じられないんだ。それに、ママはあのときのパパを見てない。ママをのこして病院から帰るとき、車の中で体じゅうをふるわせて、声を出さずに泣いてたパパを。

「ねえ、ジム」ママは言った。「あなた、本当はかかわりたかったの？　なら、こんどはあなたがやって。いまのわたしには……ザックをどうすることもできない。むりなの。どうしたらいいのかわからない。わたしには……何もできない。ぜったいに」ママはもう泣きさけんでなかった。声がつかれてた。しばらくしてママは言った。「荷作りしないと」

ドアに足音が近づいてくるのが聞こえたから、ぼくはさっと立ちあがり、階だんをかけおりた。頭の中では、けんかの終わりでママが言ったことがくり返されてた――「いまのわたしには、ザックをどうすることもできない」。キッチンへもどると、ぼくは思いっきりスツールをけとばした。

33　もう生きていけない

つぎの日の朝、ベッドのママのねるほうはきれいなままで、パパもベッドにいなかった。ぼくは自分の部屋へ行き、まどから外を見た。家の前にアウディがないから、パパはもう仕事に出かけたんだ。

レストランでパパとミルクシェイクを飲んだ日から、雪はふってないし、雨もない。ただ、すごく寒い。草や車の上のほうが、寒さのせいで白くなってる。手でまどにふれたら、ガラスの冷たさで体じゅうがふるえた。

一階へおりていくと、広間からテレビの音が聞こえ、ミミがソファーにすわってるのが見えた。

「ママがテレビに出てるの？」とぼくが聞くと、ミミはさっとこっちをふり向いた。おどろいた顔をしてる。

「まだよ。おはよう」ミミは言い、リモコンをつかんでテレビを消した。

「いっしょに見てもいい？」ぼくはミミのとなりにすわった。

「ああ、ええと、どうしましょう。やめたほうが……」ミミは真っ暗な画面を見つめてる。

「だけどぼく、ママが見たい」いかりの気持ちが、だんだんおなかからわきあがる。そして、ぼくはさけんだ。「テレビでママが見たいんだよ！」

「ザック、おねがい、おこらないで。ママはあなたに……見てほしくないと思ってるかもしれな――」

ぼくはその言葉をさえぎって、うそをついた。「ママは見てもいいって、やくそくしてくれたよ。そのやくそくを、やぶっちゃだめだ」

「そうなの？　そんなこと、ママと話さなかったから……そう、わかった。だったら、もうすぐ……」ミミはリモコンをつかみ、もう一度テレビをつけた。

つやつやの黒いかみをした男の人が、ふたりの女の人にはさまれて、長く赤いソファーにすわってる。男の人が言った。「あのおそろしいマッキンリー小学校らんしゃ事件から、ひと月と少したちました。わたしたちは国をあげて、この大きな悲げきの真相をさぐり、そうぞうしがたいほどの苦しみにたえる十九組のご家族を気づかっていかなくてはなりません」ソファーにいる女の人ふたりが悲しそうな顔をした。「とりわけ、おさない命をむざんにもうばわれた十五組のご家族を」

男の人が横を向き、ソファーの女の人に話しかけた。「ジェニファー、わが子をうしなったつらさについて、進んで話してくださるご家族は多くありませんが、それでも、この数週間で何組かのご家族とお話ししましたね。そして、先ほど、ひがい者のお母さまのひとり、メリッサ・テイラーさんのお話をうかがうことができました。テイラーさんはマッキンリー小学校らんしゃ事件で、十才のご子息アンディくんを亡くされました」

「ええ、ルーパート」ジェニファーという女の人が答えた。「直せつ、ご家族の思いをうかがうのは、本当にむねをしめつけられるようです。どのご家族も毎日、お子さんをうしなったことをどうにか受け入れ、思い出になぐさめを見いだそうとしていらっしゃいます。とくにこの時期は、感しゃ祭とクリスマスがひかえていて、ふだんどおりすごそうとつとめている親ごさんもいらっしゃいます……のこされたお子さん、つまり兄弟姉妹のために」

ルーパートという男の人と、もうひとりの女の人がうなずいた。

「テイラー家は、先ほど話にも出たように、ひがい者のご家族です。ご子息のアンディくんを、ウェイク・ガーデンズのあの悲しい日に亡くされました。アンディくんは五年生——十才——で、犯人が学校におし入ったときには、集会があって大ホールにいました。ごぞんじのとおり、大ホールは犯人がじゅうを向けたさいしょの場所で、ひがい者のほとんどはそこで命をうばわれました。アンディくんのお母さま、メリッサ・テイラーさんは、けさ、こころよくインタビューに答えてくださいました。お話をうかがって、ご自身やご家族の苦しみがひじょうによくわかり、また、言うまでもなく、心を動かされました。では、ＶＴＲをごらんください」

テレビの画面が、ソファーにすわった三人から切りかわり、とつぜんママがうつった。ママはいつもとちがってた。頭のてっぺんのかみが大きくふくらんでるし、おけしょうがこいから、いつもの顔じゃない。見たこともない赤い上着とスカートのすがたで、大きな茶色のいすにすわっているせいで小さく見える。なんだか、『三びきのくま』に出てくる女の子が、父さんぐまか母さんぐまの大きないすにまちがってすわってるみたいだ。テレビでママを見るのは、へんな感じがした。こうして自分の家のソファーで見てると、テレビの中のママが、本物の世界にいる本物の人じゃないような気がする。

ジェニファーという女の人も、ママから少しはなれた大きな茶色のいすにすわってた。ふたりのあいだにはテーブルがあって、その上にはティッシュの箱とふたつのカップがおいてある。

「テイラーさん、ご子息のアンディくんは、ウェイク・ガーデンズであのおそろしい事件が起こった日に、命をうばわれた十五人のお子さんのひとりですね。きょうはおこしくださって、ありがとうございます。ご家族とアンディくんの思い出をお聞かせくださいますか」

画面がママとジェニファーさんから、アンディの写真に切りかわった。遊びに出かけたときの写真で、アンディはへんな顔をして、画面からとび出しそうなほど元気だ。ママの声が聞こえる。

「アンディはのびのびとした子でした。おどろくほど利発で、エネルギッシュで。こんなふうに、エネルギーのかたまりだったんです」泣いてるみたいな声だった。

「ほんの数週間前に十才になったばかりだったのに……死んでしまうなんて。いつものように家でたんじょうパーティーを開いてあげたかったんですけど、あの子がパーティーなんかしなくていいと言って。自分はもう大きいんだからって……」ママの声が高く、かすれたようになって、また画面が切りかわり、顔が大きくうつし出された。目からなみだが流れ、おけしょうが取れて黒いものがほっぺについてる。

ママはティッシュで目をふき、また話しはじめた。「もう大きいんだからパーティーはしなくていいって。もう〝二けた〟の年になったんだからって。あの子、〝二けた〟って言葉を気に入ってたんです。代わりに、お友だちを何人かさそって、何かとくべつなことをしたいって。それで、この写真にあるように、ゴーカート場へ行きました。あの子、大はしゃぎで。でも……にぎやかなパーティーを開いてあげればよかった……こんなことになるんだったら……」

すぐ横からも泣き声が聞こえた。ミミが泣いてる。テレビを見つめるミミの顔はしわくちゃだ。

「アンディくんをうしなった悲しみと、どのように向き合っていらっしゃいますか。あなたと、ご主人と。それに、六才のもうひとりのご子息、ザックくんは」ジェニファーという女の人が言った。

ぼくの名前が聞こえたとたん、かっと顔があつくなった。

「一日一日をなんとかすごしていく。それだけです」ママは言って、大きないすの上で体を前にたおし、両手でぎゅっとティッシュをにぎった。「それしか……そのほかに……できることはありません」目からなみだがどんどんあふれるけど、ママはティッシュでふかなかった。流れるままにしてる。

「毎朝、目ざめるたびに、もう、むりだって思います。きょう一日をすごしていくなんて、わたしにはできないって。でも、どうにかするしかないんです。わたしをひつようとする、もうひとりの息子がいますから。つぎの日も、そしてそのつぎの日も、同じことのくり返し。そうして、アンディのいない日が、アンディに会えない日が、あのいとしい顔と生き生きとしたほほえみを見られない日が重なっていく。さいごにいっしょにすごした日からどんどん遠ざかり、へだたりが大きくなっていくのを食い止めることができない。できることなら時の流れを止めて、少しでもあの子の近くにいたいんです。だって、それしか……それしか……」ママはそこで言葉につまった。ひざに乗せた手がはげしくふるえてる。「あの子といっしょにいる手立てがないから。朝、目ざめたとき、いつもたえられなくなるんです。あの子とのへだたりが大きくなってしまう。あの子がますます遠ざかってしまうって」

ママはティッシュをつかみとって、鼻をかんだ。「あの子のいない人生なんて、本当ならもう生きていけないいんですが、それでも生きつづけて、日々をすごすしかありません」ママがさいごの言葉を、はげしく声をつまらせながら言うと、ジェニファーという女の人が大きな茶色のいすから体を乗り出して、もう一まいティッシュをわたし、ママの手をなでた。

ミミが「ああ」と声をあげ、両手で顔をおおった。

画面がママを遠くからうつした様子に切りかわると、ママはもう泣いてなかったから、へんな感じがした。まるで、一度まばたきしたとたん、泣くのをやめたみたいだった。

ジェニファーという女の人が言った。「テイラーさん、あなたと何名かのひがい者のご家族が、いっしょにおいかりを表明なさるそうですね。今回の悲げきはさけられたはずだと。そのことについて、くわしく話してくださいますか」

「はい」ママは言った。「わたしは……わたしたちは……このままでは前へふみ出せないと考えています……せきにんを負うべき人たちが、なんのとがめも受けないままでは」ママは早口になり、ねん土で作ったボールをおしつぶすように、ティッシュをぎゅっとにぎった。

「〝せきにんを負うべき人〟というのは……」ジェニファーさんが言った。

「じゅうげき犯の家族。両親です」ママは言った。チャーリーとおくさんのことだ。それをテレビで言ってしまった。おおぜいの人がこの番組を見てるし、チャーリーだっていま見てるかもしれないのに。

「つまり、チャールズ・ラナレスの両親が、息子のしたことへのせきにんを負うべきだとお考えなんですね。せきにんの一部が親にもあると」

「いいえ、一部どころじゃありません」ママは急に声を大きくして言った。ミミが目を閉じ、長い息をゆっくりと吐く。ぼくも目をつぶりたくなった。どうしてだかわからないけど、ママがこんなふうに話すのはいやだったし、こんなママは見たくなかった。

「ラナレスふさいの息子は何年も病気だったんです。道で……おかしな行動をとったり、きけんなきざしはいくつもありました。それなのに、わたしたちの知るかぎり、ふさいは息子にてきせつなちりょうを受けさせず、何年もそのままにしてきた。とつぜんおかしくなって、あんなことをしたんじゃありません。ずっと前から予想できたんです。わたしの息子は……いまも生きていたかもしれない……なすべきことが正しくなされていれば」

ミミが立ちあがり、リモコンをテレビに向けて音を消した。「ザック、もうやめましょう」

ぼくはそれでもテレビを見つづけた。ママが少し長くしゃべって、ジェニファーさんがとちゅうで何回か言葉をはさみ、それからまた、男の人とジェニファーさんともうひとりの女の人がソファーにいる画面に切りかわった。三人が何か話してるのが口の動きからわかったし、三人とも、はい、とか、いいえ、とか、首を何度も横やたてにふってた。

「さあ、朝食をいただきましょう」ミミが言って、テレビを消した。ぼくはミミのあとについてキッチンへ行き、ミミがたまごを料理するのを見た。そのあいだずっと、おなかの中がちくちくして、いやな感じで、そのうち、それがはずかしい気持ちだって気づいた。でも、自分のことがはずかしかったんじゃない。ママのことがはずかしかった。

34　きょう感

クロゼットの戸が開いたとき、すぐにパパだとわかった。すきまから、かっこいいシャツと上着がのぞいて、クッキーのふくろを動かす手も見える。すると、ふくろが話しかけてきた。「やあ、きみ、ぼくを食べたいかい？」パパがわざと高いへんな声を出してるのがわかったから、ぼくもへんな声で答えた。「うほっ、すごく食べたい、ありがとう！」ぼくは体を前へ乗り出し、パパの手から、ふくろをさっとつかんだ。

戸が大きく開き、パパがえがおで言った。「パパもいいか？　中でいっしょにクッキーを食べても」いいよ、とぼくが言うと、パパはうつぶせのかっこうで入ってきた。

「こんど来るときは、パパせん用のねぶくろか毛布か何かを持ってきたほうがいいよ。このねぶくろは、ふたりですわるには小さいから」ぼくはパパに言った。

「りょうかい」パパは言い、戦場の兵士のように、おでこの横に手を当てた。そして、ぼくと同じようにあぐらをかいてすわると、クッキーのふくろをあけ、ふたりのあいだにおいた。ふたりでクッキーを一まいずつつかむ。「何をしてたんだ」

「本を読んでた」

「アンディに？」パパは言い、かべの写真を見た。

「うん」

「パパも聞かせてもらってもいいか。何を読んでるんだ」

ぼくは『巨大ダコと海の神秘』の表紙を見せた。「もう七十八ページまで読んだから、聞いてもわかんないんじゃないかな」

「読んだところまでのあらすじを教えてくれないか」

「いいよ。ジャックとアニーがマジック・ツリーハウスで小さな島へ行くと、そこへ、たんけん家や科学者を乗せたHMSチャレンジャー号っていう船がやってくる。ジャックとアニーがその船に乗せてもらうと、乗組員が海のかいぶつをさがしてるって言うんだ。その海のかいぶつは、何びきもの海へビが巣ごと泳ぎまわってるみたいなんだって」

「気持ち悪いな」

「うん」ぼくは言った。「そのあと、大あらしがやってきて、ジャックとアニーはすごい波にさらわれ、船から投げ出されるんだけど、そこで大ダコに助けられるんだ。その大ダコってのが、乗組員がさがしてた海のかいぶつで、でも本当はかいぶつなんかじゃなくて、おぼれそうなジャックとアニーを救ってくれるんだよ。だけど、乗組員たちはそんなことを知らないから、大ダコをつかまえてころそうとする。だから、ジャックとアニーは、どうやったら大ダコを助けられるかを考えるってわけ。読んだのはそこまでで、のこりはあと二しょうだよ」

「はらはらするな。先を聞かせてくれ」パパはクッキーをもう一まいつかみ、かべにもたれかかって、目を閉じた。ぼくももう一まいクッキーをつかみ、また声に出して読みはじめた。

やがてジャックとアニーは、まほうのつえを使って大ダコを助ける。まほうの力で大ダコが話せるようになると、乗組員たちは、かいぶつじゃないと知って、大ダコをはなしてやる。そしてついに、ジャックとアニーはマーリンのための三つめの〈幸せのひけつ〉を見つける。それは「すべての生き物に思いやりの心を持つこと」だ。思いやりってのが、よくわからなかったけど、ジャックはアニーに「生き物にきょう感し、大事だと思う気持ちのこと」だと説明してる。

「〝きょう感〟ってどういう意味？」ぼくはパパにたずねた。むずかしい言葉だ。

パパは目をあけた。「そうだな、相手がどう感じてるかを気にかけるってことかな。そして、その気持ちをりかいし、分かち合うこと。うまく説明できないな」

「相手の気持ちをわかろうとしなきゃいけないってこと？」

「そう、ここで言いたいのは、そういうことだと思う」

「だけど、どうやったら、それで幸せになれるのかな。ぼく、ジャックとアニーが見つけた〈幸せのひけつ〉を、みんなでためそうと思ったんだけど、これはすべての生き物についてのことだし、自然や動物の話だから、ぼくたちが幸せになるためには使えないのかも」

「そうか。これが三つめの〈幸せのひけつ〉なら、ひとつめとふたつめはなんだ？　そもそも、なぜ〈幸せのひけつ〉をさがしてるんだ」

「ジャックとアニーは、マーリンを助けるために四つの〈幸せのひけつ〉をさがしてるんだよ。マーリンはまほう使いなんだけど、気分が悪くて、すごくふさぎこんでる。だからマーリンを元気にするために〈幸せのひけつ〉がひつようなんだよ。ひとつめは〝自然や身のまわりの小さな幸せに気づくこと〟で、ふたつめは〝こうき心を持つこと〟。でも、ぼく、ふたつともためしたけど、うまくいかなかった」

パパはしばらく考えたあと、こう言った。「人間だって生き物だろ。だから、そのひけつは人間にもあてはまると思う。自分のことだけ考えるんじゃなく、相手のことも考えて心配したほうが、いい気分になる。相手の気持ちを思いやり、きょう感すれば、相手がなぜそんなことをするのか、りかいできるんじゃないか。つまり、相手の行動を見るだけじゃなく、どうしてそんなふうにするのか、その気持ちをわかろうとするのが大切だってことだ。どう思う？」

ぼくはパパが言ったことを考えた。パパとぼくがもう一まいずつクッキーをつかんだから、ふくろにのこったクッキーは二まいだけになった。「アンディに、そうしてあげればよかった」ぼくは言った。

「どういう意味だ」

「ぼく、いつもアンディがいやなことをするとしか思ってなかった。ぼくにいじわるをするとしか。そのせいで、アンディをきらいだと思ったことが何度もあるけど、アンディにきょう感しようとしたことなんかなかった」ぼくはつづけた。「たぶん、アンディは、ぼくたちがきょう感しようとしてるのに気づいたら、あんなにたくさん悪いことはしなかったと思うんだ」ぼくは言い、かたをすくめた。

パパはクッキーをつかんでた手をおろし、ぼくを見た。何か言おうと口を開いたけど、言葉が出てこない。

「なんでアンディはあんなことをしたんだと思う？」ぼくはたずねた。

「あんなことって？」パパの声はいつもとちがってた。

「いつもやってたことだよ」ぼくは言った。「悪いこと」

パパはせきばらいをした。自分の手を見おろし、つめのまわりの皮をつまみはじめる。「わからないな」

「たぶん、ハルクのせいだと思う」

「ハルク？」パパは顔をあげて、ぼくを見た。おでこにしわがよってる。

「うん、ハルクって、ものすごくおこると、へんなふうになるんだ。心の中ではそうなりたくないと思ってるんだけど、自分ではどうすることもできない。そのあと、ふつうにもどって、またブルース・バナーになると、自分のしたことをこうかいする。アンディもハルクと同じだったんじゃないかな。ぼくもいま、よくそんなふうになるんだ」

「なぜそうなると思う？」

「わからない。いかりの気持ちは、あっと言う間にしのびよってくるから、どうすることもできないんだよ」

「だが、いつ、そんなふうにしのびよるんだ。そうなる前に何か起こるのか」

ぼくは少し考えた。「さいしょは、インタビューのときで、ぼく、話したくなかったんだ」

「ああ、あのとき、おまえはすごくおこったな」

「うん。いまはね、パパとママとずっといっしょにいたいのに、いられないとき、いかりの気持ちがふくらむんだよ」

「そうか」パパは言った。それからしばらく、ふたりともだまっていた。

「パパ」

「なんだ」

「パパとママは、アンディが生きてたとき、アンディにきょう感しようとしてた？」ぼくはたずね、写真のアンディの悲しそうな顔を見た。家族のだれも自分の気持ちをわかろうとしてくれなかったら、本当に悲しいだろうな。そして、そのまま死んでしまうなんて。

「うん」パパはまたせきばらいをした。「してたと思う。パパもママも……そうしようとしてた。だが……うまくいかなかったし、もっと……うまくやれていたらと思う。いや、ちがうな。うまくやれたはずだし、やるべきだった」そう言ったパパの顔はとても悲しそうで、ぼくは、のどにかたまりがつまったようになった。

「こんなことを考えても、もうおそいのかな。だって、アンディは死んだんだし、いまはもう、何もわからないんだから。それとも、アンディにはわかるのかな。いまも」

「もうおそいなんてことはないさ。おまえがそんなふうに考えてるなんて、パパは……おどろいた。おまえはすばらしい子だよ、ザック」

「きょう感の気持ちの紙も作ったほうがいいと思うんだ」

「いい考えだ」

「どの色にしたらいいかな」

「ああ、むずかしいな」パパが言った。「きょう感はやさしい気持ちだろ？　だから、明るい色がいいんじゃないか……。白はどうだ。白は……」

「せいけつってこと？」

「ああ、せいけつだ。そして、じゅんすいだ。きょう感は、じゅんすいな気持ちだからな」

「じゅんすいって？」

「ああ……まじりけがなくて……正直ってことだ。自分勝手じゃないとも言える」

「わかった。白にする。白なら、かんたんだよ。紙を用意するだけでいいんだから。取ってくる」

ぼくはひみつ基地をぬけ出し、自分の部屋から紙を持ってきた。セロハンテープで、きょう感の紙をかべにはる。パパといっしょにかべにもたれかかって、ほかの気持ちの紙とならんだ新しい紙を見つめた。

「いろんな気持ちがあるね」ぼくは言った。

「そうだな。だが、おまえの言ってたとおりだ。こうして見てると、気持ちをかんたんに分けることができる。おまえは頭がいいな」パパがそう言ったとき、ぼくはいい気分になって、小さくわらった。三つめの〈幸せのひけつ〉が役に立ったと思い、少しだけ幸せな気持ちになった。

35　学校へ

ママはニューヨーク・シティから、新しいバージョンへとパワーアップして帰ってきた。そのバージョンへかわりはじめたのは、チャーリーとおくさんがぼくの家に来て、前に学校で見た、ぼうでつつかれたヘビみたいに、ママがおこったときだった。いまのママはすっかりその新しいバージョンになってて、前のママは何ものこってない。ハイヒールをはいて家の中を歩き、それをぬぐこともなく、ずっと電話でしゃべってる。ほかのインタビューにも答えるし、「いぞく」とママがよぶ人たちと話したりもしてる。切ったと思ったら、すぐにまた電話が鳴りだす。

はじめ、ぼくはスパイをするつもりで、ママが電話でしゃべるのを聞いてた。でも、ママは話してることをひみつにするつもりなんてなかったから、ぜんぜんスパイにならなかった。キッチンでも家のどこでも、大きな声で話してる。ぼくが聞いてるのに気づいても、だめと言わない。だから、本当はスパイしてるわけじゃないのに、なんだかいけないことをしてるような気がして、だけどそのうち、もう聞きたくないと思うようになった。ママが話してるのはチャーリーとおくさんのことで、あの人たちのせいだって、そればかりだった。何度も何度もくり返してる。ぼくはだんだんうんざりして、いかりの気持ちがふくらんできた。

つぎの日の朝、車でいっしょに学校まで行こうと、げんかんでパパがおりてくるのを待ってるとき、キッチンで電話をしてたママが話を終えた。ママはげんかんに出てきて「けさは、いまの電話がさいごよ」と言って、ぼくにほほえんだけど、ぼくはわらわなかった。

「ママには、きょう感の気持ちがあまりないんだね」ぼくはママに言った。

ママはわらうのをやめ、目をつりあげてこわい顔でぼくを見た。後ろから、階だんをおりるパパの足音がひびく。「それ、どういう意味？」ママは言い、その声は顔と同じくらいこわかった。

「ママはチャーリーやおくさんに、きょう感しようとしてないってこと。ふたりの気持ちをわかろうとしてない」ぼくは説明した。

「そうよ、あたりまえじゃない」ママは言った。

「やめろ、メリッサ」パパが言った。

「いやよ、やめない」ママは言い、いかりのこもった目でぼくたちを見た。「あなたたち、ふたりで手を組もうってわけ？　あの人たちのどんな気持ちをわかれというのよ、ザック」ママはぼくをばかにするように言った。

ぼくはママのほうを見ないで、返事もしなかった。ほどけてもいないのに、くつひもをむすぶふりをした。

「そう、あなたの言うとおりよ、ザック。ママはあの人たちの気持ちなんかどうでもいいの」ママは言い、キッチンへもどった。ぼくはくつを見つめつづけたけど、目になみだがたまって、だんだんぼやけてきた。こんな言い方をするなんて、ママはもうぼくのことがすきじゃないんだ。

「行こう」パパが言い、ぼくたちは外へ出た。

学校へ向かう車の中で、ぼくもパパもだまってた。でも、学校の前で車が止まり、エンジンをかけたまますわってるとき、ぼくは言った。「ママにきょう感のことを話したのはしっぱいだったね。ママがいい気分になって、また幸せになれるように助けたかったのに、ぎゃくにママをおこらせちゃった。〈幸せのひけつ〉なんて役に立たないのかな」

ぼくはまどの外をながめた。学校の正面げんかんへ向かって生徒たちが歩いてて、その声がまどを通して聞こえる。さけび声。わらい声。だれかをよぶ声。ふだんどおりの学校での一日がはじまろうとしてるし、あの子たちにとっては、中へ入るなんて、かんたんなことだ。

「入ってみるか」いつものように、パパがたずねる。

「きょうはやめとく」いつものように、ぼくも答える。

「わかった」パパは言い、車をスタートさせた。しばらくのあいだ、車の中はしんとしてたけど、やがてパパが言った。「思うんだが、〈幸せのひけつ〉がうまく使えるようになるには、じゅんびがひつようじゃないかな。ちょうどいいタイミングがあるんだ」

「いまはママにとって、ちょうどいいタイミングじゃないってこと？」

「ああ、そう思う」

「パパ」

「なんだ」

「ぼく、ママに会いたい。いつものバージョンのママに」

「ああ、パパもだ」パパが言ったとき、ちょうど家に着いた。

パパといっしょに家に入ると、げんかんにママがいて、まだおこった顔をしてた。

「だめよ！」ママは大声で言った。「いいかげんにしなさい、ザック。学校へ行くのよ。もう六週間近く休んでるんだから。車に乗りなさい。こんどはママが送っていくから」

　ぼくはパパのうでをつかんだ。「パパは、ぼくがその気になるまで行かなくていいって言ったよ」

「もうその気になってもいいころよ」ママは言った。「それに、わたしたちは、少しはなれる時間があったほうがいいのよ。車に乗りなさい」

「メリッサ、キッチンで話さないか」パパが言った。その声を聞いてパパもおこってるとわかったけど、ママは気にしなかった。

「いいえ、話はこれで終わり。さあ、行くのよ、ザック」ママはぼくのうでをつかんでぐいっと引っぱり、ガレージへつづくドアのほうへつれていこうとした。パパのほうをふり返ったけど、パパはそこに立ってるだけで、助けてくれなかった。

　学校まで、ママはスピードを出して運転して、ブレーキのふみ方もらんぼうだった。ママの運転でよったことなんてなかったのに、だんだん気持ち悪くなった。いかりのなみだが出てくる。なんでパパは助けてくれなかったのか。その気になるまで行かなくていいとやくそくしたのに、ママにぼくをつれていかせて、パパはやくそくをやぶった。

　ママは学校の前の、さっきパパが止めたのと同じところに車を止めた。車からおりてドアをあける。「おりなさい、行くのよ、ザック」

「行きたくない」ぼくは言った。

「気持ちはわかる」ママは言った。なるべくやさしく話そうとしてるのがわかる。「でも、そろそろ行ったほうがいいの。ママがいっしょについていくから」

「ぼくが家にいると、じゃまなだけだろ！」ぼくはさけんだ。「ばかみたいな電話をしたいから。

ぼくのことなんて、もうどうでもいいんだ」

学校の前で何人かが立ち止まったんで、ぼくは顔を見られたくなくて、横を向いた。ママはすごく小さい声で言った。「おりなさい、ザック。言うのはこれがさいごよ」その声を聞いて、ママにはあきらめるつもりがないのがわかった。なんとしてでも、ぼくを中に入れるつもりだ。ぼくは車からおりたけど、車によったせいで気持ち悪かった。まだこっちを見てる子がいるのに気づき、ぼくはうつむいて、くつを見た。ママが歩きはじめたから、ぼくはその後ろをついていった。

正面げんかんに着くと、ドアの前にけいび員さんがいた。女の人で、名ふだには「マリアナ・ネルソン」と書いてある。せはひくいけど、横はばが広い。体は真四角って感じで、顔はボールみたいにまるかった。

「おはようございます。何かご用でしょうか」けいび員さんがママに言った。

「ええ、この子、名前はザック・テイラーです。この学校に来るのはきょうがはじめてで。その……マッキンリーでのことがあってから」ママが言った。

「わかりました」けいび員さんは言った。「いらっしゃい、ザック。たんにんの先生の名前は?」

ぼくは何も言わなかった。そんなの知らないし、しゃべりたくもない。

「ラッセル先生です。マッキンリー小学校からいらっしゃってる」ママがそう言ったんで、ぼくはママの顔を見た。この学校でもラッセル先生のクラスだなんて知らなかったし、それだけはうれしかった。

「さあ、中にデイブっていうけいび員がいるから、じむ室へいっしょに行って、ラッセル先生の教室へつれてってもらいなさい」けいび員さんは言い、ぼくに向かってわらった。

ぼくはママのうでをつかんだ。「いっしょに中までついてきてくれるって言ったよね」

「あの……この子、まだ……不安みたいで。わたしもつきそってかまいませんか」ママが言った。

「申しわけありません。ほご者の方は、送りむかえのときに校しゃに立ち入りできないことになっております」けいび員さんが言った。「どうか、ごりょうしょうください……あのあと、新しく決まった、きそくでして」

「やくそくしたじゃないか！」ぼくはママに言い、うでをつかむ手に力をこめた。

「心配しなくてだいじょうぶよ」けいび員さんが言った。「ここには、わたしたちがいるから」ドアの横のボタンをおすと、ブーッと音を立ててドアが開いた。「デイブ？」中へ向かって、よびかけた。

「なんだ」男のけいび員さんが来た。女の人とは正反対で、せがすごく高くて、ひょろりとしてる。

「デイブ、じむ室でこのザックの名前をかくにんしてもらって、それからラッセル先生の教室へつれてってくれる？　きょうがはじめてなのよ」女のけいび員さんは言った。

「りょうかい。さあ、行こうか」デイブというけいび員さんがぼくに言ったけど、ぼくは動かなかった。

「行きなさい、ザック」ママが言った。「いい？　ママはあなたに、ゆうきを持ってほしいの。あとでむかえに来る。わかった？」

ぼくは返事をしなかった。いやだとつたえるために、何度も首を横にふりつづける。ママがぼくをだきしめたけど、ぼくはだきつかなかった。

「ときには、そう、バンドエイドをはがしたほうがいいかもしれませんね」女のけいび員さんがママに言った。「二分後には、あんがい、けろっとしてるかも」

「そうね……」ママが言った。女のけいび員さんに軽くせなかをおされてドアの向こうへ行くと、ドアが閉まり、そのふたりは向こうがわにいるから、こっちがわはぼくとデイブだけになった。ぼくはドアをあけてママにさけびたかったけど、ろうかでおおぜいの子たちが見てたから、何もしなかった。

「さあ、こっちだ」デイブが言い、ぼくたちはろうかを歩きだした。ろうかはマッキンリー小学校とほとんどかわらなくて、においも同じだった。ろうかの右がわにある、じむ室へと、デイブが進んだ。ここもマッキンリー小学校とにてる。「クローディア」と、デイブが白いかみの毛の年とった女の人をよぶと、女の人は顔をあげて、ぼくにほほえんだ。デイブはぼくのかたに手をおいて言った。「この子はザック——えっと、名字はなんだ」ぼくにたずねる。

「テイラー」ぼくはすごく小さな声で答えた。

「ザック・テイラー、ラッセル先生のクラスだ」

女の人はキャビネットのほうへ歩いていって、赤いフォルダーを取り出し、中の書るいを見た。

「ああ、あった。ザック・テイラーね。待ってたのよ、ザック」女の人はもう一度ほほえんだ。

「じゃあ、教室へ行こう」デイブが言い、ぼくたちはろうかへ出て右に曲がった。ろうかを歩いてるあいだずっと、デイブはぼくに話しかけてきたけど、ぼくはだまってた。歩いてるうちに、何かが後ろにいるような気がしてこわくなり、その気持ちはどんどんふくらんでいった。

それがなんなのかをたしかめたくても、こわくて後ろを向けない。そのときとつぜん、ゆかに死にそうな人たちがいて、あちこちに血がとびちってるように感じた。足がどんどん速くなり、体じゆうがあつくなる。ろうかのつきあたりにドアが見え、そのドアに向かって走りたくなり、きょうふがますます大きくなった。そのとき、デイブが足を止め、ぼくはぶつかってしまった。デイブが言った。「おっと、あわてるな。着いたぞ。ここがラッセル先生の教室だ」

36　あらし

「ザック！　おはよう！　きょう会えるなんて思ってもいなかった」デイブがドアをあけると、ラッセル先生が言った。先生は教室の後ろのほうから来て、ぼくを見てすごくうれしそうな顔をした。しゃがんで、ぼくをだきしめてくれる。前のクラスの友だちもみんなそこにいて、おはようとか、もどってくれてうれしいとか、そんなことを言った。みんなに見られるのはいやだったけど、ラッセル先生にぼくの席を教えてもらったら、またニコラスのとなりだった。またマッキンリー小学校にいるみたいで、何もかわってないように感じた。

「さあ、みんな、じゅぎょうにもどりましょう」先生が言った。みんながいっせいにワークブックを取り出し、えんぴつを持って、しずかに勉強をはじめた。「ザック、ちょっと話さない？」先生が言い、ぼくは先生のつくえのそばに、ならんですわった。

「わたしがあげたチャーム、まだ持ってる？」先生が言ったけど、その声はとても小さかったから、ぼくにしか聞こえなかったはずだ。

「はい」ぼくは言った。「家の……安全な場所にしまってあって、よく見てます」

先生はほほえんだ。「よかった。あのチャームはね……悲しいことがあったとき、いつもわたしを助けてくれたのよ。あれを持ってると、おばあちゃんがどこからかわたしを見ていてくれるって思えるの。わかる？」ぼくは、うん、と首をたてにふった。「うそじゃなく、心からそう思えるのよ」先生はつづけた。「あなたのお兄さんも同じよ。いなくなったわけじゃない。どこかであなたを見ていてくれる」先生が手をあげてほっぺにふれたんで、ぼくののどに大きなかたまりがこみあげた。

「宿題はやった？　いっしょに見直しましょうか」先生は言い、ぼくのほっぺから手をはなした。そして、つくえからフォルダーを取り出し、ぼくが学校に来ないあいだにクラスで進めたワークブックを見せてくれた。それはミミが家に持って帰った宿題と同じで、ぼくはいくつかやってたけど、全部じゃなかった。

ラッセル先生のとなりにすわってるのは、気分がよかった。教室はとてもしずかで、みんなが自分の勉強に取り組んでる。でも、そのときとつぜん、だれかが、たぶんエバンジェリーンだと思うけど、何かして、ぼくにはよく見えなかったけど、ラッセル先生が、やめなさい、と声をかけた。そのとき、先生のあたたかい息が、ぼくの口のあたりに思いっきりかかった。コーヒーのにおいがした。そのとたん、さっきろうかを歩いてたときのすごくこわい気持ちがよみがえり、クロゼットにいたときの先生の息のにおいも思い出した。心ぞうのどきどきがまた速くなり、ママの運転でここへ来たときみたいに気持ち悪くなる。

いまにも吐きそうだったから、ぼくは大きく深く息をすった。ぜったいに吐きたくない。

「ザック、だいじょうぶ？」先生が言ったけど、すぐとなりにすわってるのに、その声はずっと遠くから聞こえてくるようだった。先生が話しかけたとき、またコーヒーのにおいがして、そのしゅんかん、ぼくの口からゲロがどばっと出た。それが先生のつくえとぼくのシャツの前にかかる。立ちあがると、またどばっと出て、こんどはくつがゲロまみれになった。

「うわあああああ！」「ぐえええええええ！」クラスのみんながさわぎだした。

「だいじょうぶよ、ザック、だいじょうぶ。心配しなくていいの。よくあることだから」先生はそう言ったけど、自分でも「おえっ」って顔をしてる。

そのあと何回か出て、ほとんどゆかへ落ちたあと、ようやく止まった。

「気分はよくなった？」先生はぼくのせなかをなでてくれた。

ぼくは何も話せなかった。ゲロがまだのどや鼻のおくにのこってる。体があつくなり、ぼくは泣きさけびたくなった。

「ニコラス、ザックを医む室へつれていってあげて」先生が言った。「ザック、ここはわたしがきれいにする。だから、心配しないで」

ニコラスは、きたないものを見るような目つきでぼくを見たけど、とにかく、医む室までつれてってくれた。医む室の先生は、ゲロをふきとってくれ、そのあとママに電話した。そこらじゅうに、しかもみんなが見てる前で吐いてしまって、すごくいやな気分だったけど、ママがむかえにきてくれるのはうれしかった。ニコラスは教室へもどり、ぼくは医む室のベッドにすわってママを待った。服からゲロのにおいがして、また気持ちが悪くなってきた。

そのとき、マッキンリー小学校でいっしょだった五年生の男の子が医む室に入ってきて、ぼくを見るなり、うでで口をおさえた。「うえっ、くせえな、ここ」ひどく大きな声で言った。

「やめなさい、マイケル、しずかに」医む室の先生が言った。「どうかしたの？」

でも、マイケルは先生のしつもんには答えなかった。大きな声でぼくに話しかけてくる。「うえっ、シャツについてるの、ゲロかよ」ほかにも何人かの男の子たちが、マイケルが大声で話してたせいで入ってきて、ぼくを見たとたん、うでで鼻をふさいだ。

「おまえ、アンディの弟だよな」五年生のべつの男の子がぼくに言った。

ぼくは返事をしなかった。

「さあ、医む室に用がないなら、ここから出るんだ」男の子たちの後ろに来てたけいび員のデイブが言い、何人かは医む室から出はじめた。でも、マイケルと何人かはまだのこってた。

「なあ、アンディのママは、しょっちゅうテレビに出てるよな」マイケルがとなりにいる男の子に言った。

「ああ。おれのママは、チャーリーのことをあんなふうに言うのはまちがってるって言ってた」となりの男の子がそう言ったとき、おなかにいかりの気持ちがわいてきた。ぼくは、マイケルととなりの男の子に、ママの話をするのはやめろ、と言いたかったけど、言えなかった。またこわくなった。

「アンディのママは有名になりたいんだろ」マイケルが言い、ぼくを見て、両手を軽くあげた。

「いや、悪く言うつもりはないけどさ」

そのとき、いかりの気持ちがますますふくれあがり、体がはちきれそうになった。マイケルともうひとりの男の子は、まだぼくにママのことを話してたけど、何を言ってるのか、もうわからなくなった。心ぞうの音が、どくんどくんと耳の中で鳴りひびき、ほかに何も聞こえなかったからだ。いかりのなみだがほっぺを流れる。マイケルがぼくを見て、へんな顔をし、「おい、こいつ、泣いてるぜ」と言ったとき、ぼくのいかりがばく発した。

それから何が起こったのかは、よくおぼえてない。おぼえてるのは、「ママのことを言うのはやめろ！」という自分のさけび声が聞こえたことと、マイケルの上にのしかかったことと、そのあと、だれかに引きはがされたことだけだ。気がつくと、マイケルがゆかで口をおさえてた。指には血がついてる。

だれかが後ろからしっかりつかんでたけど、ぼくはまだマイケルをけとばそうとしてた。マイケルはぼくよりずっと大きいのに、いかりの気持ちがぼくにびっくりするような力をくれたんだ。ただ、ぼくをつかんでる人の力のほうが強かった。ふり向いてたしかめると、知らない男の人だった。その人はぼくに話しかけてきたけど、ぼくの耳には、心ぞうが鳴りひびく音しか聞こえなかった。

そのとき、パパが医む室に入ってきて、ぼくをつかんでる男の人に何か言うと、男の人はパパにぼくをあずけ、パパはゆかにすわって、ぼくをひざに乗せた。

「よし、だいじょうぶだ。わかったから、落ち着け」パパはぼくの耳もとで話したから、何を言ってるか、少しずつ聞こえるようになった。

「はなせ」ぼくはパパにさけんだ。「はなせ、はなせ！」

「わかった、はなすから、なぐったりけったりするのはやめろ。いいな」

医む室の先生がマイケルのとなりにいた。先生はマイケルを立たせ、ベッドにすわらせた。マイケルが泣きじゃくりながら、くちびるをさわったら、手にもっと血がついた。

パパが立ちあがり、さっきぼくをつかんでた人に話しかけた。

「申しわけありません、あの……」とパパが言うと、男の人が手をのばして、ふたりはあくしゅした。

「マルティネス。ルーカス・マルティネス。このウォーデン小学校の教頭です」

「ジム・テイラーです」パパは言った。「申しわけありません。息子がとんでもないことを……」

ぼくは立ちあがり、医む室を出て、正面げんかんへ向かった。ドアをあけて外へ出る。

「ザック！」後ろからパパがぼくをよぶ声が聞こえる。「待て、ザック！」でも、ぼくは歩きつづけた。パパの車が学校の前に止まってるのが見え、そっちのほうへ歩いていく。パパが追いついてドアをあけ、ぼくを車に乗せた。ゲロがついたのと、医む室の先生がぬらしたタオルでふいたせいで、服がしめってて寒い。あまりに寒くて、体ががたがたふるえだした。パパは運転席にすわり、そのまましばらくじっとしてた。

「もうめちゃくちゃだな」パパは言い、車をスタートさせた。

家にもどると、ママとミミが待ってた。ふたりともぼくを見て大さわぎし、ママはぼくを二階へつれていって、シャワーをあびさせた。あついお湯に当たっても、ふるえはなかなか止まらなかった。いかりの気持ちも消えない。ぼくはマイケルにも、もうひとりの男の子にも、そしてママにも、パパにもおこってた。でも、ずっとシャワーをあびてたら、ふるえがおさまり、いかりの気持ちも消えていった。お湯がいかりをあらい流してくれる気がして、はい水口へそれがすいこまれていくのを見守った。

その日の午後、スタンリー先生が家に来た。新しい学校でぼくがしたことについて話すためだ。ぼくも同じ部屋にいたのに、先生もパパもママも、まるでぼくがそこにいないみたいに話した。

「もう少し時間がひつようだと思いますね」スタンリー先生が言った。

「おっしゃるとおりです」パパが言った。

「勉強には、じゅうぶんついていっています。感しゃ祭も近いことですし、ゆっくり様子を見てもいいのではないでしょうか……たとえば、クリスマス休みのあとまでとか」スタンリー先生は言った。

「そんなに長く学校を休むなんて」ママが言った。「あの子にとって、それがいちばんよいとは思え――」

パパがママの言葉をさえぎった。「まだ一年生だぞ。大学への進学テストのじゅんびをするわけじゃない。だいじょうぶだ！」

ママがすごくおこった目でパパを見た。スタンリー先生はママとパパを何度か見て、なんと言っていいかわからないような顔をしてる。「ええ、つまり、学校としましては、急ぐひつようはないとおつたえしたかったわけです。このまま自習をつづけ、おくれるようなことがなければ、りゅう年ですとか、そういったことは心配なさるにおよびません。ただ、こういったケースでは、カウンセリングを受けることをおすすめします。そう……ぜひそうしていただきたい。おつたえしたかったことは、それだけです」スタンリー先生は立ちあがった。

「ありがとうございます、スタンリー先生」ママが言った。「家族で話し合って、先生にごれんらくします」ママはスタンリー先生をげんかんまで送っていった。客間にもどると、ママはさっきまでいたところにはすわらないで、まどのそばまで歩き、ぼくがすわってるいすの横に立って、外をながめた。ママはぼくのかみの毛を何度もなでた。ママが深く息をすったり吐いたりする音が聞こえる。

「バーン先生にれんらくするよ、ザックのために」パパがしずかな声で言った。

ママはゆっくりと首をたてにふった。「そうね……それがいちばんいいと思う」ママは言い、ぼくのかみをなでるのをやめたけど、手はまだ頭のてっぺんにおいたままだった。

バーン先生はアンディがODDでかかってたお医者さんで、アンディを落ち着かせることもよくやってた。パパとママは、こんどはぼくをバーン先生のところへ行かせようとしてる。ぼくが学校で悪いことをしたからだ。

「バーン先生のところには行きたくない」ぼくは小さい声で言った。「ごめんなさい、きょう、学校で悪いことをしちゃって。ごめんなさい、ママ。あんなこと、もう二度としない。やくそくするよ」目になみだが出て、体じゅうがあつくなる。まどの外じゃなく、ぼくを見てほしくて、ママの手をつかんだ。「ねえ、ママ、ごめんなさい」

「ああ、ザック」ママは言い、ぼくのほっぺにふれた。「もうあんなふうにあばれたりしないでね。いますぐ決めなくてもいいから、心配しなくていいの」

「いや、いま決めよう。ザック、おまえにばつをあたえようとしてるわけじゃない。おまえの気持ちが楽になるよう、助けたいんだ。わかるか」パパが言った。

「この件については、もう少し話し合ったほうがよさそうね」ママが言って、パパを見た。ふたりとも、しばらくだまったままだった。いかりのこもった目でにらみ合ってる。

「ザック、すまないが、二階へあがっててくれないか」パパはそう言ったけど、ぼくのほうは見ないで、ママをにらんだままで、ぼくはなぜそんなことを言うのかわかってた。大きなあらしが来る前みたいだった。すごくしずかだけど、黒い雲がこっちへ近づいて、遠くからかみなりの音が聞こえてくる。やがて、すぐ近くでかみなりが鳴り、いなずまが光りだすんだ。

あらしが来るのを待つのはいやだ。ぼくは客間を出ると、階だんをのぼって、ひみつ基地へ入り、ドアを閉めた。かみなりが鳴って、いなずまが光りだす前に。

37　感しゃ祭

ママとパパが起こしたあらしは、いつまでものこった。それは何日もつづいた。いつもふきあれてるわけじゃなかったけど、ママとパパがいっしょにいるときは、たいてい起こった。パパが仕事に出かけてるときだけ、しずかになる。パパはまた、仕事でおそくまで帰らないようになり、前もそうだったから、もとにもどっただけなんだけど、だから、ひみつ基地にはもう来なくなった。

ママとパパが同じ部屋にいるときは、すぐにかみなり雲ができるのがわかる。あたりがどんどん暗くなって、天井の近くが重い感じになっていく。あらしが起こるときは、あたたかい空気が上へ行く一方で、冷たい空気が下へ行き、その両方がぶつかって大きな雲になったあと、雲が雨やいなずまやかみなりを発生させる。この家では、ママが冷たい空気で、パパがあたたかい空気だ。ふたつがぶつかったとき、言葉とさけび声と泣き声のあらしがわき起こる。

ぼくはあらしの気配に感づくのがうまくなったから、そんなときはぎりぎりで部屋からにげ出す。二階へあがって、ひみつ基地に入り、ドアを強く閉めるんだ。すごく大きなあらしのときは、ひみつ基地まで声が聞こえることもあるけど、たいていは、クロゼットの戸を閉めれば何も聞こえない。

感しゃ祭の一週間前、ミミが来て、ミミとぼくとママの三人でいっしょに、キッチンカウンターで夕ごはんを食べた。料理はこしょうで味つけしたソーセージで、ぼくのこうぶつだ。パパはまだ仕事だったから、あらしは起こらなかった。

「感しゃ祭はどうするつもり？」ミミがママにたずねた。「あと一週間しかない。何かするなら、そろそろじゅんびをはじめないと」

ママはお皿を見おろしながら、ソーセージを動かした。ソーセージにフォークをつきさし、車がしょうがいぶつをさけて走るみたいに、ソースとライスのまわりを行ったり来たりさせてる。「祝日なんて……なければいいのに」ママはぽつりと言った。小さい女の子みたいなしゃべり方だった。

「うん、わかる、わかる」ミミは言った。「何もしなくていいのよ。ただ、ザックのことが気になって……」

「わかってる」ママは言った。顔をあげてぼくを見つめた目には、なみだがうかんでた。

いつもの感しゃ祭では、家族と友だちを家によんで、大きなパーティーを開く。ママはいつも大はりきりで、パーティーに出す料理や買うものなんかを書き出したリストを食器だなに何まいもはり、すごくきれいなランチョンマットやおきもので、すごくきれいにテーブルをかざる。食堂のダイニングテーブルのとなりにもうひとつテーブルをおいて、ひとつの長いテーブルみたいにするんだけど、全部おおうにはテーブルクロスが三まいもひつようだし、お客さんがみんなすわれるように、地下室のあまってるいすをパパが持ってこなきゃいけない。

去年、ぼくはかざりつけを手つだって、テーブルにおく名ふだを作った。ママとふたりで近くの湖のまわりを歩いて、まつぼっくりをさがしたんだけど、集めるのにすごく時間がかかった。十八人も来ることになってたし、大きすぎたり小さすぎたりで、ぴったりのやつがなかなか見つからなかったからだ。でも、家にもどったときには、ふくろいっぱいのまつぼっくりが集まってた。ママが茶色と赤とオレンジの紙を葉っぱの形に切りぬき、ぼくがそれにみんなの名前を書いていった。ママはアンディにも手つだわせようとしたけど、アンディは、そんなのは女の子のやることだと言った。アンディはぼくの字を見て、そんなへたな字じゃだれもどこにすわったらいいかわかんないぞ、と言ったんで、ぼくはがんばって書いたのにひどいなって思ったけど、ママはとてもじょうずだと言ってくれた。

けっきょく、アンディは自分のぶんだけ名前を書いて、自分だけがどこにすわればいいかわかるようにしてから、またXboxで遊びはじめた。だから、のこりはぼくがひとりで書いた。ぼくはママといっしょに、葉っぱとまつぼっくりをひもでむすび、ママからもらった席じゅんの紙を見ながら、お皿の上にまつぼっくりのついた名ふだをおいていった。

去年の感しゃ祭の日、七面鳥がやきあがるにはすごく時間がかかるから、ママは早起きし、七面鳥につめものをしてから、足をむすんでオーブンに入れた。そのあとしばらく、ママといっしょに、テレビでメイシーズ・デパートの感しゃ祭のパレードを見たけど、パパとアンディはまだねてたから、ぼくとママだけでとてもしずかだった。

パーティーがはじまり、ぼくとママがかざりつけたきれいなテーブルにつくとき、みんながぼくの書いた名ふだを見てほめてくれたから、ぼくはアンディを「どうだ、すごいだろ」って目で見たけど、アンディは「はいはい、わかったよ」と目でつたえてきた。

席について、みんなで料理を食べはじめたとき、チップおじさんが感しゃ祭のパーティーにいないのははじめてだったから、ぼくはちょっと悲しくなった。そのあと、じゅんばんに何に感しゃしてるかを言っていくとき、おばあちゃんとメアリーおばさんは泣いた。

感しゃ祭はすきだけど、何に感しゃしてるのかを言うのだけは、すきじゃない。みんなに見られながら言うのがいやだからだ。でも、自分の番がいつなのかはわかるし、心のじゅんびもできるから、赤いジュースはそんなにたくさん出てこない。去年、ぼくは「ママとパパに感しゃします」と言った。みんな、物じゃなくて人に感しゃしてたから、ぼくはママとパパをえらんだ。「へえ、そいつはどうも、ばーか」とアンディがテーブルの向かいの席から言って、パパがアンディをおこったから、いやな感じになったけど、ぼくはアンディには感しゃしてなかったから、アンディの名前は出さなかった。

「おれはXｂｏｘに感しゃする」とアンディは自分の番のときに言ったから、感しゃ祭でそんなことを言うなんて、ばかみたいだと思った。

いまは去年の感しゃ祭のことを思い出すしかないけど、今年の感しゃ祭が楽しくなるはずがないし、何に感しゃしてると言えばいいのかもわからなかった。いま、ぼくが感しゃしてるのはひみつ基地だけだけど、それはかくしてることだから、みんなの前で言うつもりはない。

「げんかんです！」とお知らせモニターのロボットレディの声がして、パパがキッチンへ入ってくると、ママはまたお皿を見た。ソーセージの車が、しょうがいぶつをさけて動きはじめる。

「ただいま」パパが言い、ぼくに少しほほえんだ。

ママは何も言わなくて、ミミが「おかえりなさい、ジム」と言ったけど、ミミの声はママと話してたときとはちがってた。なんだかぎこちなくて、いつものミミらしくない。

「ロバータ？」パパがミミの名前を問いかけるようによんだ。

ミミが立ちあがって、料理を乗せたお皿をわたすと、パパはそれを受けとって食堂へ行った。ひとりで食べるのはかわいそうだと思ったから、ぼくはスツールをおり、お皿を持って、パパのとなりにすわった。ママがお皿から顔をあげ、ぼくの動きを目で追いかけてるのがわかった。こわい目だった。

それから、ママはミミのほうを向いた。「いぞくを何人かしょうたいできたらって考えてたのよ。今年は……そうするしかないと思う……何か意味のあることをするんだったら」

「ああ……いい考えかもね」ミミが言った。

「何にしょうたいするって？」パパがたずねると、ミミとママはふたりだけの話をじゃまされたみたいな顔でパパを見た。

「感しゃ祭よ」ママが言った。

パパはフォークにさした食べ物を口へ入れようとしてたけど、口の前で手を止めて言った。「しょうたいするのか……赤の他人を。感しゃ祭に？」フォークにさした食べ物をお皿へもどす。

「赤の他人じゃない」ママが言い、かみなり雲がまた天井で大きくなりはじめた。「同じ悲しみを味わい、それを乗りこえようとしてる人たちよ。わたしたちは同じ船に乗ってるの。みんなでささえ合って、感しゃ祭やクリスマスを乗りきらなくちゃいけないのよ」

「じゃあ、家族はどうなんだ」パパが言った。「おれの母やメアリーの……そういう家族のささえはひつようないってのか……」

ママの顔がこおったようになり、ほんの少しわらったみたいだけど、そうは見えなかった。歯を食いしばって、くちびるの両はしを引っぱったような顔をしてる。「今年は、いつものようにはもてなせない」ママは言った。

「同じ立場の人たちといっしょにいたら、おたがいのためになると思うけど……」ミミが言った。

「ありがとうございます、ロバータ」パパは言った。目はママに向けたままだ。「さしつかえがなければ、メリッサとふたりで決めさせてください」

ママが大きく息をすって、ミミを見た。「信じられない」とママが言って立ちあがると、ミミも席を立ち、ふたりはいっしょにキッチンから出ていった。

ママとミミのお皿はまだキッチンカウンターにおいたままで、なぜふたりが食事のとちゅうであんなふうに席を立ったのか、ぼくにはわからなかった。少しのあいだ、そこはしんとしてたけど、パパはまた食事をはじめた。そのあと、また「げんかんです！」というロボットレディの声がした。ママがキッチンへもどった。ママのすごくおこった顔を見たら、おなかがいやな気持ちであつくなった。「ジム、こんど、母にあんな口のきき方をしたら、ぜったいに……」ママがおさえた声で言った。

パパは目を閉じ、ゆっくりと息をすったり吐いたりしてる。かみなり雲があばれだしそうなのがわかり、ぼくの心ぞうのどきどきが速くなった。あらしのど真ん中にいたくないけど、いまさらここを出ていけない。

「きみの考えは、わが家の感しゃ祭の祝い方にそぐわない」パパがおさえた声で言った。パパが目を開いて、ママをにらんだとき、ドーンとかみなりが落ちて、いなずまが光った。

「祝い方？　わたしは何も祝うつもりなんかない！」ママはどなった。

ぼくはあごをむねのほうにうずめ、両手で耳をふさいだ。

「祝うつもりなんかない。もてなすつもりもない」ママは言った。「その日をなんとか乗りきれるよう、助けてくれる人たちをよぶつもりだし、わたしもその人たちの助けになれる。それしかできないんだから！　でも、あなたはお祝いをしたいのね、ジム。だったら、あなたの家族といっしょに、あなたたちだけでお祝いしなさい！」

パパがママにどなり返すと、その声はかみなりのようにひびいた。「だが、きみだけの問題じゃないだろ？　きみは自分が感しゃ祭をどう乗りきるかしか考えていない。おれたちはどうだっていいのか？」パパは人さし指をぼくと自分に向けた。

ママはパパをにらみつけ、それからせなかを向けて、またキッチンから出ていった。

「すまない、ザック」パパは言ってかがみこみ、ぼくの手をつかんで耳からはなした。「ごめん……こんなふうに……。夕食をすませようか」席についたけど、ふたりとも何も食べなかった。

去年の感しゃ祭のとき、アンディの名前も口にすればよかった。だって、あれがアンディにとってさいごの感しゃ祭だったんだし、もうアンディの名前を言うときはないんだから。

38　こぢんまりと

感しゃ祭の日が来たけど、かざりつけもしなかったし、よぶんなテーブルもいすも出さなかった。「今年は、こぢんまりとやるのよ、ザック」ママは言い、パレードが終わってからようやく、七面鳥をオーブンに入れた。今年の七面鳥はとても小さくて、やく時間があまりかからなかったからだ。ミミとおばあちゃんとメアリーおばさん。今年来たのはその三人だけだった。パパは広間でフットボールを見てて、フットボールはあんまりおもしろくないけど、パパのそばにいたかったから、ぼくもいっしょに見た。

キッチンの電話が鳴り、ママが「もしもし」と言う声がして、少ししてから、こんどは大きな声で「あああああ！」と言うのが聞こえた。

ぼくはパパと顔を見合わせた。パパは両方のまゆ毛をあげている。なんでママがそんな声を出したのかをたしかめようと、ぼくは立ちあがってキッチンへ行った。ママはカウンターにもたれかかってた。片手を口に当て、反対の手で受話器をにぎって耳に当ててる。

「知らせてくれて、ありがとう」ママは言い、受話器をにぎった手をゆっくりおろしたけど、もう片方の手は口に当てたままだった。

ミミとおばあちゃんとメアリーおばさんが、それぞれ手にちがうもの――ハンドタオル、ジャガイモ、ジャガイモをあらうブラシ――を持ったまま、きんちょうした顔でママを見てる。

「ナンシー・ブルックスが亡くなった」ママは手を口に当てたまま言った。目からなみだがあふれ、ママは泣き声を閉じこめておきたいみたいに、ずっと手で口をおさえてる。

パパがキッチンに来て、ママを見た。「どうした、何があった」

「ナンシーが亡くなった」ママはもう一度言った。

パパは、意味がわからないと言いたそうな顔をしてる。

「きのうの夜、自さつしたのよ」ママは言った。

パパは後ろにたおれるように何歩かあとずさりし、キッチンカウンターをつかんで、もたれかかった。

「リッキーのママが死んだの？」ぼくはたずねた。

だれも答えなかった。

「どうしてそれを……」パパはかすれた声で言った。

「グレイさんが電話をくれたのよ。けさ、さんぽをなさってたんだって。ナンシーの家の前を通ったら、ガレージから……においがして、それでけいさつに電話したらしいの。においはナンシーの車から出てた。エンジンをかけっぱなしで……車の中にいたそうよ」

「ああ、なんてこと」ミミが言い、ママに歩みよって、だきしめた。

パパはママとミミを見つめたまま、だまってた。カウンターをつかむ手が青白い。パパはどんどん出てくるつばを飲みこむみたいに、何度ものどをごくりとさせた。そして、ゆっくりと後ろを向きながら、そっとカウンターから手をはなしたけど、いまにもたおれそうだった。そのままげんかんへ向かって、のろのろと歩きだす。

パパがドアのあたりに着いたとき、ママが言った。「きょう、感しゃ祭をひとりですごさなくちゃいけなかったからよ」さけぶように言う。「ナンシーはひとりぼっちだった。リッキーが亡くなって……ひとりになってしまった。きょう、ここによんであげればよかった……」

「ああ、メリッサ、あなたのせいじゃない」ミミが言い、ママのせなかをさすった。

「そうね」ママは言うと、ミミのうでをふりほどいて横へ一歩足をふみ出し、パパを見た。パパはキッチンのドアのそばにいたけど、こっちを向かなかった。ママはパパのせなかを指さした。「あの人のせいよ」

おばあちゃんとメアリーおばさんが顔を見合わせ、おばあちゃんは、さっきママが「ああああ!」と言ったときのパパみたいに、両方のまゆ毛をつりあげた。パパがゆっくりとこっちをふり向いた。顔が青ざめ、下くちびるがふるえてる。

「ナンシーをよべばよかった。あなたの言うことなんて聞かずに」ママは言った。パパの顔に気づいてないか、それともどうでもかまわないのか、そのまま話しつづけた。「ナンシーは、たったひとりで、きょうという日に向き合わなくちゃいけなくて、たえられなかったのよ」声には、いかりがこもってた。「あなたがしょうたいするのをいやがったから……赤の他人なんて言って……」

パパは青ざめた顔でくちびるをふるわせ、ずっとママをにらんでた。ママもにらみ返し、まるでにらみ合いの対決のようだったけど、ママが下を向いて、対決で負けた。パパはせなかを向けて、げんかんのほうへ歩いていき、ドアをあけて外へ出た。そのあいだ、ひとことも話さなかった。キッチンにいるみんなが、パパが立ってたところを見てた。空気が重く、ぼくの頭に、かたに、全身にのしかかってるような気がした。

「ちょっと、ごめんなさい」ママはだれも見ないで、小さな声で言った。そして、キッチンを出て二階へあがっていった。

みんなだまってたけど、しばらくしてメアリーおばさんが口を開いた。「おさるちゃん、この、めキャベツの下ごしらえをするのを手つだってくれる？」メアリーおばさんといっしょにシンクまでいすを運び、めキャベツの外がわの葉っぱをむいていく。めキャベツはたくさんあったから、ぼくはやることがあって、うれしかった。

ぼくとミミとおばあちゃんとメアリーおばさんで、食事のじゅんびをして、食堂のテーブルにお皿をならべたりした。ミミとおばあちゃんはだまってたから、メアリーおばさんがずっとしゃべりつづけてたけど、それはたぶんメアリーおばさんが話さないと、しずかすぎて、また空気が重くなるからだ。

「ザック、一、二、三、四、五本の大きなフォークと、あなた用に小さなフォークをならべてちょうだい。それと、ナイフを五本。どっちのナプキンを使ったらいいと思う？　そうね、そっちがいいかな。じゃあ、たたみましょう。こうやって……」メアリーおばさんは明るい声で、あれこれ話しかけてきた。ママとパパがまたけんかをして、パパが出ていって、感しゃ祭なのにちっともいいことがないから、ぼくを元気づけようとしてくれてるんだ。

「ジムに電話しましょう」しばらくして、おばあちゃんが言い、キッチンの電話でパパにかけた。よび出し音がいつまでも鳴りつづけ、やがておばあちゃんは「切」のボタンをおした。「出ない」

「七面鳥は、だいぶ前にやきあがってるのよ。たぶんもう、ぱさついてる」ミミが言った。「二階へ行って、メリッサをよんできます。食べましょう」少しして、ミミがママといっしょにもどり、みんなでテーブルについた。

今年は、何に感じゃしてるかについて、みんなでじゅんばんに言わなかった。食べはじめると、聞こえるのはフォークとナイフがお皿に当たる音だけになった。カチン、カチンって音だ。「七面鳥は、思ったほど、かわいてないね」カチン、カチン。「めキャベツ、おいしくできてますよ、メアリー」「ベーコンのおかげよ。かくし味なの」カチン、カチン。

パパの席が空っぽなのを見てたら、目になみだがこみあげた。そのとき、げんかんのベルが鳴り、いっしゅん、パパかと思ったけど、パパはかぎを持ってるから、ベルを鳴らすわけがない。ママが立ちあがって、ドアをあけにいき、ぼくはママのあとについていった。

けいさつの人がひとり、げんかんの外に立ってた。「テイラーさんのおくさまですか」

「そうですけど」ママが言った。

「少し、おじゃましてもよろしいでしょうか」

ママはドアを大きくあけ、けいさつの人を中へ入れた。

「やあ」けいさつの人はぼくに言い、ハイタッチをしようと手をのばしてきた。ぼくはハイタッチした。

ミミとおばあちゃんとメアリーおばさんが、みんな食堂から出てきた。おばあちゃんがはっと息を飲んだ。「息子のことでしょうか。ジム・テイラーの。何かあったのですか」おばあちゃんが言うのを聞いて、ぼくのおなかがきゅっといたくなった。

「あの、テイラーさんにお話をうかがいたいと思いまして。いらっしゃいますか」けいさつの人が言った。

「いいえ……いまはいません」ママが言った。

「どうして何かあったとお思いになったんですか」けいさつの人はたずねた。

「いえ、ただ……少し前に……出ていきまして、それであなたがいらっしゃったものだから、てっきり……」おばあちゃんが言った。

「テイラーさんに何かあったとは聞いておりません」けいさつの人は言った。「二、三、おうかがいしたいことがありまして……」ぼくを見て、言葉を切る。「どこか落ち着いて話せる場所はありますか」というしつもんに、ママが、ええ、客間でしたら、と答え、けいさつの人とママ、それにおばあちゃんとメアリーおばさんが客間へ行った。ぼくはいっしょに行かせてもらえなくて、ミミと食堂へもどった。

けいさつの人は、しばらくして客間から出てきた。げんかんでママに話す声が聞こえてくる。

「ご主人がもどられましたら、電話をくださるようつたえていただけますか。お食事中にしつれいいたしました。では、よい一日を。すてきな感しゃ祭をおすごしください」

「よい一日を」ママも小さな声で言い、食堂へもどった。ママはゆっくりと、いすにすわった。顔が、さっきのパパみたいに青ざめてる。

「パパはだいじょうぶだったの、ママ?」ぼくはたずねた。おなかのいたみがもっとひどくなる。

ママはぼくに返事をしないで、ミミを見て言った。「ナンシーがジムに手紙をのこしてたの。ナンシーだったのよ。そう、ナンシーがジムの……」とちゅうで言葉を切って、わらいだしたから、ぼくはびっくりした。さいしょは小さなわらい声だったけど、だんだん大きくなり、でも、ぼくは何がそんなにおかしいのか、わからなかった。わらってるとちゅうでママは言った。「わたしって、なんてばかだったの！」

39　思いがけないおくり物

感しゃ祭の日の夜、ぼくはメアリーおばさんの家にとまることになった。パパはぼくが家を出るときになっても、まだ帰らなかった。メアリーおばさんは、チップおじさんが死んだあと、ニュージャージー州の大きな家からアパートメントへ引っこした。アパートメントはぼくの家から近く、ぼくはそこへ二、三回行ったことがあった。そこはせまくて、げんかんを入ってすぐに小さなキッチンがあり、キッチンカウンターの前にぼくの家にあるようなスツールが三つおいてあって、テーブルはない。客間とメアリーおばさんのしん室のほかに、もうひとつしん室があるけど、そこはだんボール箱がいっぱいで、ベッドはおいてない。どこもへんなにおいがする。

「うえっ、くせえな、ここ」アンディがはじめてここへ来たとき、そう言った。

メアリーおばさんは、じょうだんっぽく答えた。「アンディはカレーのせんもん家じゃないようね。下の階に住んでる人が、カレーが大すきなのよ。朝もカレー、昼もカレー、夜もカレー。まあ、そのうち、なれるから」きょうも中に入ったとき、あいかわらずカレーのにおいがしたけど、ぼくはそんなにきらいじゃなかった。

「いっしょに映画でも見る？　ポップコーンを作って……あっ、ポップコーン、あったかどうか」おばさんは言い、小さなキッチンのたなをさがしはじめた。「ああ、ごめんなさい、ポップコーンはない。でも、プレッツェルならある。プレッツェル、すきだったでしょう」

ぼくは何も言わなかった。のどに大きなかたまりがあって、口を開くと泣きだしそうだったから だ。ママとパパに会いたかった。

ぼくは部屋の中を歩き、おいてあるものを見てまわった。メアリーおばさんとチップおじさんが、世界じゅうを旅して持ち帰ったものがいっぱいある。へんな顔のお面、絵、カップ、花びん……。前の家へ行ったときは、いつもチップおじさんが外国からのおみやげを見せながら、どこで手に入れたものだとか、どんな思い出があるかとか話してくれた。

ソファーのとなりのテーブルに写真立てがたくさんおいてあり、メアリーおばさんとチップおじさんが旅行へ出かけたときの写真や、ぼくの家族やメアリーおばさんの家族の写真もあった。両がわのわくにいろんなサングラスの絵がかいてある写真立てに入ってるのは、メアリーおばさんとおばあちゃんが、ぼくの家でアンディの写真をえらんでるときに見せてくれたのと同じで、みんなでクルーズ船に乗って、ソンブレロをかぶってとった写真だった。おくのほうに、ママとパパがうつってる写真を見つけた。ぼくは手をのばし、ほかの写真立てをたおさないように気をつけて、持ちあげた。

この写真は何度も見たことがあった。ママとパパの部屋にも同じのがかざってある。けっこん式のときの写真で、ふたりとも、けっこん式の衣しょうを着たままプールに入ってる。ママはきれいだ。白いドレスが水の中でふわりとうき、パパはキスしようとしてるのか、くちびるをママの顔の横に近づけてる。

急にメアリーおばさんが、かたに手をおいたんで、ぼくはびくりとした。後ろから近づいてくるのに気づかなかったからだ。

「この写真、大すきよ」メアリーおばさんが言い、ぼくの手から写真立てを取って、近くで見ながらわらった。「本当にとびこむなんて、いまでも信じられない。こんなにきれいなドレスを着たままで！」

「おじいちゃんのせいで、プールにとびこむことになったんだよね」

「そうよ。あなたのパパとママにとっても、わたしたちにとっても、すごく長い一日だった。あの日の朝、おじいちゃんの具合が悪くなってしまって」

「うん、心ぞう発作だったんだ」

「ええ。みんなもう……心配で、気が気じゃなくて。とても暑い日で、みんな、ほとんど一日じゅう病院ですごしたの……。でも、おじいちゃんがだいじょうぶそうだってわかったとき、あなたのママとパパは、やっぱりけっこん式をしようと決めて……それから大急ぎでじゅんびして、たいへんだったのよ」おばさんは言った。「わたしなんて、ひどいかっこうだった。でも、あなたのママは、いつの間にか、息を飲むほどきれいな花よめにへんしんしてたのよ。いったいどうやったのか」

「おばさんもプールにとびこんだの？」

「もちろん！　しょうたい客のほとんどがとびこんだのよ。すばらしいけっこん式の、すばらしいしめくくりだった。これまで出た中で、いちばんすてきなけっこん式よ。朝にあんなさわぎがあったせいもあるかもしれないけど。でも、ふたりとも、はなやかで、あいがいっぱいで」おばさんは言った。ぼくにほほえんで、写真立てをもとにもどす。

「この写真、見たことある?」おばさんが言い、おくのほうから、べつの写真立てをつかんだ。それもママとパパの写真で、ふたりは病院のベッドに横になり、真ん中に赤ちゃんがいる。ふたりは両がわから赤ちゃんの頭にキスしてる。

「これ、ぼく? それともアンディ?」ぼくはたずねた。

「あなたよ。かみの色でわかるでしょう」おばさんはわらった。「わたしがあなたのことを、おさるちゃん、てよぶのは、あなたが生まれたとき、かみが小さなおさるさんみたいな色だったからよ」

「アンディはどこにいたの?」

「わたしたちといっしょにいた。チップおじさんとわたしとね。何日間か、アンディをあずかったのよ。ママとパパがあなたといられるように」

「ぼくが生まれて、ママとパパは幸せだったかな」

「あたりまえじゃない。それはもう大よろこびだった。あなたは、思いがけないおくり物だったんだから」

「子どもはアンディしか生まれないって思ってたからだよね」ぼくは言った。その話はママが何度もしてくれた。アンディをはじめての子としてさずかったとき、ママの体に何かが起こって、お医者さんから、ふたりめはむりでしょうって言われたんだ。でも、ぼくが生まれて、びっくりしたんだって。

「あなたが生まれて、さいこうの家族になったの」おばさんは言い、ぼくの頭のてっぺんにキスをした。

メアリーおばさんといっしょに〈ナイトミュージアム／エジプト王のひみつ〉を見た。ぼくの大すきな映画だ。はじめて見たメアリーおばさんは、すごく大きな声でわらってた。そんなおばさんを見てるとおかしくて、のどのかたまりがだんだん小さくなった。おばさんはプレッツェルをたくさんつかんで口に入れ、映画の中で、鼻がとけはじめて顔の真ん中でぶらさがってるのに本人は気づいてない、なんておもしろいシーンがあると、わっとわらい、プレッツェルのかけらが口からとび出して、長いイヤリングがぴょんぴょんはねた。

映画を見終わると、メアリーおばさんは、ぼくがねられるように、ソファーからクッションをどけはじめた。

「メアリーおばさん」ぼくは言った。

「なあに？」

「ぼく、このソファーでひとりでねるのはこわい」

おばさんはクッションをどけるのをやめて、こっちを見た。「なるほど、そうね」

「いまから家に帰りたい」ぼくは言った。

メアリーおばさんはこっちへ来て、ひざまずき、ぼくをぎゅっとだきしめた。クッキーみたいな、いいにおいがした。「そうね、おさるちゃん。だけど……今夜はだめなの。今夜はわたしといっしょのほうがいい。どうすればこわくないかな」

「おばさんのベッドでいっしょにねてもいい？」

「もちろん、大かんげいよ！　ずいぶん長いこと、ひとりきりでねてるんだから」おばさんは言い、ぼく用のまくらと毛布を持ってきて、ベッドのおばさんのまくらと毛布の横においた。おばさんのベッドは、ママとパパのベッドみたいに大きくないけど、ねむりやすそうだった。

「メアリーおばさん」

「何？」

「ぼく……ときどき……夜中にこわいゆめを見るんだ。じゅうげき犯が出てきたりする。それに……ときどき、おねしょすることもあって」そう言いながら、だんだん顔があつくなるのがわかった。

「ええ」おばさんは言った。「そんなの、だれにでもあることよ。そうだ、いい考えがある。だから心配しないで」おばさんは大きなタオルをクロゼットから出して、ベッドのシーツの上に広げた。

「ほら、これでだいじょうぶ」

パジャマに着がえようとズボンをぬいだとき、ラッセル先生がくれた天使のつばさのチャームがポケットから落ちた。けいさつの人が帰って、ママがいつまでもわらうのをやめなくて、そのあと、おばさんの家にとまる用意をするとき、ぼくは急いでひみつ基地へクランシーとチャームを取りにいった。両方とも持っていきたかったからだ。ぼくはそのチャームをゆかから拾って、ベッドのわきの小さなつくえにおいた。

「それ、何？」おばさんがたずねた。

「チャームだよ。たんにんのラッセル先生がくれたんだ」ぼくは言った。

「見てもいい？」おばさんが言い、ぼくはそれをわたした。

「きれいね」

「〝あい〟と〝ほご〟を表してるんだ」ぼくは説明した。「ラッセル先生は、それを先生のおばあちゃんからもらったんだけど、悲しいとき、いつも先生を助けてくれたんだって。おばあちゃんは死んじゃったけど、このチャームを持ってると、どこからか先生を見ててくれる気がするらしいんだ」

「それで先生はこれをあなたにくれたの？　アンディが亡くなったから」おばさんがたずね、ぼくは、うん、とうなずいた。「やさしい先生ね。これ、本当にすてき」おばさんはぼくにチャームを返した。

　メアリーおばさんといっしょにベッドに入り、さいしょは小さなベッドですごく近くにねてるから、へんな感じがしたけど、だんだん気分がよくなってきた。通りの明かりが入ってくるんで、そんなに暗くなかったし、おばさんがチップおじさんのおもしろい話をしてくれたから、ふたりでたくさんわらった。

「おじさんって、ばかでしょう」おばさんが言った。

「おじさんがいなくて、さみしい？」ぼくは聞いた。

「ええ、ザック。あのおかしな人がいなくて、どれほどさみしいか、とても言葉じゃ表せない。毎日、そう感じてる。でも、あの人はきっと、天国でもじょうだんばかり言って、まわりの人を引っかきまわしてるはずよ」声は悲しそうだったけど、わらってるようにも聞こえた。

「それに、アンディの世話もしてくれてるね」

「そうね、アンディの世話も」

「ぼくとママのおやすみの歌を知ってる？」

「ミミが作った、かえ歌のこと？」

「うん」

「ええ、あの歌、大すきよ！　ママとはどういう言葉で歌ってるの？」

ぼくはおばさんに教え、そのあと、いっしょに何回か歌った。ぼくとおばさんの名前を使って。

40　わかれ

メアリーおばさんの家で二回ねたあと、パパが来た。ソファーにすわったパパは、いつもとちがってた。すごくつかれて見える。服はよごれ、かみはぼさぼさで、ひげもそってない。べつの人みたいで、ぼくはなんだか、はずかしかった。そんなパパを見たくなくて、コーヒーテーブルのそばに立って、自分の足を見つめてた。

「となりに来いよ」パパはかすれた声で言い、ソファーを手で軽くたたいた。歩いていってソファーにすわると、パパから少しいやなにおいがした。ちょっとはなれて、すきまを作る。パパはそのすきまに目をやったあと、ぼくの顔を見た。

「ここで楽しくすごせたか」パパはたずねた。

ぼくはメアリーおばさんを見た。キッチンに立ってたおばさんは、ぼくを見て少しほほえんだ。

「うん」ぼくは言った。

「ふたりだけでお話しなさい」おばさんは言い、しん室へ入った。ぼくはおばさんに行ってほしくなかった。ここにいてくれたらいいのに。

「ザック、おまえに……話さなきゃいけないことがある」パパは言った。右のひざを何度もゆすってる。

いい話じゃないのがわかった。きっと悪いことだ。おなかがいたくなってくる。

「ここでのおとまりが終わって、おまえが家にもどったとき、たぶんあすだろうけど、とにかくおまえが帰ったとき、パパは家にいない」パパは早口で、つっかえつっかえ話した。

「どこへ行ってるの？　仕事？」ぼくは言った。いつも仕事で出かけてるのに、なんでわざわざそんなことを言いにきたんだろう。

「いいや、つまりその、一日じゅう仕事をしてるのにかわりはないが、終わっても家には帰らないってことだ。しばらく……あの家には」パパはひざをゆすりつづけてる。見てると、くらくらしてきて、いやだったから、足をそんなふうに動かすのはやめて、とぼくは言いたかった。

「どうして？」

「ママが……ママとパパとで決めたんだ……しばらくのあいだ、パパはおまえといっしょにいないほうがいいって」パパは言った。そのあいだずっと、ぼくのほうは見ないで、小さく動く自分の足を見てた。たぶん、パパもゆするのをやめたいんだけど、勝手に足が動くんだろう。

「もうずっと、いっしょには住まないってこと？」ぼくはたずねた。おなかがもっといたくなって、目になみだがうかぶ。

「いや。しばらくだけだ」

「いたい」ぼくは両手でおなかをぎゅっとつかみ、いたみをおしつぶそうとした。

「すまない、ザック。こんなことを言われたら、こんらんするよな」パパは言った。おなかをおさえてるぼくを見て、体を近づけて、うでをまわした。

「やめて！」ぼくはさけぶような声で言った。いかりの気持ちがおそいかかり、ぼくははねるようにソファーから立ちあがった。「なんで、しばらくのあいだ、ぼくとママといっしょに住まないの？　それで何がよくなるの？　いいわけがない！」

パパはぼくの手をつかもうとしたけど、ぼくはふりはらった。いかりの気持ちで体じゅうがふるえだし、あつく、はちきれそうになる。

「おまえがおこる気持ちも――」

「あらしのせいだろ！」ぼくはさけんだ。

「あらし？　あらしって……どういう意味だ」

「パパとママがけんかするたびに、いつもあらしが起こるじゃないか」

パパはぼくを見つめながら、小さな声で言った。「ああ。ああ、そうだ。それのせいだ」

「どうして、いつもけんかばかりしてるんだ。なんで、けんかをやめないんだよ」ぼくはさけんだ。あつい、いかりのなみだで顔がぐしゃぐしゃになる。

「そんなに……かんたんじゃないんだ」

「ママが、ぼうでつつかれたヘビみたいにおこったからだ」ぼくは言った。「それに、ばかみたいなインタビューばかり受けて、いまのママはぜんぜんいいママじゃない。ママなんかきらいだ！ママもパパも大きらいだ！」ママとパパがきらいだって、ぼくは何度もくり返した。大きな声でさけんだら、少しだけ気持ちがすっきりした。パパの悲しそうな顔を見ても、やっぱり気持ちがすっきりした。

これまで、だれかに「きらい」なんて言ったことはなかった。アンディはママにいつも言ってたし、パパにもときどき言ってて、それを耳にしたママとパパ、とくにママがどれほどきずついてたか、ぼくは見てきた。だから、ひどいことを言うアンディがすごくいやだったけど、いま自分で言ってみて、なぜアンディがよくそう言ってたのかわかった。言うと気持ちがすっきりするんだ。

パパはもう一度ぼくの手をつかんで、自分のほうへ引きよせた。パパはソファーにすわったままで、ぼくは立ってたから、せの高さがほとんど同じだった。パパは両手でぼくのなみだをふいた。新しいのが流れると、パパはぬぐった。また流れると、またぬぐった。そんなことを何度かくり返した。

「インタビューとか、そんなことだけが原因じゃないんだ」パパは言った。「ママとパパには……ほかに、かいけつしなきゃいけない問題があって、いっしょにいたら、それはかいけつできないんだよ。パパは遠くへ行ったりしない。だから、いつでも会える。やくそくするよ」

いかりの気持ちが少しずつ消えていくと、やっぱり、いつものように悲しい気持ちがやってきた。

「ぼく、パパといっしょに行きたい。ママとふたりだけで家にいるなんて、いやだよ。パパといたい！」

パパが長い息を吐き出すと、息がぼくの顔にかかって、いやなにおいがした。年をとった人の息のにおいだ。ぼくは一歩あとずさり、しんせんな空気がすいたくて、顔を横に向けた。

「それは、むりなんだ、ザック」

「どうして？」

「パパには仕事があるし……ママが……ママとパパで、いまはこうするのが家族にとっていちばんだって、決めたんだよ」パパはまたつっかえつっかえ話した。

「パパは、ぼくなんか、いらないんだな。ひみつ基地でいっしょだったのに。あそこに入れてあげたのに、パパはどこかへ行っちゃうんだね。パパはもう、ぼくといっしょにいたくないんだ！」ぼくはさけんだ。

「それはちがう」パパは言った。「パパはおまえが大すきだ。だが……ごめん、本当にごめん」パパがぼくをだきしめると、ひげが顔に当たって、いたかった。

うでをふりほどこうとしたけど、強くだきしめられてるせいでできないし、せなかもいたい。ぼくは大きな声で言った。「はなせよ！」

「いいかげんにしろ。ごめんって言ってるだろう！」パパがどなって、ぼくを後ろへつきとばした。ぼくはコーヒーテーブルにしりもちをついた。パパは立ちあがり、ぼくはすわってるから、せの高さはもう同じじゃなかった。

メアリーおばさんが、しん室から出てきて、おこった目でパパを見た。「さあ、もうじゅうぶんでしょう」おばさんがこんなにおこった声を出すのを、ぼくははじめて聞いた。ふたりはにらみ合ってたけど、パパが一歩あとずさり、またソファーにすわった。

「そろそろ行かないと、ザック」パパの声はもう大きくなかった。つかれて力のない声だ。「こっちを見てくれないか」でも、ぼくは見なかった。「本当にすまない、おまえを……おこらせてしまって。またすぐに会いにくる。いいか？」ぼくは返事をしなくて、しばらく部屋はしんとした。

「じゃあ、行くぞ……」パパは立ちあがり、げんかんのほうへ歩いていった。ぼくは目で追いたかったけど、追わなかった。ドアが開く音が聞こえる。「じゃあな、ザック」とパパが言い、ぼくは返事をせず、目で追わなかったけど、本当はつらかった。そして、ドアが閉まる音がした。ぼくはそのますわってたけど、急に、やっぱりパパに行ってほしくない気持ちがわきあがった。立ちあがって走り、ドアをあけてさけんだ。「待って、パパ、待って！」でも、ろうかは空っぽで、パパはもういなかった。

41　ひどいスープ

メアリーおばさんに車で送ってもらい、車が家の前に止まっても、ぼくはやっぱり入りたくなかった。この家でママとふたりきりなんて、いやだ。仕事が終わっても、パパが帰ってこないなんて。

「おばさんの家にもっといたい」おばさんが車から出ようとしたとき、ぼくは言った。

運転席のドアをあけたまま、おばさんはふり向いてぼくを見た。「そうね、おさるちゃん、すぐにまた、おとまりできると思う。だけど、きょうはだめよ。ママが中で待ってるから、入りましょう。いい？」それでも入りたくなかったけど、おばさんは車からおり、こっちへまわってきて、ぼくの横のドアをあけた。おばさんが手をさし出したんで、ぼくはにぎった。げんかんまでずっと、おばさんは手をはなさなかった。

げんかんのベルをおす前にドアがあき、ママが出てきた。とてもつかれた顔で、きのうメアリーおばさんのところに来たパパみたいだった。ママがぼくを見て悲しそうにわらい、だきしめようと両うでを広げたから、一歩前へ進むと、ママはぼくをだいたけど、ぼくはまだおばさんの手をにぎってた。はなしたくなかった。

「ありがとう、メアリー」とママが言うと、おばさんは手をはなした。

「いいのよ、気にしないで」おばさんは言い、げんかんポーチの階だんをおりて、車のほうへ歩きだしたけど、とちゅうでふり返った。「ザック、電話をちょうだい。もしも……そうしたくなったら、いつでも」そして車に乗り、行ってしまった。のどのおくがいたくなり、目になみだがにじみ出た。

「ザック、よかった、帰ってきてくれて。いなくて、さみしかったから」ママが言った。「食事の用意ができてるの。七面鳥ののこりでスープを作って、ヌードルを入れたんだけど。去年、すきだったでしょう?」ぼくはのどがいたくて、何も言えなかった。「さあ、入りましょう。寒くてこごえそう」

ママといっしょに、キッチンで深いお皿の前にすわった。いいにおいがしたけど、ぼくは食べなかった。ママはぼくのせなかをさすりながら言った。「さあ、ザック、食べて。おいしいから」

ぼくはスプーンをつかみ、七面鳥の肉のかたまりをつついたけど、それでも食べなかった。

「こんなことになって、とまどってるのね。あなたには……何もかもふくざつで」ママは言った。まだせなかをさすってる。それが気持ちよくて、また目になみだがあふれた。「ねえ、聞いて。前にバーン先生のことを言ったでしょう? 先生とお話しするのは、あなたにとって、いいことだって」

ぼくはせすじをのばした。「だけどあのときママは、すぐに決めるひつようはないって言ったよ。それにぼく、あやまったじゃないか」かすれた声しか出なかったけど、それはたぶん、のどがすごくいたいからだ。

「ザック、おねがいだから、こうふんしないで。たくさん……たくさんつらい思いをしたでしょう。きっと……バーン先生はそんなあなたの力になってくれる。思ってることを先生に話したら……気分が楽になると思う」

「いやだ！」ぼくは言った。さっきよりも大きい声で、もうかすれてなかった。「そんなところ、行きたくない。ぼくは……。パパはいつ帰ってくるの？」

「パパは……しばらく帰らない。パパが説明したでしょう」ママは言い、ぼくにほほえんだけど、にせもののわらいみたいだった。声もいつもとちがって、わざとやさしい声を出してる。

「したけど」ぼくは言った。

「そう、よかった。パパにはまた会える。たぶん……金曜にはむかえにくるはずだから、そしたら、何か楽しいことを……なんでもできる。それでいい？」

よくないし、金曜までパパに会えないなんて、いやだった。あと五日もある。五日間もママと家でふたりきりなんて、とんでもない。

「ぼく、パパといっしょにいたい」そう言うと、ママのにせもののわらいが消えた。「パパといっしょにいたいんだ。だから、ママが金曜にぼくをむかえにくればいいじゃないか」

ママはこわい目でぼくを見た。「ザック、あなたがいま、とまどってるのはわかる。ママだって、そうなんだから。だけど、こうなったのはママのせいじゃ……。ママだって、こんなの、いや。でも、ママはこの家であなたを助けたいし、どうにか……。ねえ、バーン先生に会いましょう。それしかあなたを助ける方法はないの。わかった？　それから、スープを飲んで。おいしいし、あなたのために、手間をかけて作ったんだから。さあ」

「こんなひどいスープ、飲みたくない！」ぼくはさけんだ。

ママはさっと立ちあがり、スープの入ったお皿をふたつつかんで、シンクへ投げ入れた。ガシャンとわれたような、大きな音がした。ママはこっちを向き、シンクにもたれかかって目を閉じた。ぼくはママを見た。ママがどうしてそんなふうに目を閉じたまま、そこに立ってるのか、わからなかったけど、しばらくすると目をあけてぼくを見た。

「そう。わかった。じゃあ、いい」ママはしずかな声で言った。「ねえ、ザック。あなたをこんなんさせて、すまないと思う。本当に、ごめんなさい。だけど、なんとか生きていかなくちゃいけないのよ。ここで、あなたとママで。だから、そんなふうにいつもおこってばかりじゃ、こまるの。あした、バーン先生とお話をするやくそくがあるんだから。バーン先生はすごくいい人よ。会えばきっと、あなたもすきになるから」

「二階へ行ってもいい？」ぼくはたずねたけど、ママは何も言わないで、ひどくつかれた顔でかたをすくめただけだった。ぼくは二階へ行き、ひみつ基地に入って、バズのかい中電灯をつけた。メアリーおばさんの家から持って帰った、ラッセル先生のチャームとクランシーを入れたバッグが一階におきっぱなしなのに気づいたけど、取りにもどって、またママに会うのはいやだった。だから、クランシーの耳の代わりに、アンディのねぶくろのはしっこをかんだ。強くかんだら、歯と歯がこすれて、ぎりぎりと音を立てた。もう泣くのはいやだから、ぼくは強くかみつづけた。

42　ひとりになれた

ベッドに四人
ちびすけが言う
「転がって！　転がって！」
みんな転がり、ひとりが落ちる

ベッドに三人
ちびすけが言う
「転がって！　転がって！」
みんな転がり、ひとりが落ちる

ベッドにふたり
ちびすけが言う
「転がって！　転がって！」
みんな転がり、ひとりが落ちる

ベッドにひとり
ちびすけが言う
「ひとりになれた！」

〈ベッドに十人〉は、ようじ学級のときにコラリス先生から教わった歌で、朝、キッチンにいるときに頭にうかんだ。キッチンの家族カレンダーを見てたら、この歌が頭の中でぐるぐるしだして、ものすごくいやだった。家族カレンダーはまだかべにかかったままで、名前が四つならんでるのを見てるうち、もともとぼくの家族は四人だったのに、と思った。まだ四つの列がならんだままで、だれも直してない。

アンディが死んで、ひとりいなくなり、つぎにパパがぼくとママをのこして家を出たから、もうひとりいなくなった。ぼくは引き出しからマーカーペンを持ってきて、アンディとパパの列に線を引いた。のこってるのはぼくとママの列だけだ。マーカーペンを引き出しにしまおうとしたけど、家族カレンダーの前にもどって、ママの列にも線を引いた。ママだって、いないようなものだからだ。あんなにいじわるになってしまったママなら、いないのとかわらない。

友だちのニコラスは犬をかってる。ターミネーターって名前だけど、ニコラスの家の人たちはそれをちぢめて、ネートってよんでる。そんな名前をつけるなんて、へんだと思う。だって、ターミネーターって聞いたら、ふつうはすごく大きくて、きょうぼうな犬を思いうかべるけど、その犬はすごく小さく、キャンキャンほえてぜんぜんこわくないからだ。ニコラスの家の庭には目に見えないフェンスがあって、ターミネーターはとくべつな首わをつけてる。フェンスに近づきすぎると、首わから電気ショックを受けるから、にげられない。ふつうは一回か二回、電気ショックを受けたら、フェンスには近づいちゃいけないとおぼえるんだけど、ターミネーターはあまり頭がよくないみたいで、何度も何度も電気ショックを受けてる、とニコラスが言ってた。本当はいけないんだけど、ときどき、ニコラスといっしょにターミネーターをかんさつし、電気ショックを受けて、キャンキャンほえながらにげていくのを見るのはおもしろかった。

ターミネーターと目に見えないフェンスのことを思い出したのは、いま、それと同じようなフェンスがぼくとママのあいだにあるからだ。ママに近づくと、ぼくはママのいじわるにショックを受けたみたいになり、それでも何度かやってみたけど、ぼくはターミネーターよりは頭がいいから、近づくのをやめた。もうママのそばにいたくない。

そう、ママもいなくなったから、四人のうちでのこったのは、ぼくしかいない。家族カレンダーで線を引いてないのはぼくの列だけだけど、ぼくはもうこんなカレンダーなんかいらない。一週間の予定をおぼえなくてもいいからだ。ぼくはいま、とくに何もしてなくて、ただ家にいるだけだけど、月曜はバーン先生のところへ行くことになった。けさ、ママがはじめて、ぼくをそこへつれていった。ママはいっしょに先生の部屋には入らないで、待合室のいすで待ってた。待合室はふしぎな場所だった。きかいがおいてあって、雨がふってるような大きな音を立ててるんだ。

はじめは、バーン先生の部屋にひとりで入るのはいやだったけど、先生はとてもやさしくて、そこはお医者さんの部屋みたいじゃなかった。まるで遊び場だ。あちこちにたくさんのおもちゃがあり、いろんな色の大きなクッションもおいてあって、ゆかにすわれる。先生はオレンジ色の大きなクッションにすわり、レゴでいっしょに遊ぼうか、とぼくに聞いた。あったのは小さい子用の大きなレゴで、ぼくが持ってるのとはちがった。でも、とにかくいっしょに遊び、レゴを高くつみあげて、どっちが先にたおれるかをくらべて見たりした。そのあと、バーン先生（バーン先生じゃなく、ポールとよんでかまわないよ、と先生は言った）は、そろそろ時間だけど来週も来たいかい、とたずねたから、ぼくは「うん」と答えた。

きょうみたいに、ただいっしょにレゴで遊ぶだけだったら、月曜にポールのところへ行くのもいやじゃない。それでどうやったらぼくの気持ちが楽になるのか、わからないけど。家族カレンダーがなくても、ポールのところへ行くのはおぼえてられるから、ぼくはマーカーペンを持ってきて、カレンダー全部にぐちゃぐちゃに線を引いた。

あの歌に出てくるちびすけは、ぼくだ。ぼくが家族でいちばん小さいし、さいごにのこったひとりはぼくだから。でも、歌では、いちばん小さい子はひとりになることをねがってる。だから、歌のさいごで「ひとりになれた！」と言うんだ。ぼくはひとりになりたくなかったけど、そうなってしまった。いまのぼくは、あの歌みたいに、だれもいない大きなベッドにひとりでいるようなものだ。ぼくのほかに何もない広いベッドに。

つぎにあったいやなことは、ひみつ基地がもうぼくを助けてくれなくなったことだ。ボードにぐちゃぐちゃに線を引いたあと、ぼくはひみつ基地へ行った。あそこへ行けば、せまいから気持ちが落ち着くと思ったし、気持ちの紙も、ぼくとアンディの写真も、本も、ラッセル先生にもらったチャームも、ぬいぐるみのクランシーも、バズのかい中電灯もある。そして、アンディもいる。ひみつ基地にいるときはアンディがそばにいるように思えるから、ベッドにふたりでいるみたいに感じられると思ったんだ。

いつものように、ひみつ基地へ入って、中から戸を閉めた。いつものように、バズのかい中電灯をつけて、アンディのねぶくろにすわった。全部いつものようにしたし、全部いつもとかわらなく見えた。それなのに、いつものように気分がよくはならなかった。こわい気持ちとさみしい気持ちがひみつ基地の中にまでついてきて、いつまでも消えない。目を閉じて、気分がいいときに頭の中がどんなだったかを考え、いやな気持ちを追い出そうとした。でも、うまくいかない。目をあけたとたん、何がかわったのか、わかった。

アンディがいないんだ。消えてしまった。もうアンディがいると感じられない。

「アンディ?」とよびかけたけど、いないのはわかってた。ぼくは思いっきり大きな声で言った。「おねがいだからもどって、アンディ、ねえ、ねえ、おねがい」天使のつばさのチャームをつかみ、指でこすってみた。何度も何度もよびかけて、アンディがもどるのを待ったけど、何もかわらなかった。

しかたなく、ぼくはチャームをズボンのポケットにしまい、自分とアンディの写真をかべからはがして、むねにだいた。それから立ちあがり、クロゼットを出て、外から戸を閉めた。

43　とむらいの風船

きょうは十二月六日で、クリスマスまであと三週間もないんだけど、じゅうげき犯が来て、アンディが死んでから、ちょうど二か月だ。きょうはマッキンリー小学校で、ついとう式がある。ぼくとママとパパはいっしょに出席することになってて、パパが出ていってから、三人そろうのは、はじめてだった。

朝、パパがぼくたちをむかえにきたけど、家に入ってきたとき、なんだかよその人みたいな感じがした。ママがパパに、おそいと言い、そのあと、マッキンリーへ向かう車の中では、みんなだまってた。学校のそばはどこも車でいっぱいだったから、パパはずいぶんはなれたところに車を止めることになった。

「本当は、三十分前に、ここに着いてなくちゃいけなかったのよ」ママが言い、学校のほうへ大またで歩きだした。ママは片手でぼうしをおさえながら早足で歩き、吐く息が白い。ぼくはパパといっしょについていったけど、ママがどんどん先へ行くから、歩いたり走ったりをくり返した。大きなきゅう水場とアスファルトでできたバスケットボールのコートがある角を曲がると、そこはマッキンリー小学校だ。前とかわってないはずだけど、ぼくにはちがって思えた。はじめて来る場所みたいな気がした。

校しゃが見えたとき、歩いたり走ったりをやめて、のろのろと進んだ。ママは気づいてない。向こうは急ぎ足だから、ぼくとママのあいだはどんどんはなれていき、やがてパパがふり向いた。

「さあ、来るんだ、ザック」パパは言った。

足を止めて、小学校を見たら、とつぜん、全部のまどが目か何かみたいに見えた。どのまどもこっちを見てる気がする。ぼくはぞっとした。「入りたくない」ぼくは言った。

「ふたりとも、もっと速く歩いてくれる？　もうかなりおくれてるのよ」ママがこっちへよびかけた。パパが「待ってくれ」と言いたそうに、ママに向かって片手をあげた。ママはおこった顔をし、前を向いてそのまま歩きだした。

パパがこっちへもどり、ぼくのかたをだいた。「中には入らないさ」パパは言った。「ついとう式は外でやるし、すぐに終わる。いいな」ぼくはマッキンリーの気味の悪いまどの目を見ないようにして、パパといっしょにママを追った。

学校の前には、たくさんの人がいた。しばふやまるい形の歩道にも人がいて、ようじ学級の運動場にそったアスファルトの道にまで人があふれてる。白い風船がいっぱい入ったビニールぶくろを持ってる人も何人かいた。ビニールぶくろごと空にういて、大きな白い雲みたいだ。道の反対がわには、テレビ局のバンがたくさん止まり、その前にマイクを持った人がいて、インタビューをしてる人もいる。ワンダさんのすがたも見つかった。ワンダさんは「ローカル4」と書いてあるバンによりかかり、インタビューはしないで何か読んでる。うちにテレビ局の人が来たときのことを思い出し、ワンダさんが下を向いててぼくに気づかないのはつごうがいい、と思った。デクスターをさがしたけど見つからなかった。

ママはいま、アスファルトの道にいて、だれかとだき合ったり話したりしてた。おばあちゃんとメアリーおばさんが、その道のわきにいる。メアリーおばさんがほほえんで、こっちに手をふった。ぼくとパパが歩いていくと、メアリーおばさんがぼくをだきしめた。「おはよう、おさるちゃん」おばさんはぼくの耳もとでささやいた。そのあと、ぼくたちはそこに立ったまま、だまってママを見てた。ラッセル先生がいるかもしれない、とさがしたけど、見つけられなかった。

「おはよう、ザック」ぼくの横で声がした。そっちを向くと、ステラさんがいた。ステラさんは、じむ室の女の人で、ぼくを見て、さみしそうにほほえんだ。「元気？　こちらがお父さまね」とステラさんが言い、パパが「はい」と答えた。ステラさんは「心からおくやみ申しあげます、テイラーさん」と言って、パパとあくしゅした。

なんでみんな、ぼくたちにそんなふうに言うんだろう。アンディが死んでからもう二か月もたつのに、まだ「ざんねんです」とか「おくやみ申しあげます」と言う。新年のあいさつみたいだ。新しい年はずっと前にはじまってるのに、年が明けてしばらくしてからとか、ずいぶんたってから会ったときでも「新年おめでとう！」と言うのとにてる。

「ありがとうございます」パパが言った。「こちらがわたしの母。そして、ぎりの姉です」

おばあちゃんとメアリーおばさんも、ステラさんとあくしゅした。

「この〝きぼうとおうえんのピン〟をまだ受けとっていらっしゃいませんね」ステラさんが言い、ぼくたちに白いピンをくれた。ピンはぴかぴかで、形はリボンみたいだけど、金ぞくでできてる。パパに手つだってもらって、ピンを上着につけた。指でさわると、なめらかでひんやりしてた。

「ついとう式の終わりに風船が配られるから、もらってね。それをみんなでいっせいに空へとばすのよ……あなたのお兄さんたちを、とむらうために。すてきでしょう」ステラさんはぼくに言った。「そうかしら」って顔をして、メアリーおばさんがこっちを見たから、ぼくは思わずわらってしまい、さっと下を向いた。

ぼくはママがどこにいるか、さがした。ママはアスファルトの道の向こうがわで、ジュリエットのママと話してた。ジュリエットのママも、いぞくのひとりだ。ママたちの後ろには運動場のフェンスがあって、そこには大きな写真がたくさんかざってあった。全部、じゅうげき犯にころされた人たちの写真だ。写真の前には白い花がかざられ、その真ん中にマイクスタンドが一本立ってる。アンディの写真を見つけようと、はしからさがしていったけど、だれかが前に立ってるのか、見つけられなかった。でも、リッキーの写真は見つかった。マイクのすぐ横だ。リッキーの写真のとなりには、ひとまわり小さいリッキーのママの写真もあった。リッキーのママも死んだからだ。

スタンリー先生がマイクの前に立った。「みなさん、おはようございます」と先生が言うと、マイクがキーンと大きな音を立て、耳がいたくなった。先生がマイクのそばにあるスピーカーのまるいスイッチをひねる。「よくなりましたか」と先生が言い、声は聞きやすくなった。

「では、そろそろはじめましょう。みなさん、もう少し、こちらへよっていただけますか」先生は、しばふやまるい形の歩道に立ってる人たちを手まねきした。たくさんの人がいっせいに動きはじめ、テレビ局の人たちが近づく。みんながおしよせて、前のほうはぎゅうぎゅうづめになった。ぼくよりずっとせの高い大人が前にいるせいで、スタンリー先生もママも見えなくなった。

「ごぞんじのとおり、このマッキンリー小学校で十九人の命、わたしたちの生徒や家族や仲間たちの命がうばわれたあのおそろしい日から、きょうで二か月がたちました」マイクを通してスタンリー先生の声が聞こえた。「まずは、ひがい者のひとりひとりをしのぶために、一分間のもくとうをささげてから、ついとう式をとりおこないたいと思います」きゅうにしんとなり、あたりを見まわすと、みんな頭をさげて目をつぶってた。みんなが何をしてるのか、ぼくにはわからなかった。パパを見ると、パパはぼくにそっとウィンクした。

そのあと、スタンリー先生のスピーチがはじまり、先生はじゅうげき犯に命をうばわれた人たちの名前を読みあげて、ひとりひとりについて話していった。アンディの名前が出たとき、パパが手ぶくろごと、ぼくの手を強くにぎった。くつの中で、足がだんだん冷えてくる。名前を全部言い終わると、スタンリー先生は、つづいてルーディー・マリー市長のお言葉をたまわります、と言った。先生とはちがう、あまり大きくない声が聞こえてきた。市長は市でいちばんえらい人だから、どんな人なのか、ぼくは見たかった。

「パパ、持ちあげてくれる？」パパはぼくのわきの下に手を入れ、ぼくをかかえあげた。市長は黒いスーツを着て赤いネクタイをしめ、かみの毛が少なくて、後ろのほうにちょっとあるだけだった。せがすごく高くて、スタンリー先生より高いから、マイクにかがみこんで話してる。そういうかっこうだと、つるつるの頭のてっぺんがまる見えだから、ふつうの人って感じで、市でいちばんえらい人には見えなかった。

ママのほうを見ると、となりにミミが来てた。ママは市長のほうじゃなく、ぼくたちの後ろのほうを見てる。何を見てるのかたしかめたくて、ふり向くと、しばふの、みんなから少しはなれた場所に、チャーリーのおくさんが立ってた。そのとき、パパがぼくを地面におろした。

パパのそでを引くと、ぼくのほうへかがんでくれたから、ぼくはパパの耳もとでささやいた。

「チャーリーのおくさんも来てるよ」

パパは体をまっすぐにもどして、後ろのほうをたしかめたあと、こんどはママのほうを見た。目を閉じて言った。「まいったな」

市長の話はつづいてたけど、おおぜいの人が顔を後ろへ向けて、ひそひそと話しはじめ、中には横へ動く人もいて、ますますきゅうくつになった。

そのとき、ママの声が聞こえた。「メアリー！」すごく大きな声だ。もっと多くの人があちこちへ動き、またママの声が聞こえたけど、その声はさっきまでいた前のほうじゃなくて、チャーリーのおくさんのいる後ろのほうからひびいた。

「メアリー！」ママがまたさけんだ。「よくも、ここへすがたを現せたものね！」

「たいへん」ぼくの後ろでおばあちゃんがそう言うのが聞こえた。

市長はまだ話してたけど、その声がだんだん小さくなり、やがて消えた。いまはもう、みんなが後ろを見ている。ぼくには何も見えなかったから、まわりの人をおしのけて、ママの声がした後ろのほうへ行った。

ママとチャーリーのおくさんが、少しはなれてしばふに立ち、見つめ合ってた。みんなの見てる前で、いまにもけんかをはじめそうだ。

テレビ局の人たちもママたちのほうを見てて、その中にデクスターもいた。しばふの横に立って、カメラをママとチャーリーのおくさんに向けてる。その様子を見て、いかりの気持ちがわいてきた。デクスターのとなりにはワンダさんがいて、こうふんした顔をしてる。すごくうれしそうだ。

「よくもきょう、ここへ来られたものね！」ママがチャーリーのおくさんにどなった。いまにもとびかかりそうだ。

「おねがい、やめて」チャーリーのおくさんが言った。ママみたいにさけんだわけじゃないけど、みんなに聞こえるくらい大きな声だった。「やめてください」と言うと、おくさんはママのほうへ一歩進み、両手を前へさし出した。「おねがいです。どうしてわたしたちにそんなことをなさるのですか」

「どうしてわたしたちにそんなことをなさるのか？」ママは大声でわらった。ぼくのすきじゃないわらい方だ。まじょがわらってるみたいだった。ママはこっちを向き、みんなに向かってさけんだ。「この人ったら、わたしがこの人たちにしてることをやめてほしいんですって！」

「さいあくだ」ぼくの後ろでパパが小さく言うのが聞こえた。ふり向くと、パパのとなりにミミがいた。ミミは両手で口をおさえ、目からはなみだをこぼしてる。ぼくのとなりにいる人が言った。

「ひどいな」

あんなふうに話して、まじょみたいにわらうママなんか見たくなかった。いくつものカメラが全部ママのほうを向いてるから、きっと、こんなママがテレビで流れてしまうんだ。

「おねがいですから、わたしたちをそっとしておいてください。わたしたちだって……わたしたち家族だって、苦しんでるんです。どうか、おねがいですから」チャーリーのおくさんが言った。いのるように、むねの前で両手を組んでる。

「上等よ！　上等じゃない！」ママはさけんだ。「この人たちも苦しんでるんですって。みなさん、聞きました？　この人たちも苦しんでるんですってよ。わたしのせいで」ママはまた、まじょのようにわらい、声はママの声じゃないみたいだった。

「これが見えないの？」ママはチャーリーのおくさんに言い、みんなのほうへ手を向けた。「こんなことになったのは、あなたたちのせいなのよ。あなたたちが、わたしたちにしたことのせいなの！　あなたたちが育てた……化け物のせい。あの化け物を止めなかったからよ！」

ぼくのまわりにいる人たちが口々に「ああ」や「なんてことだ」と言い、チャーリーのおくさんがしゃがみこんだ。ひざをつき、両手で顔をおおってる。

「ここから出ていきなさい！」ママはさけんだ。

パパがぼくのかたをぎゅっとつかみ、それからママのほうへ歩きだした。ほかの人に気づかれたくないのか、顔をふせてる。ママのところに着くと、パパはしずかな声で話しかけ、うでにふれようとした。

「やめて！」ママはさけんで、パパをつきとばした。「だまらせようったって、むだよ！」パパがママをにらんで、うでをつかもうとしたけど、ママはうでをさっと引いた。目を大きく見開いて、体じゅうをふるわせてる。

女の人がチャーリーのおくさんのそばへ歩みよって、おくさんを立たせ、車が止まってるほうへつれていった。パパがママに近づいて、また話しかけると、ママはせなかを向けて歩きだした。パパがこっちへ手まねきをしたんで、ぼくはしばふを歩いていったけど、赤いジュースがこみあげてきて、顔も、首も、体じゅう、火がついたみたいにあつくなった。みんながぼくを見てるのがわかる。

デクスターのほうを見ると、ぼくとパパがママを追って車へ向かう様子をさつえいしようとしてた。

車に乗っても、だれも何も言わなくて、ぼくはなぜ出発しないのかと思いながらじっとすわってた。まどの外を見ると、きゅう水場の向こうを、とつぜん、大きな白い雲がのぼっていった。とむらいの風船だ。空高くのぼっていく風船を見てると、それが天国へ向かってるように思えてきた。

44　注目をあびるため

ついとう式のつぎの日の朝、テレビ局のバンが何台か来て、ぼくの家の前に止まった。「ローカル４」のバンがインタビューのときに来たのと同じだ。自分の部屋のまどからしばらく見てたけど、何も起こらなくて、バンから人も出てこなかった。ただ止まってるだけだ。またインタビューを受けるなんてぜったいにいやだったから、ほっとした。何をしてるんだろうってふしぎに思ったけど、そのうち、見てるだけなのもたいくつになってきた。

どうしてバンが家の前に止まってるのかをママに聞こうと、一階へおりた。ママは広間のソファーでテレビを見てた。ぼくもそのとなりにすわる。ママがテレビにうつってて、有名人か何かになったみたいだった。見てたのはニュース番組で、ついとう式でママとチャーリーのおくさんがもめたときのことをやってた。あれをもう一度見るのはいやだった。テレビの中で、ママは「みなさん、聞きました？　この人たちも苦しんでるんですってよ」とさけんで、まじょみたいにわらった。そして、化け物を育てたとかなんとか言ったんで、チャーリーのおくさんがしばふにひざをついた。

そのあと、画面にぼくがうつった。テレビの中にぼくがいて、しばふでパパを追いかけてる。カメラがズームインして、ぼくの顔がアップでうつると、それは真っ赤だった。デクスターはぼくにカメラを向けてたとき、こんなふうにずっとアップでとってたのか。真っ赤な顔の自分を見てたら、顔がかっとあつくなった。なみだが目にあふれる。こんなひどいことをするなら、デクスターなんて大きらいだ。

画面がぼくの顔からワンダさんに切りかわった。ワンダさんはマイクをにぎって、女の人に話しかけてる。その女の人は、きのうチャーリーのおくさんのそばに来て、立ちあがるのを助けた人だった。

「いくらなんでも、やりすぎだと思っただけです」女の人がワンダさんに言った。そのすぐあと、ふたりの後ろで、とむらいの白い風船が空をのぼりはじめた。だから、これはぼくたちがついとう式の会場を出て、車の中ですわってたときのことだ。画面では、女の人とワンダさんが風船を見あげる。ふたりとも悲しそうに小さくわらい、女の人がまた話しはじめた。「おさないわが子をうしなったんですから、あの人やご家族がどれほどの苦しみを味わったのか、そうぞうすらできません。でも、だからって、あんなことをして、だれかが救われるでしょうか。あんなことをしたって、息子さんは帰りません。それに、あのごふうふだって気のどくですよ。両方の立場から考えるべきじゃないか。言いたいのはそれだけです」ワンダさんがうなずき、しんけんな顔になった。

ミミが広間に入ってきた。ミミが家にいるなんて知らなかった。「ねえ、どうしていつまでもこんなものを見てるの？　同じものを何度も流してるだけでしょう」それを聞いて、ママがテレビを見ながら言った。「こんなこと、信じられる？　ばか女のミシェル。注目をあびるためだったら、なんだってするってわけ？」ミミがぼくのほうをちらりと見た。たぶん、ママがきたない言葉を使ったからだ。

ミミが長い息を吐き出した。「少し、このことからはなれたらいいんじゃない？　ゆっくりかまえなさいよ。あなた、くたくたでしょう」ママはしばらく自分のひざを見おろして、だまってた。目からなみだがぽとりぽとりと落ちる。

「だけど、どうやってゆっくりかまえたらいいの？」ママは言った。ほっぺをぬぐったけど、なみだはひざへ落ちつづけてる。「たしかにくたくたよ。でも、進みつづけるしかないでしょう？　あの人たちの息子がしたことを受け入れろとでも？」ママはさけぶのをこらえるように声をつまらせたけど、泣き声が出てしまった。顔が赤くなる。

「わたしにはわからない」ミミが言った。声がふるえてる。「でも、そんなふうに身も心もすりへらしていくあなたを見たくないの。もうじゅうぶん……つらいんだから」

「あの人たち……自分こそ、ひがい者だって顔をして」ママが言い、テレビを指さした。「ああいうとくべつな場で、大げさにふるまって。これじゃまるでメアリーがひがい者みたい。あの人の息子がしたことなのよ！　こんなことをしたって……アンディは帰らないなんてわかってる。そんなの、わかってる！　だけど、ほかにどうしようもないのよ……」ママは立ちあがって、キッチンへ入っていった。ミミは悲しい顔でこっちを見て、ぼくのかみをなでた。それから、ママを追ってキッチンへ行った。

ぼくはソファーでそのままテレビを見た。コマーシャルがはじまり、またニュース番組にもどったけど、もうママとチャーリーのおくさんのことはやってなかった。夜のおはかがうつってる。暗くてよく見えないけど、きっとアンディのおそう式のときに行った、ぼちだ。見おぼえのある道がうつってる。おそう式に来てくれた人たちが車を止めた道。悲しみの重い毛布のせいでママが立っていられなくなり、パパとミミが両わきからささえて、車に乗せた道だ。

そこにはいま、車が一台だけ止まってて、そこへ向かって男の人がひとり歩いてくる。そのすがたが大きくなり、チャーリーだとわかった。チャーリーはポケットからかぎを取り出して、車のドアをあけようとし、地面にかぎを落とした。

「ラナレスさん、少しお話をうかがえませんか」だれかが言う声がした。もうひとりいるらしく、いまとはちがう声が「ラナレスさん」と言った。かぎを拾おうとかがんだチャーリーのそばへ、男の人が近づいた。手にマイクをにぎってるから、テレビ局の人だ。ライトが光ってて、うす暗い中で、その人のまわりだけ明るくなってる。チャーリーが立ちあがると、テレビ局の人がマイクを向けた。いきなり顔にライトを当てられ、チャーリーがまばたきした。この前ぼくの家へ来て、ママがいじわるなことを言ったときよりも、もっと年をとったように見えた。顔のほねがうき出て、目のまわりが黒い。

「ラナレスさん、あなたとおくさまに対する申し立てについて、何かご意見はありますか。ひがい者のご家族からの申し立てについてです」テレビ局の人がたずねた。チャーリーはだまってた。ただゆっくりとライトから顔をそむけ、だれが話しかけてきたのかを知ろうとするように、相手を見つめた。やがて、後ろを向き、こんどはかぎを落とさないで車のドアをあけた。そのまま車に乗って、ドアを閉めた。

車がゆっくりと動きだすと、テレビ局の人がマイクで話しはじめた。「ここでは、毎ばん、マッキンリー小学校らんしゃ事件の犯人チャールズ・ラナレス・ジュニアの父親、チャーリー・ラナレスが、息子のはかをおとずれるすがたが見られます。あの日以来、一日もかかさず――」

「ザック」ミミがキッチンからよんだ。ぼくは返事をしなかった。テレビ局の人がチャーリーについて話すのを、このまま聞いていたかった。でもミミが広間へ来て、ママがソファーにおいたリモコンをつかみ、テレビを消した。まだ聞いていたかったのに。

「パパがむかえにきたの。出かけるじゅんびをなさい」ミミは言った。きょうがパパと朝ごはんを食べる日だってことを、わすれてた。毎週日曜には、パパがぼくをむかえにきてレストランへ行き、いっしょに朝ごはんを食べる。ぼくの家の古くて新しいしゅうかんで、前はぼくとアンディとママとパパのみんなで出かけてたけど、いまはぼくとパパだけになった。

「げんかんです！」キッチンからロボットレディの声がして、入口のドアがバンッと大きな音で閉まるのが聞こえた。「まあ」とミミが言い、ぼくたちはキッチンへ行った。パパがろうかからキッチンへ入ってきた。おこった顔をしてる。

「あの人たち、あなたまで、しつこく追いまわしたの？」ミミがパパにたずねた。「ええ、まったくばかばかしい」パパが言った。「もうめちゃくちゃだ」

それから、声をひそめてミミに言った。「この子はまだ外に出てないんですか」

「ええ、まだよ」

「なら、よかった」

パパはぼくのほうへ来て言った。「あのな、ザック。きょうは、レストランへ行くのはやめたほうがいいと思う」

なぜパパはぼくと朝ごはんを食べにいくのが急にいやになったんだろう。ついとう式のときに会っただけで、この一週間、ずっとパパに会えなかったのに。ぼくと出かけるのがいやなら、なんでここに来たのか。おなかでいかりの気持ちがわきあがり、目になみだがうかぶ。

「さあ、見てごらん」パパは言い、まどのほうへ行って、カーテンを少しだけ引いた。家の前にはテレビ局のバンがまだ止まってて、カメラを持った人やマイクを持った人もいる。その人たちはバンのとなりに立って、こっちを見てる。マイクを持ってるのは、さっき見たニュース番組でチャーリーに話しかけてた人だった。

パパはカーテンから手をはなし、ぼくのほうを向いた。「見えたろ」パパは言った。「あいつらは、おれたちに話をさせようとして、やり方が強引なんだ。だから、きょう、おまえはここにいたほうがいい。わかったな」

「わかった」ぼくは言った。ぼちでライトを向けられて、まばたきしたときのチャーリーの顔を思い出した。年をとって、悲しそうな、おびえた顔を。

45　何かしなきゃ

パパが帰っていったあと、二階へ行って、ろうかを歩いてると、アンディの部屋からうめき声みたいな音が聞こえてきて、でも、その音はどこか遠くのほうか、水の中でひびくような感じだった。立ち止まって耳をすましたけど、なんの音だかわからない。「ううう、うううう」という、ゆうれいの声みたいで、鳥はだが立った。

そのあとしばらく音がしなかったから、アンディの部屋に近づいて、中をのぞいた。だれもいない。気のせいだったかもしれないと思ったとき、またその音が聞こえた。音のするほうを目で追うと、音はアンディの使ってた二だんベッドの上のだんから出てた。

ママの頭の後ろがわが見えた——広がったかみの毛がベッドからはみ出してる。つま先立ちで歩いてベッドに近づき、ママがそこで何をしてるのかをたしかめようとしたけど、高すぎてよく見えないから、そっとはしごをのぼった。

ママはアンディの毛布をかぶって、体じゅうをふるわせてた。両手でアンディのまくらをつかんで、顔をおしつけてる。まくらに顔をうずめて泣き声をあげてる——それでさっき、遠くから音が聞こえたような気がしたんだ。その様子を見てたら、また、のどに大きなかたまりがつまってきた。

ぼくははしごを全部のぼってアンディのベッドに入り、ママのとなりで横になった。ママはまくらから顔をあげて、こっちを見た。その顔は赤くてびしょぬれで、目も赤い。ぼくは手をのばして、そこにふれた。あつくて、べとべとしてる。かみがぬれて顔にへばりついてるけど、あせのせいなのか、なみだのせいなのかわからない。

「ママ、だいじょうぶ？」ぼくはささやくような声で言った。

ママの顔がしわくちゃになる。ママはアンディの毛布を持ちあげて、ぼくを中へ入れた。うでを回してぼくをだきよせ、おでことおでこをくっつける。

ママの体から出るねつのせいで、毛布の中はすごくあつい。ママは目を閉じて、速いこきゅうをくり返してる。息が顔にかかったけど、ぼくはじっとしてた。なみだがママのほっぺを流れ、鼻をつたってアンディのまくらにぽたぽたと落ちる。

「ママ」ぼくは小声で言った。

「何」ママは言ったけど、目は閉じたままだった。

「ニュースのせいで泣いてるの？」ぼくは言った。「ワンダさんやあの女の人が、ママのことをあんなふうに言ったから」

ママは目をあけて、悲しそうに小さくわらった。「ちがう、そんなことはどうでもいいの。ママは……ママはあなたのお兄ちゃんがいなくてさみしいのよ。アンディに会いたくてたまらない」ぼくをぎゅっとだきしめ、ふたりともしばらくだまっていた。ママがしずかに泣くのを聞きながら、ぼくはニュースに出てたチャーリーのことを思い出した。

「ママはまだチャーリーのことをおこってるの？」

ママは長い息を鼻からゆっくりと吐いた。「ああ、ザック」声から、いかりは感じなかったけど、すごくつかれてるみたいだった。「本当は……こんなふうに思うのはいやだけど……アンディがいなくなってしまったのは、あの人のせいなのよ」

「でも、チャーリーは心からごめんなさいって思ってる」

「どうかしら」

「思ってるよ。わかるんだ。それに悲しんでる。ぼくたちみたいにね」

「そう?」ママは言った。まくらの上で頭を少し後ろへ動かしたから、おでこはもうくっついてなかった。「どうして?」

「チャーリーはぼくの友だちだ。親友なんだ。ママだってチャーリーの友だちじゃないか。いっしょに、ふくろレースに出てくれたんだから」

「そんなの、ずっと、ずっとむかしのことよ」

「チャーリーはぼくのこともママのことも大すきなんだって」

「そんなこと、チャーリーはみんなに言ってるのよ」ママは言い、また目を閉じたけど、ぼくはそれはちがうと思った。チャーリーは、みんなになんか言ってない。言うのはぼくとママにだけだ。

ママがすったり吐いたりする息がゆっくりになり、ねむってしまったとわかった。ぼくはじっと、となりで横になってた。こんなふうにママとねるのは気持ちよかったし、ママがぼうでつつかれたヘビみたいになってから、もうずっと長いあいだ、こんなことはしてなかった。

しばらくそうしてたけど、毛布の中はすごくあつかったから、ママを目ざめさせないようにそっと体を起こし、はしごをおりた。一階へ行くと、ミミがキッチンでごはんの用意をしてた。トマトソースのスパゲッティで、ミミはサラダを作るのを手つだわせてくれ、ぼくはレタスを水切り器に入れて回したり、キュウリを切ったりした。ほとんどできあがったころ、ママも一階へおりてきた。かみの片がわがぼさぼさで、目が赤くて、まわりがはれてる。ママはスツールにすわったあと、カウンターにひじをついて、手にあごを乗せ、悲しそうに小さくわらいながら、ぼくとミミが食事の用意をするのを見てた。

三人で食堂のテーブルにつき、食べはじめたけど、だれも何も言わなかった。ママはあいかわらずぜんぜん食べなくて、フォークでスパゲッティをつついてるだけだ。そのとき、キッチンの電話が鳴り、ママが立ちあがって電話に出た。少しして、もどってきた。

「やっぱりあした、イートンふさいがべんご士といっしょに、うちへ来ることになった」またテーブルについたママが言った。

ミミが口をきゅっとむすんだ。「メリッサ……前に話したこと……考えてくれたかしら……ちがう形で向き合ったらいいいんじゃないかって。チャーリーとメアリーのことばかりじゃなくてね。前にも話したけど、〈じゅうのきせいをもとめる母親の会〉のこと。あの団体は、本当に意味のある活動をしてる。あなたの意見を生かして、いっしょに――」

「わかってる……それはそうしたいと思ってる」ママは言った。「でも、まだよ。いまは考えたくないの」

「だれが来るの？」ぼくはたずねた。

「えっ？」ママは言った。「ああ、イートンさんよ。おぼえてない？　ジュリエットのママとパパ」

「おぼえてるけど」

ママがミミのほうを見ると、ミミは両方のまゆをあげた。

「だけど、どうしてべんご士さんもいっしょに来るの？」

「それは……つぎにどうするか、相談するつもりだからよ……ラナレスふさい、チャーリーとメアリーをさいばんにかける日程を決めるのよ」

「ママはチャーリーをさいばんにかけるの？」ぼくはたずねた。おなかがむかむかしてくる。パパがべんご士をしてるから、さいばんにかける、ってのがどういう意味かはわかる。さいばん官がいて、どっちの言い分が正しいかを決め、負けた人はばつを受けて、けいむ所に入らなきゃいけない。じゃあ、ママはチャーリーをけいむ所に入れようとしてるのか。今年はじめて雪がふった日に、パパとレストランでミルクシェイクを飲んだとき、パパは、チャーリーはけいむ所になんか入らないと言ってたけど、それはまちがってたことになる。

体じゅうがあつくなり、ぼくはいすからさっと立ちあがった。ひざががくがくふるえる。「でも、ママは、本当はチャーリーのことをおこりたくなんかないって言った」ぼくは言った。大きくてふるえた声だった。「さっき言ったよ。ふたりでアンディのベッドでねてるときに。そう言ったじゃないか！」

「ザック、落ち着いて。そうじゃなくて――」

「いや、言った！」ぼくはさけび、ママをにらんだ。体じゅうがママへのいかりの気持ちでいっぱいになる。さっきアンディのベッドでいっしょにねてたとき、いい感じがしたけど、それはまちがいだった――ぜんぜんよくなってなんかない。それどころか、悪くなってる。ママは、チャーリーをけいむ所に入れようとしてるんだ。そんなことをしたら、何もかも、もっとめちゃくちゃになるのに。

「ザック、こっちへいらっしゃい。わたしたちは……できることをやろうとしてるだけよ」ママは言い、ぼくの手をつかもうとしたけど、ぼくは手を引っこめた。

「さわるな！」ぼくはさけび、食堂から走って二階へあがった。ひみつ基地に入ってアンディと話せたらいいのに、と思ったけど、もうあそこに入る気はなかった。

どうして、ひみつ基地にアンディがいると感じられなくなったんだろう。そうなったあと、何回かアンディの部屋に行き、空っぽのベッドを見て、ひみつ基地に入ってみようとしたけど、そうしなかった。前とかわったとわかってたし、やっぱりアンディはいないと感じて、おなかをげんこつでなぐられたみたいになるのがいやだったから。

だから、しかたなく自分の部屋に入ってドアを閉め、いすにすわった。息があらく、おなかがすごくいたい。何もかもどんどん悪くなり、こわい気持ちがふくれあがる。吐きそうになったから、急いでトイレに入って、べんきの前にひざをついた。ゆかがすごく冷たく、おなかがむかむかするけど、何も吐けなくて、ただなみだがあとからあとから流れた。

そのとき、ぼくの部屋のドアをノックする音が聞こえたから、さっと立ちあがって、バスルームのかぎをしめた。

「ザック？」ぼくの部屋からママがよぶ声がした。こんどはバスルームのドアがノックされる。

「ザック、いるの？　ママも入っていい？」

ママと話したくなかったから、ぼくはドアに向かって言った。「おしっこだよ」

「そう。あなたが……だいじょうぶかどうか、たしかめたかっただけよ」

「うん」とだけ、ぼくは答えた。そのあと、ママがぼくの部屋を出て、外からドアを閉める音が聞こえた。

ぼくはしばらくして立ちあがり、冷たい水で顔をあらって、かがみを見た。目が真っ赤だ。じっと見つめた。泣きたい気持ちのときに、かがみで自分を見ると、もっと泣きたくなる。

「泣くな」声を出して自分に言った。

「泣くなと言ったろ！」ぼくの中にもうひとりぼくがいて、そのぼくに向かって言ってるみたいだった。「泣くな、泣くな、泣くな」

もう一度顔をあらって、部屋にもどり、真ん中に立って、何をしたらいいか考えた。

「何かしなきゃ」ぼくはもうひとりのぼくに言った。「このままじゃ、全部めちゃくちゃになる」

「そうだね、だけど、どうしたらいいんだろう」もうひとりのぼくが答えたけど、声にはならなくて、頭の中で聞こえただけだった。ぼくは動かないで、すわりもしないで、どうしたらいいかと考えた。部屋の真ん中で考えつづけた。

46　きんきゅうのにんむ

「つぎのにんむがあるの？」アニーが言った。

「そうよ」キャスリーンが言った。

「いますぐ出発してほしいんだ」テディが言った。

「マーリンのようだいがとても悪くなって……」キャスリーンが言った。まばたきをして、なみだをこらえている。

「えっ、まさか！」アニーが言った。

「モーガン先生がジャックたちに、さいごの〈幸せのひけつ〉を見つけてきてほしいって。すぐにでも」テディが言った。


きょう、ジャックとアニーは、マーリンのために四つめの〈幸せのひけつ〉をさがしにいかなきゃいけない。キャスリーンとテディはジャックとアニーの友だちだけど、ふたりともまほう使いで、マジック・ツリーハウスに現れて、モーガンからのにんむをジャックたちにつたえる。モーガンはふたりの先生みたいな人で、マジック・ツリーハウスはモーガンのものだ。

そしてぼくも、きょう、にんむを実行しなきゃいけない。午前中ずっと、ローラーコースターに乗ってるみたいにおなかがむかむかし、足がふるえて落ち着かなかった。なるべくじっとしていようと、クランシーをひざにおいてベッドにすわり、「マジック・ツリーハウス」シリーズの四十かん、『南きょくのペンギン王国』を開いた。自分のじゃなく、ジャックとアニーのぼうけんへと気をそらしたかった。

自分のにんむのことを考えるたびにこわくなり、ぼくの中のもうひとりのぼくに、こう言わなきゃならなかった。「こわがるな。にんむを実行するときだ。ゆうきを出せ。いいか？」

まだ決行の時間じゃなかったけど、それはせまってた。本を読んでても、ふと気づくとほかのことを考えてる。さいしょのページに何度ももどらなきゃいけなかったし、読んでも何が書いてあったかおぼえてなかった。

計画のじゅんびも荷物の用意もできてるけど、まだ出かける時間じゃない。いちばんいいのは昼ごはんのあと、ママがべんご士さんと会ってるときだ。その時間ならママに気づかれないで、いいスタートを切れる。

ぼくのにんむは、アンディのおはかのある、ぼちへ行くことだ。そこには、チャーリーの息子のおはかもある。ニュースに出てた男の人が、チャーリーが息子のおはかを毎ばんおとずれてると言ってた。だから、ぼくもぼちへ行って、チャーリーが来るのを待つんだ。チャーリーがどこに住んでるかも、家の電話番号も知らないから、おはかへ行くしかない。

チャーリーに会って、ママがあんなふうに言ってごめんなさい、とあやまりたかった。そして、いっしょにぼくの家に来てママと話して、とつたえたかった。そうすれば、けんかは全部終わって、パパも家にもどってくれるかもしれない。

にんむを実行するには、いろんなじゅんびがひつようだった。午前中ずっと、何を持っていけばいいかと考え、用意をした。ジャックとアニーにとっては、そんなことはかんたんだ。ただ本の上に指をおいて、「ここへ行きたい！」と言うだけでいい。すると、ツリーハウスが回転をはじめて、いつの間にか行きたい場所に着く。それに、何を持っていくかを心配するひつようもない。まほうの力で、その場所にぴったりの服にかわってるからだ。『南きょくのペンギン王国』で南きょく大りくに着いたとき、ふたりは防寒服を着て、手ぶくろをはめて、ゴーグルをつけてた。そして、ジャックのリュックは登山用のやつにかわってた。

ぼちについて書いてある本を見つけて、「ここへ行きたい！」って言ったら、ひつようなものは全部そろって着く。そうなるならいいんだけど、そんなことは起こらない。だから、ひとりで計画を立てて、ひとりで荷物をつめて、ひとりでぼちまで行かなきゃいけない。

ママに気づかれないようにこっそり家をぬけ出して、ひとりでぼちへ行くと考えただけで、おなかがむかむか、足ががくがくしてしまう。ぼちまでの道はわかってる。ぼちは、ようじ学級のそばで、その道は数えきれないほど通ったことがあるからだ。でも、歩いていったことはない。ようじ学級までは近くて、車でたったの五分で着き、ママはいつも、本当は車じゃなくて歩いていったほうがいい、と言ってたけど、朝は毎日いそがしいから、一度も歩いていったことがなかった。

ぼくは「マジック・ツリーハウス」シリーズの四十かん、『南きょくのペンギン王国』をリュックに入れて持っていくことにした。午前中、ベッドにすわって読んだけど、なかなか落ち着かなくて、まだ三しょうぐらいしか進んでないから、あとで読もうと思ったんだ。ベッドの下からリュックを引っぱり出したけど、さっき底にアンディのねぶくろをスーツケースベルトでつけたから、すごく重い。まんぱいだから、本を入れたら、もう何も入らない。

　頭の中で計画をくり返してるうちに、けいほう器のことを思い出した。きのうの夜、家からこっそりぬけ出そうと考えたとき、けいほう器のことが頭にうかんだ。ママがべんご士さんと話してるあいだに家を出るとしても、ロボットレディが「げんかんです！」と言ったら、ドアをあけたことがママに気づかれてしまう。それに、どっちにしても、げんかんの前にはテレビ局のバンが止まってて、テレビ局の人にも見つかるから、げんかんからは出られない。そこで、うまい作戦を思いついたんだけど、それを実行するのを、うっかりわすれるところだった。

　ママがしん室にいて、そのドアも閉まってることをかくにんすると、ぼくは大急ぎでえんぴつをつくえから出して、一階へおりた。ガレージへつづくドアをほんの少しあけたとき、キッチンから「ガレージドアです！」と聞こえたけど、えんぴつをゆかにおいてはさみ、ドアがあいたままになるようにした。ほんの少しあいてるだけだから、ママも気づかないはずだ。そのあと、急いで二階へかけあがった。

　自分の部屋に入ると、すぐにげんかんのベルが鳴って、ママが階だんをおりていく音がした。一階から何人かの声が聞こえ、心ぞうのどきどきが速くなる。そろそろ出発の時間だ。声がろうかから消えて、みんなが客間に入るのを待った。

　さいごにもう一度、トイレに行った。くつをはき、リュックといっしょにベッドの下にかくしておいたジャンパーを着る。リュックをかつごうとしたとき、ぼくのトラックたちに目がとまった。前にぼくがおこってけとばしたときのまま、あちこちにちらばってる。そのままにしていきたくなくて、走りよって、全部まっすぐにならべた。さあ、きれいになったから、出発だ。

階だんの上で、一階から聞こえる声に耳をすました。いまからすることが、計画の中でいちばんむずかしい。階だんをおりて外へ出ることだ。階だんの片がわは、ふんでもギーッと音が鳴らないから、そっちがわへそっと足をおろして、くだっていく。問題は、客間から下のだんが見えてしまうことで、だからたいへんだ。ぼくは、あと二、三だんのところで足を止めた。心ぞうがどきんどきんと大きく鳴る。客間にいる人たちに聞こえるんじゃないかと思うほどだ。それから、一気にのこりの階だんをおりて、手すりを回り、ガレージへつづくドアのほうへ向かう。「ザック、どこへ行くの？」というママの声がしそうで、ひやひやしたけど、何も聞こえなかった。客間にいる人たちは話をつづけてて、ぼくが階だんをおりてきたことにだれも気づいてない。

えんぴつはまだドアのすきまにはさまって、ドアは少しだけあいたままだった。ぼくはドアをもっとあけて向こうがわへ行き、そこで閉めた。ガレージを通り、外へ出るドアのかぎをあけた。このドアのかぎは曲がってて、かぎ穴にささったままで引きぬけないけど、閉めたりあけたりはできる。ぼくはうら庭へ出て、そこで少し立ち止まった。空気が冷たくて、鼻がひりひりする。ズボンのポケットに手を入れて、天使のつばさのチャームがあるのを指でたしかめる。アンディのつくえから取ってきたレゴのうで時計を見ると、二時十三分だった。

47　白いバンのスクービードゥー

リュックの前ポケットには、きのうの夜、自分で書いた地図が入ってる。ぼくの家から、ようじ学級とその向かいのぼちまで行くための地図だ。それを見てたら、〈ドーラといっしょに大ぼうけん〉を思い出した。話のはじめのほうで、ドーラは仲よしのサルのブーツといっしょにどこかへ行くとき、いつも「どう行けばいいかわからないときは、だれに聞けばいい？　そう、マップくん！」と言う。すると、地図のマップくんがドーラのリュックのポケットからとび出して、「ぼくはマップ、ぼくはマップ、ぼくはマップ、ぼくはマーップ！」とにぎやかに歌う。マップくんがドーラとブーツに、どう行ったらいいかを教えると、ドーラたちは、ぶきみな森とか、風がふくさばくとか、ワニがいる池とか、毎回かならずふたつの場所を通ってから、さいごに行きたい場所にたどり着く。〈ドーラといっしょに大ぼうけん〉は小さい子向けの番組だから、いまはもう見てないけど、ようじ学級にかよってるときはよく見てたから、道じゅんを考えてるときにドーラのことを思い出したのがおもしろかった。

きのうの夜、頭の中では、何度もようじ学級までの道を歩いてみたけど、ねんのために地図も書くことにした。道じゅんはこんな感じだ。ぼくの家のうら庭を通りぬけて、中学校の子が乗るスクールバスが止まる角まで行く。中学校の子が乗るのは、黄色じゃなくて、ふつうのバスだ。黄色いバスが足りないから、ふつうのバスをスクールバスとして使ってるんだけど、中学校へかよいはじめたらふつうのバスに乗れるから、アンディはそれをすごく楽しみにしてた。

スクールバスが止まる角をすぎたら、坂をのぼり、うらに大学がある大きな野原を通って、角に消防しょがある道を進む。消防しょの角を曲がったら、また坂をのぼっていく。右がわに教会が見えてきたら、その一階がようじ学級だ。アンディのおはかのあるぼちは、通りをはさんでその向かいにある。

ぼくのにんむは、まよわないで進むことと、ひとりで歩いてるところをだれにも見られないようにすることだ。「なんで子どもがひとりで歩いてるんだろう」と思われて声をかけられたら、そこで終わりにしなきゃいけないからだ。

マップくんに道を教えてもらうと、ドーラたちは、ぶきみな森とか、風がふくさばくとか、ワニがいる池とか、これから行く場所を何度も言って、その場所を通りすぎたら、チェックマークでしるしをつける。ぼくの家のうら庭とライザの家のあいだの道路をわたったとき、ぼくは足を止め、ゆめの中でむねに矢がささったアンディが血を流してたおれてた場所を見つめた。

中学校のスクールバスの角に着くと、立ち止まって地図を取り出した。リュックの前ポケットからえんぴつを出し、「中学校のスクールバスの角」と書いてある横にチェックマークをつける。それから地図をジャンパーのポケットにしまい、坂をのぼって、つぎのチェック地点の大きな野原をめざした。

坂をのぼるのはたいへんだった。リュックにつめたものが重くて、足がだんだんつかれるし、首がいたくなるし、歩くたびにアンディのねぶくろがゆれて足に当たる。少し休けいすることにして、リュックをおろした。立ち止まったのはリッキーの家の前だった。げんかんから通りまでの道に、青いビニールぶくろに入った新聞が山のようにたまってる。この家にはもうだれも住んでない。リッキーはじゅうげき犯にころされたし、ママも死んだからだ。ぼくはガレージのドアを見た。ママが、リッキーのママはガレージで自さつしたのよ、と言ってたのを思い出し、まだあそこにいるのかと考えたらこわくなったんで、またリュックをしょって、早足で歩きだした。

「ゆうきを出せ」ぼくは心の中で言った。

たぶん、アンディやチャーリーの息子と同じで、ぼちにはリッキーとママのおはかがあるはずだ。着いたら、かくにんしよう。

坂をのぼりきると、大きな野原に着いた。そのおくに大学が見えたけど、大学生はいなくてほっとした。地図の「大学」の横にチェックマークをつけた。

ここまでは全部うまくいった。ひっそりとして、だれにも会わなかった。ところが、消防しょのある角を曲がろうとしたとき、車が左からも右からもやってきた。このままじゃ、車に乗ってる人に見られてしまう。消防しょの横に小さな入口があるのに気づき、その前に立って、道にせなかを向けた。ドアをあけてるふりをする。車が何台か、そばを通ったけど、止まらないですぎていった。入口の前からそっと顔を出して、車が来るかをたしかめたけど、一台も来なかった。

そこを出て角を曲がると、坂の手前のちゅう車場にベンチがあったから、少しすわることにした。地図の「消防しょ」のとなりにチェックマークをつけて、アンディのうで時計を見る。二時三十四分。リュックにつめてきたおかしを食べることにする。おかしと水とうは、リュックの真ん中の広いところに入れてきた。グラノーラ・バーを出して、ふくろをあけようとしたとき、白いバンがゆっくりと坂をおりてくるのに気づいた。

はれつしそうなほど、心ぞうのどきどきが速くなる。グラノーラ・バーと地図を地面に落とし、リュックをつかんで、さっとあたりを見まわした。服のリサイクルボックスがある。あのボックスには、ママといっしょに、めぐまれない人たちのために、もう着なくなった古い服を何回か入れたことがあった。ぼくはかけだして、その後ろにしゃがんだ。

ボックスはフェンスのすぐ近くにおいてあるから、そこはすごくせまく、ゲロみたいないやなにおいもした。こきゅうがどんどん速くなり、心ぞうのどきどきもものすごい。「悪い人に見つかりませんように。悪い人に見つかりませんように」と頭の中でくり返し、リュックをぎゅっとつかんだ。

ウェイク・ガーデンズでは、夏のあいだ、白いバンにアニメのスクービードゥーの大きな犬のぬいぐるみを乗せて走る男の人が目げきされてた。その男の人は、子どもをゆうかいするために、スクービードゥーのぬいぐるみがあるからバンにおいで、と声をかけてくるらしい。アンディからその話を聞いたとき、こわくてこわくて、もう外で遊びたくないと思った。ママもその話は本当だと言ってた。白いバンに乗った悪い男の人は本当にいる。フェイスブックでそれを知ったママは、なるべく家からはなれたところへ行かないように、知らない人の車にはぜったいに乗らないように、とぼくに注意した。「こう外も、もう安全とは言えなくなったのね」とママは言った。

だけどいま、ぼくは家からはなれたところにいる。それにひとりきりだし、悪い男の人がぼくをさらって白いバンに乗せるかもしれない。ぼくはなるべく動かないで、音を立てないようにした。だいじょうぶ、さっきベンチにすわってたのは、たぶんだれにも見られてない。でも、車がちゅう車場に入る音が聞こえるから、やっぱり見られてたのかもしれない。体じゅうがふるえだし、泣き声も出てしまった。声がもれないように、リュックに顔をおしつける。こんなにんむなんか、やらなきゃよかった。それならいまごろは自分の部屋にいて、悪い男の人が近づいてくることなんてなかったのに。

車のドアがバタンと閉まり、反対のドアも閉まる音がして、こわくてもう息もできなかった。そのとき、声が聞こえたけど、それは女の人たちの声で、メイシーズ・デパートのサンタクロースに会うための行列がすごく長かった話をしてた。クリスマスの前には、ぼくもいつもサンタクロースに会いにメイシーズへ行ってたから、なんの話をしているかはわかった。行列はいつもすごく長くて、一時間くらい待ったりするけど、今年は行ってない。

女の人たちの声が遠ざかっていく。心ぞうのどきどきがだんだんゆっくりになり、泣き声もおさまってきたけど、白いバンがまだどこかにいたらいやだから、しばらくじっとしていた。アンディのうで時計を見ると、二時三十九分だった。そのまま二時四十五分までずっと時計を見つめたけど、何も起こらなかったから、思いきってリサイクルボックスのまわりを見てみた。白いバンはどこにもない。

本当はもう家に帰りたかった。こわい気持ちがまだ消えないし、もうがんばれそうにない。だけど、ぼくにはにんむがあるし、チャーリーをけいむ所に入れたくない。だから、家にもどるか、やっぱりぼちへ行くか、指を使う数え歌で決めることにし、やってみたら、ぼちへ行くほうをえらべってことになった。

ぼくはリサイクルボックスの後ろから出て、坂を見あげた。あの向こうに、ようじ学級と、ぼちがある。リュックをしょって、早足で歩きはじめた。

左がわに建物があり、中学生くらいの男の子たちが集まってた。そのうちのひとりがぼくに声をかけてきた。「おい、ちび、これからキャンプにでも行くのか？　そのリュック、おまえよりでかいな！」ほかの男の子たちがわらったり、口ぶえをふいたりした。ぼくはそっちを見ないようにした。歩道の真四角の石と長四角の石を見つめ、長四角の石をふまないようにしながら、坂をのぼっていった。

48　ささやくような風の音

ようじ学級は坂の右にあって、ぼちはその反対がわだから、ぼくはぼちのあるほうをのぼっていった。ここに来るまでずいぶん時間がかかり、うで時計でたしかめると三時十分だった。ということは、家を出てから一時間より三分少ない。右にあるようじ学級を見ると、おむかえの時間が三時だから、たくさんの車が出たり入ったりしてた。

そこの人たちに見つかりたくないから、ぼくはのこりを早足で歩いて、左へ曲がり、ぼちの黒い大きな門をくぐった。門は、両がわに石でできた高い柱みたいなのがあって、黒い金ぞくでできた半円のかざりが柱と柱のあいだにかかり、そこがぼちの名前のかんばんになってる。両がわの柱のてっぺんには、大きなろうそくみたいなランプがある。アンディのおそう式のあとに来たときは、教会から車に乗って、こことは反対がわの細い道に車を止めたから、この門は見てない。そこをくぐると、ぼちの中が見えたけど、アンディのおはかがあるほうとはずいぶん様子がちがってた。たぶん、こっちがわのほうが古いんだ。

中を歩きはじめると、どこも、しんとしてた。後ろにあるようじ学級のほうでは、車の音がたくさんしてるけど、目の前からはなんの音もしない。まるで、門が音をさえぎってるみたいだ。

アンディのおはかがあるほうには歩道があったけど、こっちがわには歩道はなくて、草がぼうぼうに生えた中から、おはかがつき出してる。どれも古くて気味が悪く、まっすぐに立ってないのもあった。まわりは、やぶや大きな木だらけの庭みたいだ。古いおはかにほってある名前を読もうとしたけど、ほとんど消えてるから読めない。かっこいいもようがついたおはかもたくさんあり、いろんなしゅるいの十字架がかいてある。

ぼくは、おはかをふみつけないように、気をつけて歩いた。おはかの下には死んだ人がいる、と考えたら、ぞっとした。でも、このへんのはすごく古いから、ほねしかのこってないんだろう。ほねじゃないところは、全部土に帰っていくんだから。

風がやぶや木をゆらし、だれかがささやいてるような、しーっという声を出してるような、気味の悪い音を立てた。地面の下にいる死んだ人たちのことを考えながら、その音を聞いてたら、おなかがいやな感じになったんで、速く歩いて、新しいおはかがあるほうへ行く道をさがした。アンディのおそう式のあとに来たときは、ずっと雨がふってたけど、新しいほうはこっちよりちょっときれいだった。あちこちのおはかに花がかざってあったし、地面ではいろんな色のぬれた落ち葉がかがやき、においも雨のおかげでさわやかな感じがした。

ゆるい坂をのぼってたら、おくのほうにきれいな場所が見えてきた。おぼえてたよりずっと広い気がする。それに、こっちがわから見るのははじめてだったから、アンディのおはかがどこにあるのか、わからなかった。風が強くなり、寒さのせいでおでこがいたくて、目になみだがにじむ。リュックの大きなポケットから手ぶくろを出してはめ、ぼうしもかぶって、おでこが寒くないように目の上まで引きおろした。それから、アンディのおはかをさがして歩きはじめた。

ぼちにはだれもいなくて、ほっとした。もしだれかいたら、ぼくぐらいの年の男の子がひとりでいるのはへんだと思って、なぜこんなところにいるのかをたずねるに決まってるし、そうなったら、ぼくがひとりで来たのがばれてしまう。

何度も立ち止まって、いろんなおはかを見たけど、おそう式のときはまだアンディのができてなかったから、どんな見かけなのか知らなかった。おはかを作るのにはすごく時間がかかるから、おそう式には間に合わなくて、あとでおいてもらったんだ。

ぼちのはしのほうに、アンディのおそう式のときに車を止めた道が見えた。そこまで行って、ふり返ってながめたら、見おぼえのあるけしきだったから、アンディのおはかが右がわのそんなに遠くないところにあるのがわかった。

おはかとおはかのあいだには歩道があり、石は新しくてぴかぴかのものばかりで、ほってある名前も数もはっきりと読めた。はじめの数はそのおはかに入ってる人が生まれた年で、二番めの数はその人が死んだ年だから、くらべればその人が死んだとき何才だったかわかる。ニュージャージー州のチップおじさんのおはかへ行って、花をかざったとき、ママがそう教えてくれた。チップおじさんが死んでちょうど一年のときで、アンディがじゅうげき犯にころされる二週間ぐらい前のことだった。

ぼくはアンディの名前をさがして、おはかをひとつひとつ見ていった。

ハーマン・マイヤー
１９３７―２０１０

ロバート・デビッド・ラルダン
１９４６―２００６
シーラ・グッドウィン
１９９１―２００３

２００３から１９９１を引くと12だから、シーラが死んだときは、まだ十二才だったのか。アンディが死んだのより二才しか上じゃないけど、シーラはどうしてたった十二才で死んだんだろう。歩きつづけながらおはかの名前を読み、ときどき立ち止まって、その人が何才で死んだのかを調べた。そのうちつかれてきて、またリュックを重く感じるようになった。アンディのおはかは右だった気がする。もしかして左だろうか。どっちだったか、わからなかった。

そのとき、となりに大きな木があったことを思い出した。おそう式の日、オレンジや黄色の葉っぱをつけたその木は、まるで火がもえてるみたいだった。こんどの週末は冬の真ん中の日だし、もう木に葉っぱはのこってないはずだ。でも、せの高い木をさがして見まわしたら、そばに一本あったから、そこまで歩いていった。木のすぐとなりを見ると、そこにアンディのおはかがあった。石は黒みたいな灰色みたいな色で、ぴかぴかしてて、てっぺんがハートの形になってる。名前と数は白い字で書いてあり、それを読んだとき、のどがいたくなった。聞いてる人なんていないとわかってたけど、ぼくは小さい声で読んだ。「アンドルー・ジェームズ・テイラー、２００６―２０１６」

そのとき、すぐそばで風がビューッとふいた。まるでぼくの言葉をさらって、ささやき返し、あちこちへ運んでいくように。気持ちがいい音だった。さっきみたいに気味の悪い音じゃなく、アンディの名前につつまれてるみたいだった。やっぱりここへ来てよかったし、ひみつ基地で話しかけたときのように、またアンディがそばにいると感じられそうな気がする。

アンディのうで時計を見ると、三時四十五分だった。ニュース番組に出てた男の人が、チャーリーは毎ばん、ぼちに来ると言ってたけど、まだ夜じゃないから、来るまで待たなきゃいけない。またおなかがすいてきたけど、そう言えば、白いバンに乗った悪い男の人がこわくて、ちゅう車場で落としてしまったから、グラノーラ・バーを食べてない。だから、持ってきたものを全部出して、何か食べることにした。夕ごはんはいつも六時か七時くらいで、それにはまだ早いから、おかしだけ食べることにした。

スーツケースベルトをはずして、アンディのおはかのとなりにねぶくろを広げ、ひみつ基地にいるときみたいに、その上にあぐらをかいてすわった。リュックから中身を全部出して、横にならべる。暗くなったときのためのバズのかい中電灯、本、まんぱいの水とう、グラノーラ・バー四本、ゴールドフィッシュのクラッカー三ふくろ、ストリングチーズ二本、きょう昼ごはんのあとに自分で作ったハムとチーズのサンドイッチひと切れ、リンゴひとつ。全部ならべると、ピクニックをはじめるみたいだった。

さいごに、ぼくとアンディがうつった写真をリュックから出して、本のあいだにはさんだ。ゴールドフィッシュのふくろをあけるため、手ぶくろをはずす。すぐに風にさらされて、手が冷たくなった。

ゴールドフィッシュを食べ終わると、本をつかんで写真をひざの上におき、家でさいごに読んだページをさがした。

「アンディ」ぼくは言った。「またぼくに本を読んでもらいたい？」写真を見たあと、アンディの名前がほってあるおはかを見て、アンディが聞いてくれてる気がするかどうか、ためしてみた。

「じゃあ、ぼくが読んだところまでのあらすじを話して、そのあとでつづきを読むよ。いいね、アンディ」

49　やさしいゆうれい

「あのね、この本では、ジャックとアニーが、マーリンのために四つめの〈幸せのひけつ〉をさがそうとして、南きょく大りくへ行き、いろんな国から来た研究者のいるかんそく基地を見つけるんだ。ふたりはゴーグルとフェイスマスクで顔をかくし、研究者たちといっしょにヘリコプターに乗って、火山へ行くんだよ。でも、本当は子どもだと気づかれて、たいへんなことになるんじゃないかな。そう思わない？」

ぼくは何かが起こるのを待った。何かがかわって、またアンディが話を聞いてくれてるように感じられるのを。だけど、そのままだった。

本のつづきを二しょう、声を出して読んだけど、寒くて指が動かなくて、ページをめくるのがつらくなってきた。本から顔をあげて、びっくりした。読むのにむちゅうだったせいで、自分がどこにいるのかわすれてしまい、あたりが少し暗くなったのにも気づかなかったからだ。

アンディのうで時計を見ると、四時五十八分だった。見まわしたけど、チャーリーはどこにもいないから、まだ来る時間じゃないのかもしれない。手ぶくろをはめ、その上から息を吐いて、冷たい手をあたためた。ママがいつもしてくれるように。ママのことを考えたら少しさみしくなり、考えなくてすむようにまた本を読もうとしたけど、手ぶくろをはめたままだとページをめくれなかった。

体じゅうが冷えてきたから、ねぶくろをあけて足を入れたら、足はあたたかくなったけど、ほかのところはまだ冷たい。

にんむを実行しようと計画してたときは、暗くなったときのことをあまり考えなかった。バズのかい中電灯はリュックに入れたけど、外でひとりでいるときに暗くなったらどんなふうになるのか、そうぞうしてなかった。ぼちでチャーリーと会って、それからいっしょにぼくの家へ行くことしか頭になかったんだ。

まさかこんな感じだとは思ってもみなかった。まだ真っ暗じゃなくて、まわりのおはかは全部見えるけど、木と木のあいだはもうずいぶん暗くて気味が悪い。そのとき、はっと気づいた。もしきょう、チャーリーが来なかったら、どうしよう。心ぞうがのどからとび出そうなほど、どきどきし、ぼくはアンディのおはかに近づいて、よりかかった。リュックを引きよせて、クランシーをさがした。

クランシーはリュックの中にいなかった。中ぐらいのポケットと小さいポケットもさがしたけど、どこにもいない。さっきリュックの中身を出したときに落ちたのかもしれないと思って、まわりをさがしたけど、やっぱりいない。家においてきたのか、なくしてしまったのか、どっちだろうか。クランシーもいない、チャーリーもいない、ママもいない、パパもいない。ぼくひとりだ。

泣きたくなって、家へ帰りたいとも思ったけど、こわくて、立ちあがることも動くこともできない。死んだ人たちのことを考えだしたら、止まらなくなり、ひつぎの中のほねが目にうかんだ。暗くなったら、死んだ人はゆうれいになるんだろうか。白いバンに乗った悪い男の人が来たらどうしよう。こわい気持ちがどんどんふくらむ。

ぼくとアンディのうつった写真をつかんだ。うす暗い中でも、まだなんとか見える。「アンディ」ぼくはかすれた声で言った。あごがふるえ、歯ががちがちと鳴る。「アンディ、いる？　おねがい、ここへ来て。会いたいんだ」それでも、何も起こらない。そのとき、天使のつばさのチャームがズボンのポケットにあることを思い出した。手ぶくろを片方はずし、手をポケットにつっこもうとしたけど、寒くて手が思うように動かない。ようやくポケットに手を入れ、チャームを指で何度もこすった。ラッセル先生がアンディについて言った「いなくなったわけじゃない。どこかであなたを見ていてくれる」って言葉を、頭の中でくり返す。「アンディはいなくなったわけじゃない。どこかでぼくを見ててくれる。アンディはいなくなったわけじゃない。どこかでぼくを見ててくれる」

とつぜん、強い風がふき、しっかりとにぎってなかったせいで、手に持ってた写真が風にとばされて落ちた。写真は地面を転がったあと、風にあおられておはかにぶつかり、そこにはりついた。

ぼくは「あっ！」とさけび、写真をつかもうとねぶくろからとび出して、おはかへ走りよったけど、写真はまた風にふきあげられて、もっと遠くまでとんでしまった。暗がりの中で、写真を見うしなわないように目を大きくする。追いかけて走りだしたとき、だれかにぶつかった。

ぼくはすごくびっくりした。だれもいなかったはずなのに。たぶん、ゆうれいだろう。ゆうれいがぼくの両うでをつかんできたから、ぼくは足をばたばたさせて、さけんだ。「はなせ！　はなして！」

「ザックか」

なんでゆうれいがぼくの名前を知ってるんだろうと思い、もっとびっくりして見あげると、そこにいたのはゆうれいじゃなかった。チャーリーだ。チャーリーもすごくおどろいた顔をしてる。

「ザック？」チャーリーは言った。「いったい……ここで何をしてる」顔をあげて、ぼくの後ろのほうを見る。「そんなにあわてて走って、どうしたんだ。何かあったのかい」

走ったり、けとばしたり、さけんだりしたせいで息がはあはあして、うまくしゃべれない。だけど、どうにか写真のことをチャーリーにつたえようとした。「風に……とばされちゃって。写真が……」

「写真がとばされた？　どこへ」チャーリーはたずねた。

ぼくは、写真がとばされていった木のあいだを指さした。そっちはもう真っ暗で、気味が悪い。

「わかった、いっしょにさがそう」チャーリーは言った。チャーリーにかたをしっかりとつかまれたら、こわい気持ちが少しずつ消えていった。ふたりでさがすと、写真はやぶの中で見つかった。

「見てもいいか」チャーリーがそう言ったから、写真を見せた。チャーリーはしばらくそれを見つめたあと、悲しそうにほほえんで、ぼくに返した。写真を受けとるとき、寒くて、ぼくの手はすごくふるえてた。

「ザック」チャーリーは言った。「ここで何してるんだ。お兄さんに会いにきたのか」

「うん。それもあるけど、チャーリーに会いにきたんだよ」

「わたしに？　なぜわたしなんかに。ここにいると、どうしてわかったんだ」

「ニュース番組で言ってた。毎ばん、チャーリーがここに来てるって」

「そうか」チャーリーはおはかを指さし、そこまでいっしょに歩いていく。だいぶ暗くなってたけど、おはかの名前と数字が見えた。

チャールズ・ラナレス・ジュニア
1997―2016

「毎ばん、ここへ、おやすみを言いにくるんだよ」チャーリーは言った。「息子にね」その声は、これまでに聞いたどんな声よりも悲しくひびいた。

50　家へ帰る

ふたりでしばらくチャールズのおはかの前に立ってたけど、ぼくは顔をあげてチャーリーを見た。

「チャーリー」ぼくは言った。

「なんだい」

「どうしてチャールズはあんなことをしたの？　どうして学校へ来て、アンディやほかの人たちをころしたの？」

チャーリーは手を口に当てて、それから、おでこへ手をやって、上へ下へと何度もこすった。ふうっと息を吐き、空を見あげた。ぼくもいっしょに見あげると、真上に月があった。左がわがほんの少しかけてるけど、ほとんどまん月だ。チャーリーは長くゆっくりと息をもらした。

「わからない」チャーリーは言ったけど、声はとても小さくて、ほとんど聞きとれないくらいだった。まだ空を見あげながら、かたをふるわせてる。もう一度話しはじめたとき、のどに何かがつまってるみたいだった。「わからないんだ、ザック。本当にわからない。毎日、毎日、考えてるがね」

「チャールズは何が悪いことなのかわからなくなったんだって、パパが言ってた。病気だったんだって」

チャーリーは首をたてにふり、手で何度か目をこすった。

ずいぶん長いあいだ、ぼくたちはだまってたけど、やがてチャーリーが言った。「なぜここでわたしに会おうと思ったんだ、ザック」

いよいよ、ぼくのにんむについて、チャーリーに話すときが来た。「話をしたかったからだよ」ぼくは言った。「家がどこだか知らないし、だからここへ来たんだ」

「もうすぐ日がくれる。ご両親はこのことを知ってるのか」

「だれにも言わないで来た」

「わたしと何を話したかったんだ」

「いっしょに、ぼくの家に来てほしいんだ。ぼくといっしょにママと話し合えば、きっと、けんかは全部終わるよ」チャーリーが悲しそうにわらったけど、それは、いいよ、じゃなくて、だめだよ、という意味だと思ったんで、ぼくは早口でしゃべった。

「だから、いっしょに来て。おねがい」

「ああ、ザック。行けたらどんなにいいか。行きたいが……行けないんだ。それは……むりなんだよ」チャーリーは言い、ぼくのかたに手をのばしたけど、ぼくはその手をよけた。

そのしゅんかん、寒さがふっとんだ。体じゅうが、かっとあつくなる。

「どうして？」ぼくはさけんだ。目になみだが出てくる。「どうしてだめなの？　このままじゃ……何もかも、めちゃくちゃだ。話し合わなかったら、ママはチャーリーをさいばんにかける。そうしたら、けいむ所に入らなきゃいけないんだよ」大きな泣き声が出て、寒さで歯ががちがちと鳴る。

チャーリーは何も言わなかった。もう一度、ぼくのかたに手を回して引きよせたんで、こんどは、ぼくはその手をよけなかった。チャーリーにぎゅっとだきしめられるのは、気持ちよかった。そうしてると、あまり寒くない。頭をおなかにつけたまま、ずっと泣きつづけ、そのあいだチャーリーは頭をなでてくれた。しばらくして、なみだは出なくなったけど、泣いたせいで頭がいたくて、体じゅうがくたくただった。

チャーリーがうでをはなすと、とたんに寒くなった。チャーリーはひざをついて、コートのポケットからティッシュか何かを出したけど、それは紙じゃなくて、チップおじさんが持ってたイニシャル入りのハンカチみたいなやつで、チャーリーはそれでなみだをふいてくれた。それをポケットにしまうと、しずかな声で言った。「ザック。わが親友よ。そろそろ帰ったほうがいい。きっとご両親が心配してる」

ぼくはチャーリーに手つだってもらって、荷物をつめた。本のあいだに写真をはさんで、リュックにしまう。それから、ぼちの中の道に止めてあったチャーリーの車まで、いっしょに歩いていった。チャーリーはぼくのために後ろのドアをあけた。だんぼうをつけてくれたから、歯が鳴らなくなった。ぼくが歩いてきた道をゆっくり進んだけど、アンディのうで時計を見ると、家の近くに着くまでに五分ぐらいしかかからなかった。さっき同じ道を歩いてきたときは、一時間もかかったのに。車の中で、ぼくとチャーリーはひとこともしゃべらなかった。中学校のスクールバスの角のそばに着くと、チャーリーは車を止め、ふり返ってぼくを見た。

「ここでおりたほうがいい」チャーリーは言った。

「いっしょに家に来て」ぼくは言った。「おねがいだよ。これはぼくのにんむなんだ。チャーリーを家につれてきて、ママと話してもらうことが。そうすれば、たぶんママは、チャーリーのことをもうあんなにおこらなくなる。いいでしょう？」

「すまない、ザック。それはできない。そんなことをしても……それは、してはいけないことなんだよ。わたしがいっしょに家へ行くなんて」

また目になみだが出てきたけど、もう泣きたくなくて、ぼくは両手でおなかをおさえながらまどの外を見た。なみだがこぼれないように、まばたきをがまんする。

「ザック」チャーリーが言ったけど、ぼくはのどに大きなかたまりがつかえてたから、返事をしなかった。「たのむよ、ザック。おこらないでくれ。わたしを助けようとしてくれてるのはわかる。本当にいい子だと思う。でも、聞いてくれ、ザック。たのむから、こっちを見てくれ」

まどの外からチャーリーへと目を移すと、チャーリーの目にもなみだがあり、ほっぺを流れてた。

「わたしのことは心配しなくていい。そんなことは……気にしなくていいんだ。だいじょうぶだよ。わかるな」

ぼくはまどの外に目をもどした。

「おねがいだよ。わが親友」チャーリーのしゃべり方は、子どもがおねがいごとをするときみたいな感じだった。

「わかった」ぼくは言い、またチャーリーに目をもどした。ふたりともなみだが出たままだ。

「チャーリー」

「ああ」

「ごめんなさい……ママがチャーリーのことをあんなふうに言って」

「ザックのママは……まだ、悲しみで心がいっぱいなんだよ」チャーリーは言った。車の中はあたたかくて、ぼくはまだここにいたかった。チャーリーといっしょに。

「チャーリー」

「なんだい」

「チャールズがまだそばにいるって感じることってある？　チャールズと……いっしょにいるような気がすることとって」

「ときどきだがね。ときどき、チャールズがすぐ近くに、わたしのすぐそばにいるような気がすることがある。そして、ときどき……もうずっと前にいなくなったような気がすることもあるんだ」

しばらくして、チャーリーは言った。「さあ、行きなさい。家に帰るんだ。わたしはここから見てる。家まで歩いていって、中に入るまで。いいな」

ぼくはリュックをつかんで、後ろの席のドアをあけ、車をおりるときに言った。「じゃあね、チャーリー」

「じゃあな、ザック。わが親友よ」

家への道を歩いていくと、前にパトカーが二台止まってるのに気づいた。テレビ局のバンもまだいる。とんでもないことになりそうな気がした。また寒くなってきたから、少しずつ足を前に出して、ゆっくり歩いた。ふり返ると、チャーリーの車の明かりが見えた。アンディのうで時計のボタンをおして、ライトをつけた。六時十分だ。

家の近くまで来ると、テレビ局のバンに男の人がよりかかってるのが見えた。デクスターだと気づいたとき、向こうもぼくに気づき、早足で歩いてきた。

「ザック、どこへ行ってたんだ！　みんな、きみをさがしてたんだぞ」デクスターは言ったけど、ぼくは返事をしなかった。ころしの目つきでにらみ、横を通りすぎて、げんかんの前に立った。げんかんのベルをおしたとき、心ぞうがすごい速さで動いてた。

51　どうしても泣けてくる

げんかんのドアがあいたあと、そうぞうしてたようなことは起こらなかった。とんでもないことにも、たいへんなことにもならなかった。ドアの向こうにはママがいて、クランシーをだいてた——やっぱりクランシーは、ぼくが家におきわすれたんだ。ママはぼくを見て、さけんだ。「よかった、帰ってきたのね！」ママはひざをついて、ぼくをだきしめ、右へ左へと何度もぼくをゆすった。

「ザック、ザック、わたしのザック」ママは何回もくり返した。ママの後ろから、ミミとおばあちゃんとメアリーおばさん、それにけいさつの人がふたり、客間を出てくるのが見える。でも、パパはいない。

ママが少し体をはなし、ぼくの体をあちこち見てから言った。「けがはしてない？」

「パパはいないんだね」ぼくは小さな声で言った。

「あっ、そうね」メアリーおばさんが言い、けいたい電話を出してボタンをおした。そして、電話に向かって言った。「ジム、帰ったの。ザックが帰ってきたのよ！」

「パパは外へあなたをさがしにいったの」ママが言った。「すぐにもどるでしょう」

体がまたふるえはじめ、歯がガチガチと鳴りだした。

「ザック、そんな寒いの？」ママが言うと、みんながさわぎはじめた。「ほら、くつをぬいで。リュックもおろして。手を出してみて。まあ、氷みたいに冷たい。おなかがすいてるでしょう。何か作るから」

けいさつの人が、息子さんにいくつかしつもんがあるのですが、と言ったけど、ミミが「この子が落ち着いてからにしてくださいませんか。コーヒーをもう一ぱい入れますから」と言い、けいさつの人もいっしょに、みんなでキッチンのスツールにすわった。

「げんかんです！」とロボットレディの声がして、すぐにパパがキッチンに入ってきた。パパはドアのところで少しだけ立ち止まり、何も言わずにぼくを見た。そして、大またでこっちへ走りよった。ぼくをスツールからかかえあげ、ぎゅっとだきしめる。息ができないくらい強くだきしめられてるとき、何か音が聞こえた。体につたわってくる。

その音はパパのおなかからわき起こり、のどまであがってきて、パパの口からぼくの耳へつたわった。ひくくて、こもったような音だ。パパのむねが上へ下へゆれ動き、それで泣いてるんだとわかった。パパが泣いてる。

パパはぼくをきつくだいたまま、ひくく大きくこもったような声でしばらく泣きつづけた。パパがどんな顔で泣いてるのか知りたくて、ぼくは体をはなした。パパの顔はぐしょぐしょで、あごが上へ下へふるえてる。その顔は子どもっぽく見えて、大人じゃないみたいだった。

「ザック」パパは大きく息をもらすようにして、ぼくの名前をよんだ。「おまえまで、うしなってしまったのかと思ったぞ」

「ぼくはだいじょうぶだよ、パパ」ぼくは言い、あごのふるえを止めてあげたくなり、こんなに悲しんだのはぼくのせいだと思ったら、あやまりたくなった。なみだでびしょぬれのパパのほっぺを両手ではさみ、ひげの上からそっとなでる。

「ごめんなさい」と言うと、パパは少しわらった。

「ああ、ザック」パパは言い、またぼくをきつくだきしめた。「おまえはあやまらなくていいんだ」

パパがぼくをスツールにもどすと、キッチンにいるみんなが泣いてるのが見えた。ママも、ミミも、おばあちゃんも、メアリーおばさんも。みんな、ぼくとパパを見ながら泣いてたけど、パパが泣くを見るのは、みんなもはじめてかもしれない。よくわからないけど、たぶんそうだ。

　みんなが泣きやむと、けいさつの人のひとりが立ちあがった。「われわれがいるのは、おじゃまでしょう。ほんの少しだけ、息子さんにしつもんさせてください。くわしいことは、あす、また聞きにうかがいます」そのけいさつの人は、ずっとどこにいたのかとたずねてきたから、ぼくはぼちへ行ってたこととか、どうやって行ったかとか、そんなことを話した。

けいさつの人は小さな手ちょうを出して、そこにいくつか書いた。「ほかに話しておいたほうがいいと思うことはあるかな」ぼくは、ありません、と首を横にふった。赤いジュースがのぼってきたけど、それは、チャーリーと話すためだったことを言わなかったからだ。もうひとりのけいさつの人も立ちあがった。「では、あす、もう一度うかがって、ひつような書るいを作成します。今夜はもう問題ありませんね」

　けいさつの人がいなくなると、ミミが、三人だけにしてあげましょう、と言った。三人というのはぼくとママとパパのことで、つまり、ミミとおばあちゃんとメアリーおばさんは帰るってことだ。

　みんながいなくなり、ぼくたち三人だけになると、へんな感じがして、ぼくたちだけのときにどうしたらいいか、三人ともわすれてしまったみたいだった。ぼくは、なんだかはずかしかった。

「ザック、何も食べてないんでしょう」ママが言った。「何が食べたい？」

「シリアルがいい」ぼくは言い、ママとパパのあいだにすわって、三人でキッチンカウンターでシリアルを食べた。しばらくのあいだ、シリアルをかむ音しか聞こえなかった。

それから、ママがしずかな声で言った。「ぼちへ行ったのね」

「うん」ぼくは言った。

「どうして？」

ぼくのにんむのこと、チャーリーがいっしょに家に来てくれなかったこと、にんむはうまくいかなかったことが頭にうかぶ。また目になみだが出てきたのをママとパパに見られたくなくて、うつむいた。

「どうして行ったの、ザック」ママがまたたずね、ぼくのあごを持ちあげて、こっちを見た。「アンディに会うため？」

「うん」ぼくは言った。アンディのおはかにも行きたかったから、うそじゃない。だけど、チャーリーに会いに行ったって言わなきゃ、正直に言ったことにはならない。

「アンディのおはかへ行って……また、アンディといっしょにいるような気持ちになりたかったんだ。前みたいに……この家でそう感じたみたいに」

「アンディのクロゼットの中みたいに？」ママが言ったんで、ぼくはパパを見た。パパはぼくのひみつをしゃべったんだ。

「ママに話すしかなかったんだよ、ザック。おまえのすがたが見えなくなったとき、真っ先にさがしたのはあそこなんだ。わかってくれ」

「わかった」ぼくはパパに言った。どっちにしても、ひみつ基地はもう、とっておきの場所じゃなくなったから、かまわなかった。

「アンディとまたいっしょにいるような気持ちになりたかったの？」ママがたずねた。

「うん」ぼくは言った。「ひみつ基地では、よくそんな感じがしてた。うまく説明できないけどね。アンディに話しかけたりしてると、さみしくなかったんだ。パパもそう感じたよね、そうでしょ、パパ」

パパが言った。「ああ、そんな感じがした。明るい気持ちになれたよ……そんなふうにそうぞうすると」

「ぼくはそうぞうするだけじゃなかった」ぼくは言った。「本当に、そう感じたんだ。でも、あるとき、とつぜんかわった。もうアンディがそばにいると感じられなくなって、ぼくしかいなくて、ベッドにひとりきりで……」

「ベッドにひとりきり？」パパは言い、また泣き顔になった。ナプキンで目をぬぐってる。「すまん、どうしても泣けてくるんだ。いいかげんにしなきゃな」

「歌みたいに、ベッドにひとりきりになったって意味だよ。〈ベッドに十人〉って歌みたいに」ぼくは言ったけど、パパはなんの話だかわからないみたいだった。「いいんだ、べつに」

ママがシリアルの入ったお皿をどけて、ぼくの手をにぎった。「ザック、本当に……ごめんなさい。あなたに……そんなにさみしい思いをさせてしまって」ママはとぎれとぎれに言った。「もし、あなたに取り返しのつかないことが起こってたらと思うと……」ママはそれ以上つづけられないらしかった。

「そんなこといいんだよ、ママ」

「いいえ、よくないの。さみしくてたまらなくて、アンディといっしょにいたかったから、家を出て、ぼちへ行ったんでしょう。なのに、わたしはずいぶん長いあいだ……あなたがいなくなったことにも気づかなかった。よくなんかないの」

「それは、ママの心はいま、悲しみでいっぱいだからだよ。きょう、チャーリーがぼくに教えてくれたんだ」

「えっ」ママは言った。

「なんだって？」パパが言った。ふたりともぼくをじっと見つめてて、ぼくはすぐに、いま言ったことをこうかいした。ぼくがこんなことを言ったせいで、チャーリーがもっとひどい目にあったら、どうしよう。

ママがせすじをのばした。「それはどういう意味なの、ザック。きょう、チャーリーがあなたに教えてくれたって。どういうこと？」ママがだんだんおこってきたのがわかった。

パパがうでをのばし、ママの手をにぎった。「ザック、大事なことだから、どういうことなのか、パパとママに説明してくれるか」

「だけど、チャーリーがもっとひどい目にあったりしない？　チャーリーは何も悪いことをしてないんだよ。ぼくを助けてくれたんだ」ぼくは早口で言った。

「あなたを助けた？」ママがたずねた。

「チャーリーはぼくに言ったんだ。そろそろ帰ったほうがいい。きっとご両親が心配してるからって。それで、ぼくを車で家まで送ってくれたんだよ」

　ママはパパを見て、ゆっくりと息を吐いた。「チャーリーの車に乗ったの？」

「うん」

「ザック、どういうことなのか、きちんと話してくれ」パパが言った。

「わかった。ぼくは、チャーリーをさがしに、ぼちへ行ったんだ。もちろん、アンディのおはかにも行きたかったけど、いちばん大事なのはチャーリーに会うことだった。チャーリーをここへつれてきて、ママと話をしてもらって、けんかを全部終わらせたかったんだよ。そうすれば、チャーリーはけいむ所に入れられなくてすむから。それに、パパだって家に帰ってくると思ったんだ」

「チャーリーをさがしに、ぼちへ行ったのね」ママが言った。

「そうだよ。チャーリーは毎ばん、ぼちへ行ってるから」ぼくは説明した。「毎ばん、ぼちでチャールズにおやすみを言うんだよ」

　パパが口をぎゅっと閉じ、ゆっくりうなずいた。「どうやって、それを知ったんだ」

「ニュースで言ってた」ぼくは言った。「だけど、チャーリーはぼくの家に来るわけにいかないって」また泣きそうになってくる。すべてうまくいくように、できることは全部やって、ゆうきを出してこわがらないようにがんばったのに、けっきょく、うまくいかなかった。「ぼくのにんむは、計画どおりにいかなかった。チャーリーは自分の息子のしたことを悪いと感じてて、心からごめんなさいって思ってる。チャーリーにここでそう話してもらえば、ママもそれをわかってくれる」ぼくは言った。「そうすれば、ママはおこるのをやめてくれると思ったのに」

　ママはしばらくのあいだ、ぼくをじっと見てた。

「チャーリーは車であなたを家まで送ってくれたのね」

「そうだよ」ぼくは言った。「チャーリーが家に帰ったほうがいいって。ぼくは帰りたくないと思ったけど、でも、やっぱり帰ることにしたんだ。中学校のスクールバスの角でおろしてもらって、そこから歩いた。チャーリーがここに来たくなかったのは、きっと……ママがすごくおこってるからだよ」

「帰りたくなかったの？」ママはしずかに言った。ずっと泣いてるせいで、鼻がつまってるみたいな声だった。三人ともだまってたけど、少ししてママが言った。「あなたのひみつ基地、ママにも見せてくれる？　見たくてたまらないの」

52　さいごの幸せのひけつ

「ここ、まだ男の子のにおいがする」いっしょにひみつ基地へ入っていくと、ママが言った。「わあ、このクロゼット、こんなに広かったっけ」

「おれも入っていいか」パパが外から言い、ママが「どうぞ」と答えた。

三人でおくにすわると、ぎゅうぎゅうだったけど、いやじゃなかった。ママとパパといっしょにここにいるのは、いい気分だった。ママの前にこしをおろして、もたれかかると、ママはぼくにうでを回した。パパはぼくたちの向かいにすわり、かべにせなかと頭をくっつけた。

「これは何？」ママが言って、気持ちの紙を指さした。

「気持ちの紙だよ」ぼくは言い、それがどんなもので、どうしてぼくが作ったのかを説明した。パパがはじめてひみつ基地に来たときと同じように。

「どれがどんな気持ちかをおぼえてるか、ためしてもいいか」パパが言い、ぼくはゲームをするみたいに、パパにしつもんした。

「黒は？」ぼくはたずねた。

「きょうふ」

「赤は？」

「はずかしさ」

全部の色をためしたけど、パパは全部おぼえてた。

「いろんな気持ちを感じてたのね」ママが言った。

「うん」ぼくは答えた。

「白はきょう感の気持ちなのね。どうしてきょう感の紙を作ったの？　そういう気持ちがあるから？」

「パパといっしょに思いついたんだ。きょう感すること、思いやりの心を持つことは、三つめの〈幸せのひけつ〉なんだよ」

「三つめの〈幸せのひけつ〉？」

「うん。マジック・ツリーハウスのマーリンを助けるためのにんむだよ。おぼえてない？」

「ええ」

「じゃあ、ぼくがひとつめの〈幸せのひけつ〉をママといっしょにためそうとしたことは？〝自然や身のまわりの小さな幸せに気づくこと〟だよ。でも、あのときママは時間がなかったんだ。電話でいそがしくて」

「おぼえて……ない」

「ザックは〈幸せのひけつ〉のことを本で読んで、それをおれたちにもためしたいと思ったんだよ。おれたちにもいいかもしれないからって」パパが言った。

「ぼくたち、マーリンみたいだからね」ぼくはママに言った。「マーリンは悲しみのあまり具合が悪くなって、そんなマーリンを元気にするために、ジャックとアニーは四つの〈幸せのひけつ〉を見つけにいくんだ。ぼくたちも悲しみのせい、アンディがいなくなったせいで、マーリンみたいに元気がなくなったでしょ」

「ああ、そういうこと」ママは言い、あごをぼくの頭に乗せた。「それで、きょう感は、その〈幸せのひけつ〉のひとつなのね」

「そうだよ」ぼくは言った。「アンディがまだ生きてて、ぼくにいじわるばかりしてたとき、ぼくはアンディの気持ちにきょう感なんかしなかった。でも、〈幸せのひけつ〉を知ったら、アンディの気持ちがわかるようになったんだよ」

　パパが両方のまゆをあげ、ママを見て、首を小さくふった。

「ママ」ぼくは言った。

「なあに？」

「ぼく、ママもチャーリーにきょう感の気持ちを持つといいと思う。おねがいだから、チャーリーをけいむ所に入れたりしないで。きょう、ぼちで、チャーリーの気持ちを感じたよ。ぼくたちやマーリンみたいに、悲しみのせいで元気がなくなってるんだ」

　ママはしばらく何も言わなかった。また、ぼくのことをおこってるのかもしれない。前にママがぼくを学校に行かせようとした日に、チャーリーにきょう感の気持ちを持ったほうがいいとぼくが言ったら、おこったみたいに。

　すると、ママはこうたずねた。「あとふたつの〈幸せのひけつ〉は何？」その声はおこってなかった。

「ひとつは、いろんなものに、こうき心を持つこと。だけど、四つめはまだ知らないんだ。ぼちで本をさいごまで読もうとしたんだけど、すごく寒かったし、暗くてできなかったから」

「じゃあ、いま三人でさいごまで読まない？」ママは言った。「それとも、つかれてる？　だったら、あしたでもいいけど」

つかれてなんかいなかったし、まだ三人でひみつ基地にいたかったから、ぼくはさっと立ちあがった。「本を取ってくるね。リュックに入ってるんだ」階だんをかけおりて、本を取り、本が読めるようにバズのかい中電灯もつかんだあと、階だんをかけあがった。

クロゼットの中へもどろうとしたとき、ママとパパの声が聞こえ、ふたりが何を話してるのか知りたくて、ぼくは足を止めた。

「……ここでは、それぞれの役わりをしっかりやる」ママの声だった。「わたしひとりに全部おしつけないでね」

「わかってる」パパが言った。パパの声はとてもしずかだった。「言いあらそいは、なしだ。今夜はな。あの子がぶじにもどってきて、本当にほっとしてるんだ」

そのあとしばらく、ふたりとも何も話さなかったから、ぼくはクロゼットに入った。

ママはひざの上にあごを乗せ、パパはかべに頭をつけてもたれかかってた。ぼくの足音を聞いて、ふたりの頭がぴくっと動いた。

ぼくはママとパパに、ここまでのあらすじを話した。ジャックとアニーが南きょく大りくへ行き、研究者たちといっしょにヘリコプターに乗って火山へ向かう。そのあと、ふたりが子どもだと気づかれて――ぜったいそうなると思ってたけど――でも、そのときはあまりたいへんなことにはならなくて、ふたりは山小屋で、山の下までつれてってくれる人を待つことになる。だけど、勝手に山小屋を出て、氷のわれ目へ落ちていく。

ぼちで読んだのはここまでだ。ママとパパにあらすじを話してるうちに、だんだんつかれてきたから、本をパパにわたして、のこりはパパに読んでもらうことにした。パパが本を開いたとき、はさんであったぼくとアンディの写真が落ちた。パパはその写真をしばらく見つめたあと、ぼくにわたした。ぼくはひみつ基地のはしっこにおいてあったセロハンテープをつかんで、もともとあった場所にはった。それから、ママにもたれかかり、パパが読むのを聞いた。ママによりかかってるとあたたかく、パパの声はしずかで気持ちよかった。まぶたがだんだん重くなり、ぼくはもう目をあけていられなかった。

53　クラブ・アンディ

おぼえてるのはそこまでで、目をさますとママとパパのベッドにねてて、外はもう明るかった。ひみつ基地からどうやってベッドまで来たのかも、あのあとジャックとアニーがどうなって、四つめの〈幸せのひけつ〉を見つけたのかどうかも、おぼえてなかった。

となりでねてるママのかたを、そっとゆすった。

「ママ」ぼくは言った。ママがこっちへねがえりを打って、目をあけた。ぼくを見るとほほえんで、ほっぺに手でふれた。

「ママ、パパはまた出ていったの？」

「いいえ。一階のソファーでねてる」ママは向きをかえてナイトテーブルの上の時計を見た。八時二十七分。「まあ、もうこんな時間。パパを起こしてきてくれる？」

一階へおりていくと、パパはもう起きてた。キッチンにいて、ｉＰａｄで新聞を読んでる。

「やあ、ねぼすけ」パパはぼくを見て言った。ぼくをかかえあげて、ぎゅっとだきしめる。息はコーヒーのにおいがした。「ザック、おまえにつたえたいことがある。パパはおまえのことを心からほこりに思う。本当だ」パパの言葉を聞き、おなかがあたたかくなった気がした。

「きのう、おまえがしたことは、男らしかったな」

「ぼくだって、パパやアンディみたいに、たまには男らしいことをしたかったんだ。でも、うまくいかなかったね。にんむはしっぱいだった」

「そんなことはないさ」パパは言い、ぼくのあごをつかんで、しんけんな顔でぼくを見た。「それに、おまえはいつも男らしいぞ」

「アンディのお通夜のときはちがったよ。あのときのぼく、赤ちゃんみたいだった。それに、ママがぼくを学校へつれてったときも、ぜんぜん男らしくなかった」

「ザック、そんなのは、男らしくないことにならないぞ。それは……まだ、おまえが学校へもどるじゅんびができていなかっただけだ」

「そうか。でもね、パパ」

「なんだ」

「ぼく、クリスマスが終わったらもどるよ。学校に」

「おお、そうか。かっこいいな」パパは言った。「ママはまだねてるのか。ママにコーヒーを持っていってくれるか」

「いいよ」ぼくは言い、パパに言われたとおりに、ママのコーヒーに、さとうと牛にゅうとクリームを入れて、かきまぜた。カップを運ぼうとしたけど、コーヒーがいっぱい入ってるし、あつくて持てないんで、パパが持つことにして、ふたりで階だんをあがった。パパがカップをわたすと、ママはちょっとだけわらった。

「ママとパパは本をさいごまで読んだの？」ぼくはたずねた。

「まだだ。おれが読みだしたとたん、おまえはすぐにねむってしまったからな。読むなら、いっしよに読みたい」パパは言った。

「じゃあいま、さいごまで読もうよ」

「もちろん、いいぞ。ママもいいと言ったらな」とパパが言うと、ママが言った。「さいごの〈幸せのひけつ〉を見つけなくちゃね。ひみつ基地へ行く?」

ぼくはかたをすくめた。「このベッドでいいよ。ひみつ基地はもう、とっておきの場所じゃないし」

「でも、きのうあそこにいたとき、とてもいい気分だったのよ」ママは言った。「できれば、あそこで読みたい」

そんなわけで、ぼくたちはひみつ基地へ入って、きのうと同じようにすわった。ぼくはママにもたれて、パパはかべによりかかった。パパが本を持ちあげた。「どこまで聞いたか、おぼえてるか」

「よくわからない。おぼえてるのは、ジャックとアニーが氷のわれ目にいるところまで」

「ということは……」パパはページをめくった。「たぶん、七しょうだな」そう言って、読みはじめた。氷のわれ目で、ジャックとアニーはダンスをするペンギンたちに会う。その中に両親をうしなった赤ちゃんペンギンがいて、ジャックがそのペンギンにペニーと名前をつけ、ふたりはペニーを、マーリンが住む伝説の王国キャメロットへつれていく。ふたりはマーリンに三つの〈幸せのひけつ〉をつたえ、ペニーをあずける。マーリンはペニーの世話をすることにして、もう一度幸せになる。

ジャックとアニーが見つけた四つめの〈幸せのひけつ〉は、「自分をひつようとしているだれかの役に立ってあげること」だった。そしてジャックは、その反対もあると考えて、こう言う。「ぼくたちも、いろいろな人をひつようとする。その人たちは、ぼくたちの役に立つことで、幸せな気持ちになっているのかもしれない」

さいごまで読み終わると、パパは本を閉じて、ぼくとママを見た。パパの目がかがやいてるように見える。しばらくのあいだ、だれも何も言わなかった。

やがて、ママがしずかな声で言った。「すてきね、この〈幸せのひけつ〉。そう思わない？」

「思う」ぼくは言った。「ねえ、やってみようよ。ぼくとママとパパで。おたがいに世話をして、役に立つの。いいでしょう？」

「そうね」

「ぼくたち、それでまた幸せな気持ちになれるかな」

「ああ、たぶん、うまくいくんじゃないかな」パパが言い、ぼくの後ろにいるママを見て、少し悲しそうにほほえんだ。

「アンディが亡くなって……いろんなことがあったけど、三人いっしょじゃなくて、ばらばらなま、それに向き合ってきた——でも、それはまちがってたのよ」ママが言った。

ぼくは体を前へ乗り出して、かべの写真を見た。「アンディがいなくて、本当にさみしいんだ」ぼくは言った。「さみしくて、ときどき、心全部がつらくなることがある」

「パパもだ、ザック」パパが言った。

「アンディがここにいるって感じられたらいいけど、もう感じられない。アンディに二度と会えないと思うと、こわいんだ」そう考えたら、のどに大きなかたまりがこみあげた。

パパはぼくに近よって、じっとだきしめた。それから、しずかな声で言った。「アンディがいなくてさみしいと思う——それだって、アンディを感じることになるんじゃないか。そうだろ？　いつかは、心全部がつらくなるなんてことは、なくなるかもしれない。でも、生きてるかぎり、アンディがいなくてさみしい気持ちはずっとつづくし、アンディのことを思いつづける。それはみんなの……心の一部なんだよ。だから、アンディに二度と会えないわけじゃない。いつだっていっしょにいるんだ、心の中に」

「アンディは天国からぼくたちのことを見てるかな」

「そうよ、きっと見てる」ママが言った。

ぼくは写真のアンディの顔にふれた。「ぼくたちが死んだら、天国でアンディに会える？」

「だといいな」パパが言い、目からなみだがこぼれて、ひげのほうへ流れた。

「さんせいよ」ママが言った。「あなたはずっと正しいことをしてたのよ、ザック。アンディに話しかけて、アンディのことを話して、アンディからはなれなかった」

パパがのびをして、顔のなみだをふいた。「おい、ずっとここにいるのか。実は、せなかがいたくてな。それに、少し前から左のおしりの感かくがないんだ」パパは左のおしりを指で何回かつついた。

「ここをぼくたちの待ち合わせ場所にしようよ」ぼくは言った。「クラブハウスとかみたいに」

「いい考えね」ママが言った。「なんて名前にする？」

ぼくたちは少しのあいだ考えた。「クラブ・アンディはどう？」ぼくは言った。

「クラブ・アンディで決まりだ」パパが言った。「さて、朝ごはんにするか」

54　生きつづける

「ママ、じゅんびはいい？」ぼくは聞いた。ママは、げんかんのドアが勝手にあくのを待ってるみたいに、ドアのつかむところをじっと見つめてる。顔を見ると、口をかたく閉じてるのがわかった。ぼくはママの手をつかみ、ぎゅっとにぎりしめた。ママはにぎり返し、それから手をはなして、ドアをあけた。

冷たい風が家の中へふきこみ、ママがセーターの両がわをつかんで下へ引っぱった。ポーチの階だんをおりるママのかみの毛が、風を受けてあちこちにゆれる。ぼくはママを追ってポーチをおり、パパがそのあとにつづいた。ママがこっちをふり向き、ぼくたちを見て大きく息をすった。それから前に向きなおり、げんかんの前にいるテレビ局のバンのほうへ、まっすぐ歩いていった。

バンの前の席にはだれもいなかったから、ママは後ろのドアをノックした。ドアが開き、デクスターと男の人がひとり、バンからおりてきた。デクスターは片方の手にプラスチックの入れ物（たぶん中身はライスとチキン）を、反対の手にフォークを持ってる。

「あっ、どうも、みなさん……」デクスターは手に持った入れ物を見て、バンの中におき、ズボンで手をふいた。「ええと、どうしました？」ママを見て、それから、その後ろにいるぼくとパパを見た。ぼくはデクスターを見たくなかったから、下を向いた。

「おつたえしたいことがあるんです」ママが言った。

「いまですか」デクスターといっしょにバンから出てきた、もうひとりの男の人が言った。

「ええ」ママは言った。

「わかりました。よし、いいぞ、さいこうだ」デクスターが言った。「少しだけ待ってもらえますか。まさか、こんな……いえ、すみません、昼食を取ってたもので」

「かまいません」ママが言ったとき、風が強くふいてきて、ママのかみの毛がまた、あちこちへゆれた。風はぼくの服の中も通り、寒さで体がふるえた。パパがぼくのかたにうでを回し、引きよせてくれた。

　デクスターともうひとりの男の人がバンに入り、デクスターがカメラをかかえて出てきた。カメラは前に客間で使ったのとにてるけど、少し小さい。デクスターは横についたボタンをおし、カメラをかたにかついで、レンズを通してママを見た。

「どこでお話しになりますか」デクスターはたずねた。

「ああ、どこでも。ここでいいです」ママは言った。

「わかりました」デクスターが言ったとき、もうひとりの男の人がマイクを持ってバンから出てきた。

「はい、よろしければ、いつでもはじめられます」男の人が言って、ママにマイクを向けた。ママがパパを見ると、パパは小さくわらって、うなずいた。ママはカメラに目をもどした。

「ろく画ですから、気楽にどうぞ。おのぞみなら、とりなおせますから」マイクをもった男の人は言った。

「わかりました」ママは言った。「――その、つまり、おつたえしたかったのは、ラナレスふさいを……らんしゃの件でうったえるのをやめる、ということです。ほかのひがい者のご家族とも相談し、みな……さんせいしてくださいました」下くちびるが、寒くて歯ががちがち鳴るみたいにふるえてる。ママはセーターのそでを引っぱって手をおおい、うでを組んで、その手をわきの下に入れた。

「あのらんしゃ事件があってからずっと、わたしはあの人たちの息子さんのせいだとせめつづけてきました……あんなことをしたから、うちのアンディが亡くなったのだと言って」そこで言葉を切り、一度大きく息をすってから、またマイクに話しはじめた。「ですが、これ以上あの人たちを、ラナレスふさいをせめても……うちの子は帰らないと気づいたんです。そんなことをしても、わたしや、わたしたち家族や、ほかのひがい者のご家族をおそったあのおそろしい出来事が、なかったことになるわけじゃありません」目からなみだがこぼれ、ほっぺを落ちていく。

「わたしの家族が味わった悲しみを……ほかのだれにも味わってもらいたくない。そして……いまになってわかったのですが、ラナレスふさいも子をうしなった苦しみと向き合っています。わたしたちと同じように深く悲しみ、同じように、じごくですごしているんです」ママはぼくを見て、ちょっとわらった。ぼくもわらい返す。こんなふうに話すママのことを、ぼくは自まんしたかった。

「そのことに気づかせてくれたのは、わたしのすばらしい息子のザックです。わたしたち家族は、これからおたがいに助け合い、いたわり合い、アンディのいない毎日をどうすごすかをいっしょに見つけていくつもりです。心のやすらぎをえるために。そして、ゆくゆくは……あんなことがほかのご家族に二度と起こらないように、自分たちにできることをさがしていきたい。じゅうをまちがった人間の手にわたさず、子どもたちや、あいする人たちを守っていくために。これだけは……どうしても申しあげたかったんです」なみだが顔を流れつづけ、ママはそででぬぐった。

「ありがとうございます」マイクを持った男の人が言った。「しかし、あなたがたがなさってきたことは、まちがっていないと思います。もしやめるおつもりでしたら、われわれがつづけることもできますがね」

「いえ、そのひつようはありません」ママは言った。声はとてもおだやかだった。

デクスターがかたからカメラをおろし、ママを見た。「それはなんとも」デクスターが言った。「ずいぶんと……心がお広いことで」

「では、これで」ママは言い、ふり返って、ぼくとパパのほうへ歩いてきた。

パパがママのうでにふれ、やさしくなでた。「だいじょうぶか」

「平気よ」ママは言った。「でも、寒くてこごえそう。早く家にもどって、ドアを閉めてしまいたい。どう？」

「大さんせい」ぼくはそう言って走りだし、ポーチの階だんを全力でかけあがった。

55　いまもそばにいる

パパは車を止めたけど、すぐにはエンジンを切らなかった。ぼくとパパとママは、何も言わないで、じっとすわってた。心ぞうの音がむねと耳にどきんどきんと鳴りひびく。まどの外を見ると、うす暗い中におはかがならんでて、もっとおくの右のほうに、だれかが立ってるのが見えた。

「さあ、行こうか」とパパが言ってエンジンを切り、「うん、行こう」とぼくは答えた。ママは何も言わなかったけど、ドアをあけ、車の外へ足をふみ出した。ぼくはとなりの席においてあった花たばをつかんだ。パパにドアをあけてもらって、車からおりたとき、チャーリーの車がすぐ前に止まってるのに気づいた。

ぼくは歩道を進みはじめた。くつのうらで感じる地面はかたくて冷たく、息を吐くたびに白い雲が顔のまわりにできる。パパとママは、ぼくの後ろからゆっくりとついてくる。アンディのおはかに着くと、ぼくはむねにだいてた花たばをおはかの上にそっとおいた。

パパとママも着いた。ママはひざをつき、ぼくがおいた花たばにさわった。そして手ぶくろを片方はずし、手をあげて、おはかにほってあるアンディの名前のところに指をおいた。

「かわいいアンディ」ママはささやくように言った。目からなみだがこぼれ落ちる。

つぎに、アンディのおはかのそばの地面にふれた。「なんて冷たくて、かたいの」ママは言い、うででおなかをかかえて、大声で泣きだした。後ろに立ってたパパがママのかたに手をおき、ぼくはパパのうでに頭を乗せた。ママは地面にひざをついたまま泣きつづけ、パパはママのかたに手をおき、ぼくはパパによりかかり、ぼくたちは長いあいだそうしてた。

しばらくして、チャールズのおはかのほうへ目を移すと、チャーリーがぼくたちを見てるのに気づいた。両うでをだらりとたらし、じっと動かないで立ってる。こんなに遠くからでも、チャーリーがすごく年をとって、やせてしまったのがわかる。

「あっちへ行ってきていい?」ぼくはたずねた。

「ああ、行っておいで」パパが言った。

チャーリーのほうへ歩こうとしたとき、後ろからママの声がした。「待って、ザック」

ふり返ると、ママはぼくがアンディのおはかにおいた花たばを見てた。花はどれも白くて、花びらが大きいのもあれば小さいのもあって、雪のかけらがたくさん集まってるみたいだった。どの花びらもぐったりして、悲しそうに見える。ママは何本か手に取って、おなかの前で少しのあいだ、だきしめるようにした。

「これも……持ってってくれる?」ママは言い、ぼくに花をわたした。

ぼくは向きをかえ、チャーリーのほうへ歩いていった。とちゅうで何度かふり返ると、ママとパパはならんで立って、ぼくを見てた。チャーリーのそばまで来たとき、あごがすごくふるえてるのがわかった。

「やあ、チャーリー」

「やあ、ザック」

「ぼくたちもアンディにおやすみを言いにきたんだ。チャーリーと同じで」

チャーリーは、ゆっくりと首をたてにふった。

「ママがね、きのう、テレビ局の人に言ったんだ。もう、けんかはしないって」ぼくは言った。花を持ったままだったことに気づいて、チャーリーにわたす。

チャーリーは小さくせきをした。あごはまだふるえつづけてる。「そのニュースなら見たよ」

「ぼく、それを言いにきたんだ。ママもパパもいいって言ってくれたから」

「ありがとう、ザック」

「でも、ママはまだチャーリーとは話したくないって」

「ああ、わかってる」チャーリーは言い、ぼくの後ろにいるママとパパのほうを見た。チャーリーの顔はすごく悲しそうだった。くちびるをぎゅっとむすび、ママとパパに向かって花を少し持ちあげた。

ぼくは手ぶくろをはずし、ズボンのポケットに手を入れた。天使のつばさのチャームを引っぱり出し、指で何回かこする。そして、手に乗せたままチャーリーにさし出した。

「これ、チャーリーにあげる」ぼくは言った。チャーリーはチャームを受けとって見た。

「なんだね」

「〝あい〟と〝ほご〟を表してるんだ」ぼくは言った。「これがあれば、チャールズがいまもそばにいるって感じられると思う」

チャーリーは手の中のチャームをずっと見つめてた。あごはまだ、ふるえつづけてる。やがて、かすれた声で言った。「ありがとう」声はとても小さくて、ほとんど聞きとれないくらいだった。

そのまましばらくチャーリーのそばにいたけど、ほかに何を言えばいいのかわからなくて「メリー・クリスマス」と言ったら、チャーリーも「メリー・クリスマス」と言って、そのあと、ぼくはパパとママのところへもどった。アンディにおやすみを言う時間だ。

「おやすみの歌を三人でうたってもいい？」ぼくはたずねた。

ママが小さくわらった。「ザック、ママは、いまはまだ歌えない。だから、言葉を口にするだけでもいい？」ぼくたちは歌の言葉だけ、交代で言った。

アンドルー・テイラー
アンドルー・テイラー
大すきよ
すてきなぼうや
いつでもすきよ
ずーっとね
ずーっとね

ひとこと言うたびに、それぞれの口の前に白い雲ができる。

くつから地面の冷たさがつたわって、ぼくはあたためようと少し足ぶみをした。指も冷たいから、手ぶくろの上から息をふきかけた。

「ねえ、ママがやってあげる」ママがぼくの前にひざをつき、息をふきかけると、指がだんだんあたたかくなった。

顔を見ると、ママも寒そうだった。鼻の頭が赤く、ほっぺは鳥はだが立ってるみたいだ。それに、とてもつかれて悲しそうに見える。ぼくはママにうでをまわして、ぎゅっとだきついた。地面にひざをついたママをだいたまま、アンディのおはかのそばで、しばらくじっとしてた。

「そろそろ、おやすみを言おうか」パパがしずかな声で言った。

ぼくはママから体をはなした。ママはアンディのおはかを見て、また泣きだした。

「おやすみ、かわいいアンディ」ママがささやいた。

「おやすみ、アンディ」ぼくは言った。

「おやすみ」パパが言った。

ママが立ちあがり、三人でしばらくおはかを見つめたあと、みんな向きをかえ、ぼくを真ん中にして車のほうへ歩きだした。ぼくと、パパと、ママで。

謝辞

すべての同志、仲間へ――このはじめての無謀な旅に同行してくれたことに心から感謝します。わたしを信じ、支えてくれたカー家とネイヴィン家の人たちに、お礼を申しあげます。中でも、母アーシュラ・カーに。本に対する途方もなく大きな愛を伝え、「あなたの数ある才能のひとつをぜひ使いなさい！」と励ましてくれたことに。

そして、あらゆる面で勇気づけてくれた、夫であり親友であるブラッドに。あなたのアイディアがあったからこそ、この本が生まれました。

最愛の子どもたち、サミュエルとギャレットとフランキーに。何か月にもわたって、モデルになり、ザックといっしょにいてくれて、ありがとう。

最初の読者になって、原稿を何度も読み、助言を授けたり応援したりをつづけてくれた友人たちに感謝します。特に、スワーティ・ジェギーシャとジャッキー・カンプに。

アリソン・K・ウィリアムズ、あなたにはどれほど感謝してもしきれません。最後までずっと寄り添い、手ほどきをしてくださいました。あなたにめぐり会えて、本当に幸運です。いつか直接お目にかかりたいです。ぜひ、すぐに実現させましょう！

著作権エージェント「フォリオ」のすばらしいチームのみなさんにも謝意を表します。ジェフ・

クラインマン、あなたはロックスターね！　ジェイミー・チャンブリスとメリッサ・サーヴァーにもお礼を申しあげます。

編集者のキャロル・バロンに大きな感謝を捧げます。あなたほど親切で、博識で、辛抱強い編集者はいません——いっしょに仕事ができて光栄です！　サニー・メータ、お力添えに感謝します。猫が大好きなジュヌヴィエーヴ・ニアマン、小さなことから大きなことまで、心配りをしてくれたことに感謝します。クリスティン・バース、あなたの装幀《そうてい》が大好きです。才能あふれるジェニー・キャロー、すてきなカバーをデザインしてくれてありがとうございます。エレン・フェルドマン、本の完成までしっかりと導いてくれたことに謝意を表します。ダニエル・プラフスキー、ゲイブリエル・ブルックス、ニック・ラティマー、たゆまぬ努力でザックの物語を読者の手に届けてくれたことに深謝します。

そして、メアリー・ポープ・オズボーンに。子どもたちのためにとびきりすばらしい本——〈マジック・ツリーハウス〉のシリーズを書きつづけてくださっていることに心から感謝します。あなたのおかげで、わたしの子どもたちも本が大好きになりました。

最後に、わたしの行きつけで、子どもたちもよく連れていく書店〈ヴォレイシャス・リーダー〉と〈アンダーソン・ブックショップ〉のみなさんへ。本に対するみなさんの愛と情熱は、わが街のすみずみにまで行きわたっています。

訳者あとがき

本書『おやすみの歌が消えて』は、全編を通して六歳の男の子ザックが語り手で、大人の視点からの描写や説明がまったくない。読者は、六歳の少年が感じる生々しい恐怖やとまどい、さらには、ぎこちなく感情を爆発させる心の動きや、日々苦悩しつつ成長していくさまを、そのまま受け止めることになる。

本国アメリカでは、二〇一八年二月に刊行されるとともに大きな反響を呼び起こし、ジョナサン・サフラン・フォアの『ものすごくうるさくて、ありえないほど近い』（近藤隆文訳、ＮＨＫ出版）や、エマ・ドナヒューの『部屋』（土屋京子訳、講談社文庫、上下、映画化タイトルは〈ルーム〉）など、少年の視点で書かれた秀作に引けをとらない作品として高く評価された。銃撃事件を扱った小説自体はそう珍しくないが、少年の心の微妙な揺らぎをここまで克明にやさしく描いたものは例がなく、まずは期待の新人作家の誕生に大きな拍手を送りたい。

物語は、主人公ザックが小学校の教室のクロゼットで担任の先生や同級生たちとともに隠れている場面からはじまる。教室の外では**パン　パン　パン**と大きな音がくり返されるが、ザックはそれを聞いても、なんの音か理解できず、「ときどきＸｂｏｘでやる〈スター・ウォーズ〉のゲームの音にそっくりだ」としか感じない。だが、担任のラッセル先生の様子がいつもとまったくちがい、校舎の外ではサイレンが鳴り響いている。何か深刻なことが起こっているらしいとは感じるものの、廊下に飛び散る血や泣きじゃくる上級生を見ても、それが何を意味しているのか、まだ正確にはわからない。

その後、銃を持った男が小学校で無作為に発砲したこと、おおぜいの生徒や教職員が犠牲となったこと、犯人が射殺されたことがわかる。ザックは無事に両親と会うことができるが、しばらくして、三歳半上の兄アンディが命を落としたことを知らされる。

ザックの一家は深い悲しみの底に落ち、そのうえアンディの死は両親の心のあいだに大きな隔たりをもたらしていく。母は怒りと悲しみゆえにわれを忘れ、心の底では意味がないとわかっているにもかかわらず、銃撃犯の両親を責めつづける。父はそんな母をいさめる分別を持った良識ある大人のように見えるものの、優柔不断なところがあり、しかも家族には言えない大きな秘密をかかえている。ふたりとも、自分の苦しみを乗り越えるのに精いっぱいで、もうひとりの息子ザックのことまで気にかける余裕がない。

だからザックは、幼いながらもひとりきりで、正直に自分の心に向き合い、自分なりに兄を失った悲しみに立ち向かおうとする。このあたりの数々のエピソードは、ザック自身を語り手とした文体を存分に生かした独創的なもので、本書のいちばんの読みどころと言ってよいだろう。

まずザックがするのは、混乱して収拾がつかない自分の気持ちを落ち着かせるために、紙に色を塗って「気持ちの紙」を作り、それらを壁に貼り出すことだ。赤ははずかしさ、灰色は悲しみ、緑は怒り、黄色はうれしさといった具合に整理し、自分がいまどんな気持ちでいるのかを理解しようとする。

また、大好きな「マジック・ツリーハウス」シリーズを隅々まで読みこんで、このシリーズに出てくる〈幸せのひけつ〉を、家族が幸せになるためにひとつひとつ実践しようとする。

ザックは、加害者の家族もまた自分の子供を失ったことを深く悲しみ、同時に罪の意識に苦しんでもいることに気づく。これ以上の憎しみや仕返しの連鎖から逃れるために、そしてばらばらになりかけた家族がまた仲よく暮らせるようにするために、ザックは子供心に考え抜いたすえ、あることを思いつき、勇気をふるって実行に移す。

幼いザックが兄の死を理解して、悲しみとしっかり向き合い、さらには少しでも家族を元気づけようとする過程では、周囲の人たちの助けが欠かせない。担任のラッセル先生、父方と母方の祖母、メアリーおばさん、そして加害者の父チャーリー。悲しみが色濃く漂うこの物語のなかで、孤軍奮闘するザックをこれらの人々がそっと支えるさまは静かに心を打ち、これもまた本書の大きな読みどころのひとつと言えるだろう。


作者のリアノン・ネイヴィンは、ドイツの北西部の州ブレーメンで読書好きの家族に囲まれて育った。その後、ニューヨーク・シティへ移って大手広告代理店で何年か働いたのち、子育てに取り組むかたわら執筆をはじめ、初の長編小説となる『おやすみの歌が消えて』を書きあげた。

作者には、ザックと同じ年ごろの子供が三人いる。そのうちのひとりが幼児クラスではじめて室内避難訓練を体験した日、帰宅したあとで急にダイニングテーブルの下にもぐりこみ、「悪い人」に襲撃されるのを恐れていつまでも出てこなかったという。作者はそのとき、わが子が「悪い人」

からの隠れ方を教わらなくてはいけない世界に生きていることを痛感した、とインタビューで語っている。

二〇一二年にコネティカット州のサンディフック小学校で起こった銃乱射事件も、作者の心に大きな衝撃を与えた。二十歳の男が校舎に侵入し、児童を含む二十六名の貴い命が失われたその事件のことを知った作者は、訓練ではなくほんとうに銃撃犯が侵入してきたとき、子供たちがどれほどの恐怖にさらされることになるのか、そして大切な人を失った遺族がどうやって悲しみを乗り越えていくのかを、幼い子供の目を通して描きたいと思ったという。小説『おやすみの歌が消えて』はそんなきっかけで生まれた。

なぜ六歳の少年の一人称の語りにしたのかについて、作者は「わたし自身の銃規制に対する考えがそのまま文章ににじみ出るのがいやで、できれば読者に自分なりの結論を導いてもらいたかった。だから子供の素直な目を通し、ゆがみや偏りのない語りにしようと思った」と述べている。

とはいえ、あまりにも幼い語り手を選ぶことは、作者にとっても非常にむずかしい試みだったと考えられる。六歳のザックの語りが嘘《うそ》っぽくなってはならない一方で、その語りによって、大人を飽きさせずに長い物語を最後まで引っ張っていくのは至難の業だからだ。執筆中は三人のわが子を見ながら、ザックならこう言うだろう、ザックならこう行動するだろう、とつねに考えていて、わが子を「ザック」と呼んでしまったことも何度かあったという。苦労した甲斐《かい》あって、この作品は児童書に近い文体で語られながら、大人の読者をもじゅうぶん満足させる歯応えを持ち、さまざまな問題について深く考えさせる力作となっている。

訳出にあたっては、子供による語りであること、ザックは感性も表現力も豊かな少年であること、大人の読者にも抵抗なく読んでもらいたいことなどを勘案し、原則として小学校三年生までの漢字だけを用いた（一部例外あり）。数々の理不尽な出来事とひとりで向き合わなくてはならない少年が懸命に考え、行動する痛々しさやぎこちなさが、日本の読者にうまく伝わっていれば幸いである。

全編を通して何度も言及される〈マジック・ツリーハウス〉シリーズ（メアリー・ポープ・オズボーン著、食野雅子《めしのまさこ》訳、KADOKAWA／メディアファクトリー）の諸作については、可能なかぎり日本語訳をそのまま引用したが、本書の文脈や文体と合わせるために表現を少し変えた個所もいくつかあることを、ここでおことわりしておく。

この作品がなんらかの形で映像化されるかどうか、作者が第二作を書く予定かどうかなどについては、現時点で確たる情報を入手できていないが、本作で大きく成長したザックと何年かのちに再会してみたいのは、訳者だけではあるまい。どういう形になるにせよ、作家としてすばらしいスタートを切ったリアノン・ネイヴィンの今後に大いに期待している。

リアノン・ネイヴィン　Rhiannon Navin

ドイツのブレーメンで育つ。広告エージェント業界で働く中でニューヨークに渡り、結婚したのちに退職。現在はニューヨーク郊外で、3人の子供と夫、猫2匹犬1匹と共に暮らしている。デビュー作である本書は、17ヵ国で版権が取得された。

越前敏弥（えちぜん・としや）

1961年生まれ。文芸翻訳者。東京大学文学部国文科卒業。著書に『文芸翻訳教室』（研究社）『翻訳百景』（角川新書）など。訳書にダン・ブラウン『オリジン』（KADOKAWA）、同『ダ・ヴィンチ・コード』（角川文庫）、E・O・キロヴィッツ『鏡の迷宮』（集英社文庫）、『世界文学大図鑑』（三省堂）、キャロル・ボストン・ウェザーフォード作／ジェイミー・クリストフ画『ゴードン・パークス』（光村教育図書）など。

装画／植田真
装丁／田中久子

作品中に登場する小説「マジック・ツリーハウス」シリーズの訳文につきましては、

『マジック・ツリーハウス23　江戸の大火と伝説の龍』

『マジック・ツリーハウス26　南極のペンギン王国』

（メアリー・ポープ・オズボーン著、食野雅子訳、KADOKAWA/メディアファクトリー）

に拠ったほか、一部は新たに訳出いたしました。

ONLY CHILD by Rhiannon Navin

Published by arrangement with Folio Literary Management, LLC
and Tuttle-Mori Agency, Inc.

おやすみの歌《うた》が消《き》えて

2019年1月10日　第1刷発行

著　者　リアノン・ネイヴィン
訳　者　越前敏弥《えちぜんとしや》
発行者　徳永 真
発行所　株式会社集英社
〒101-8050　東京都千代田区一ツ橋2-5-10
電話　03-3230-6100（編集部）
03-3230-6080（読者係）
03-3230-6393（販売部）書店専用
印刷所　大日本印刷株式会社
製本所　株式会社ブックアート

ISBN978-4-08-773495-9 C0097

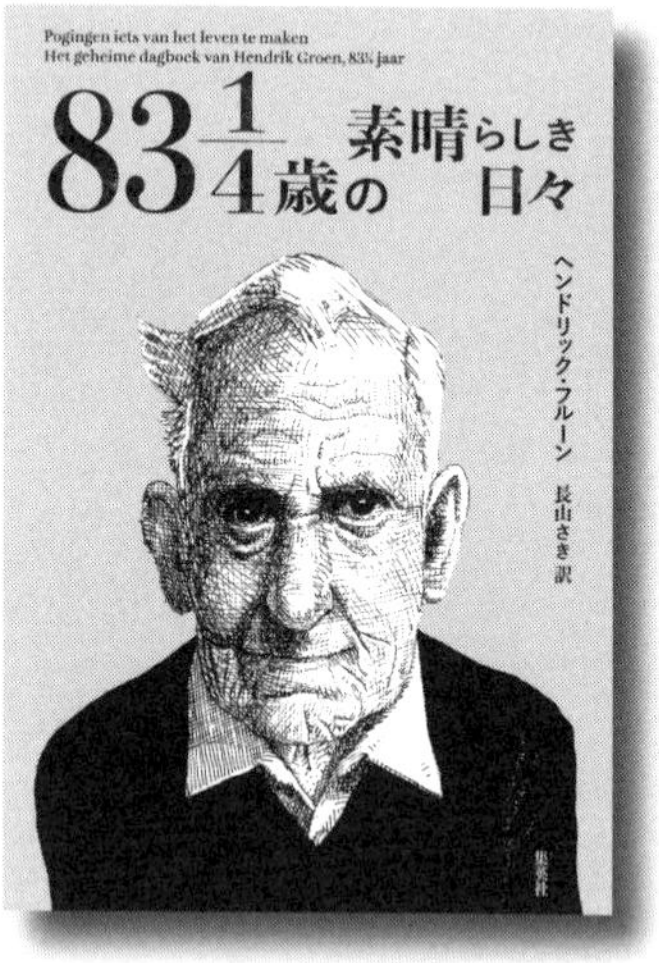

83¼歳の素晴らしき日々

ヘンドリック・フルーン

長山さき 訳

アムステルダムの介護施設に暮らすヘンドリック83歳は、仲間と『年寄りだがまだ死んでないクラブ』を結成。カジノに行ったり、電動カートを乗り回したり、恋をしたり。しかし、彼らの前には厳しい規則と施設長、老いと病が立ちはだかり…。

余生よければすべてよし？　ブラック・“シルバー”・ジョークたっぷり、オランダ32万部の大ヒット老々青春小説！

集英社の翻訳単行本